i
imaginist

U0520178

想象另一种可能

理
想
国

imaginist

寻找河神

谢海盟 ©著

成都时代出版社
CHENGDU TIMES PRESS

台北河神地图

雾里薛圳／瑠公圳景美段

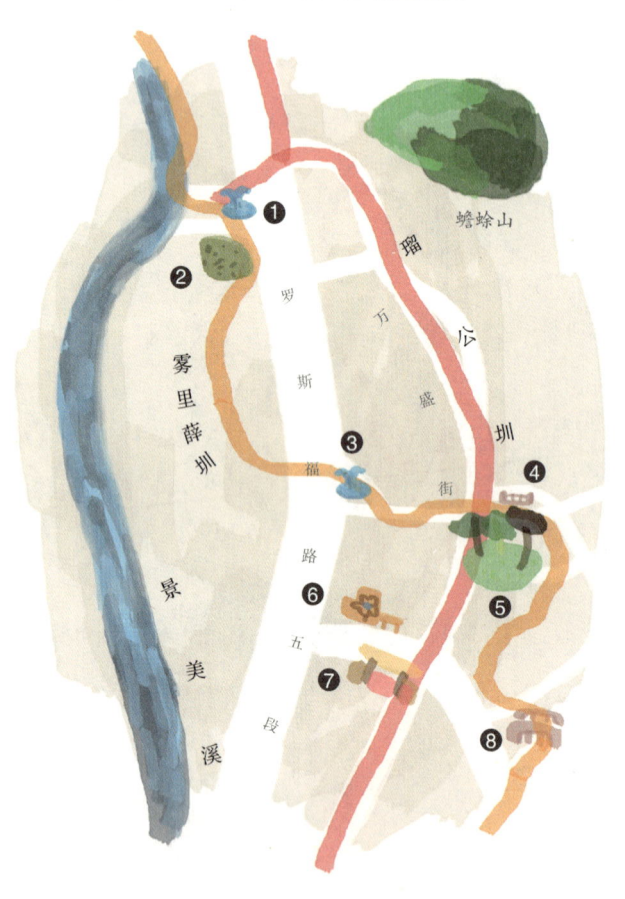

- ❶ 雾里薛圳露头遗迹1
- ❷ 扇形绿地
- ❸ 雾里薛圳露头遗迹2
- ❹ 桥栏遗迹
- ❺ 万盛公园
- ❻ 台北花木批发市场
- ❼ 武功小学
- ❽ 万盛桥

瑠公圳第一干线

❶ 护村神木：大叶雀榕、正榕
❷ 焕民新村
❸ 义芳居
❹ 水上人家槟榔摊
❺ 永龄生医工程馆
❻ 薛荔砖墙
❼ 自来水厂水池
❽ 芳兰大厝
❾ 芳兰退舍
❿ 台北科技大学

舒兰河

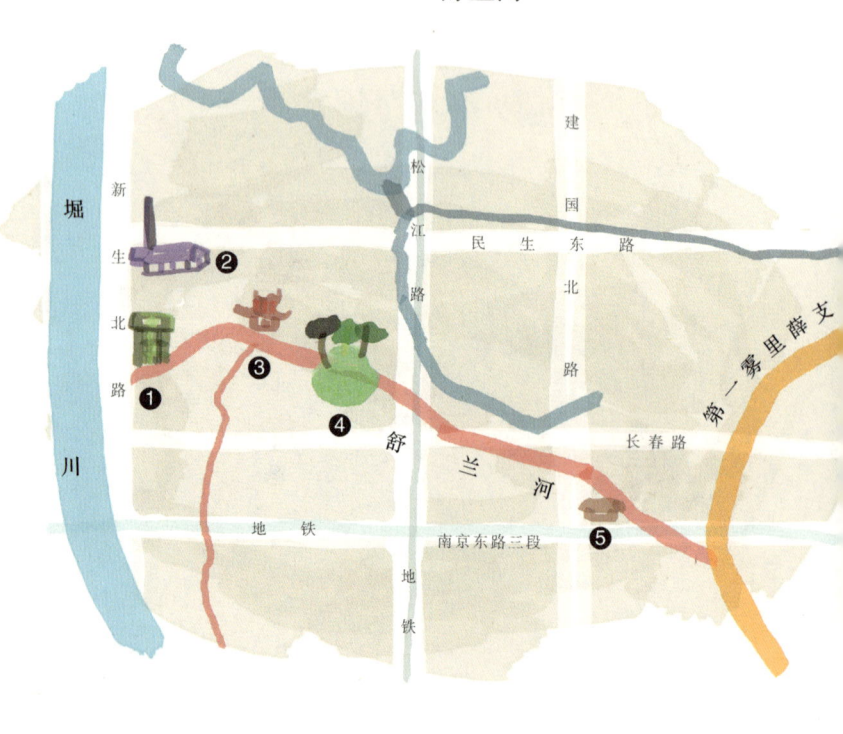

❶ 中山区农会
❷ 舒兰街火葬场原址
❸ 路间小庙
❹ 中吉公园
❺ 如意新村

上埤流域

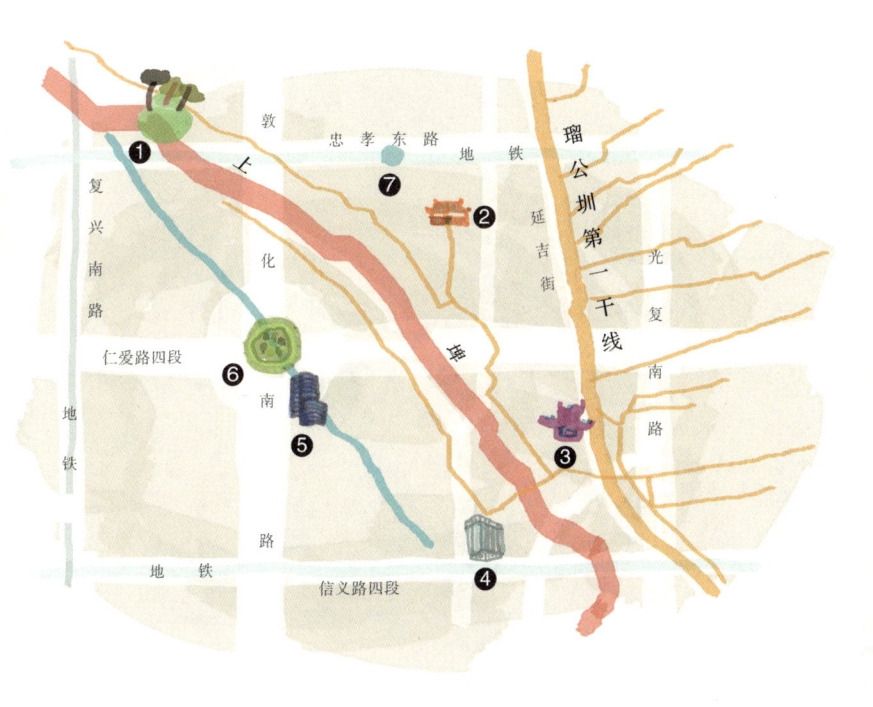

❶ 瑠公圳公園
（建議正名為上埤公園）
❷ 林三勝公廳
❸ 火聖廟
❹ 原芝麻酒店
❺ 台新金控大樓
（原財神酒店）
❻ 仁愛路圓環
❼ 忠孝敦化站

东西神大排

- ❶ 中强公园
- ❷ 第一社会福利中心
- ❸ 菜园便桥告示牌
- ❹ 吴兴小学游泳池
- ❺ 惠安绿地
- ❻ 吴兴公园
- ❼ 大榕树
- ❽ 王不留行
- ❾ 永安祠
- ❿ 和兴炭坑
- ⓫ 柴头埤
- ⓬ 黎双公园
- ⓭ 台北医学大学
- ⓮ 四四南村
- ⓯ 地铁象山站
- ⓰ 蝴蝶埤
- ⓱ 旧埤
- ⓲ 新埤

堀川（特一号排水沟）

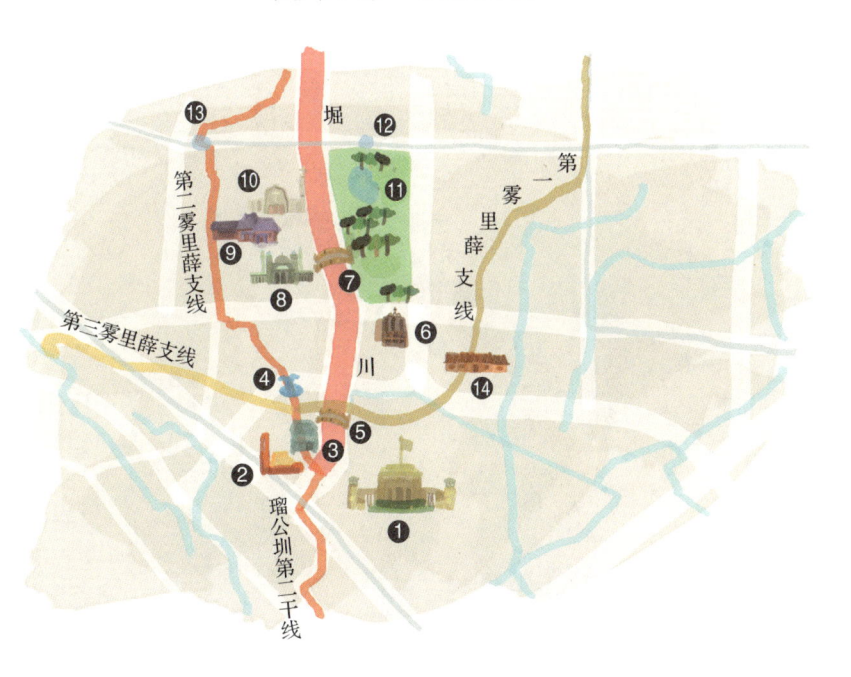

- ❶ 台大校门
- ❷ 基督教浸信会怀恩堂
- ❸ 台一牛奶大王
- ❹ 第二支线遗址
- ❺ 大河加盖之前，两侧以小桥相通
- ❻ 台北灵粮堂
- ❼ 昔日木板桥位置
- ❽ 台北清真寺
- ❾ 青田七六
- ❿ 天主教圣家堂
- ⓫ 大安森林公园
- ⓬ 地铁大安森林公园站
- ⓭ 地铁东门站
- ⓮ 龙安坡濂让居

新店瑠公圳

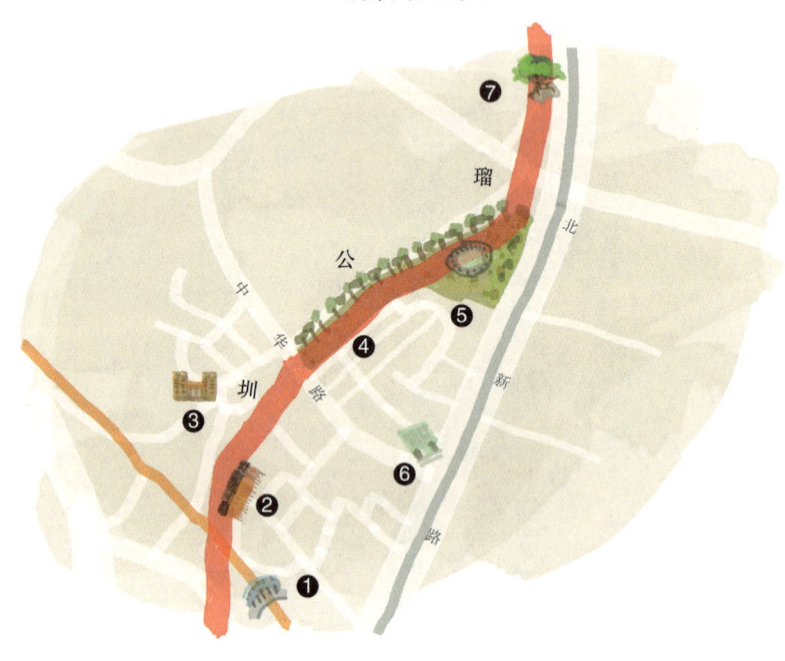

❶ 水桥
❷ 吊脚楼聚落
❸ 美河市一号大门
❹ 瑠公公园
❺ 北新艺术广场
❻ 地铁新店区公所站
❼ 雀榕箱涵

目 录

瑠公圳与雾里薛圳..................001

瑠公圳第一干线..................019
  蟾蜍山／芳兰山下..................021
  大巨蛋："社运年"之我见我思..........037
  旧里族支线：小乖与小璇..................049
  刷一层灰的民生社区..................056

雾里薛圳..................077
  "安东街河"..................079
  舒兰河上..................090
  我们家在康乐里..................110
  "三与三"..................134

上埤..................153
  浮水莲花..................155
  一场华美大梦..................163
  安和路／顶好河..................175

东西神大排 209

黄金岁月 249

大河 269

小河们 285

新店瑠公圳 305

在瑠公圳边抓宝可梦 329

后记 347

瑠公圳与雾里薛圳

兴隆路一段83巷，大马路往巷道里走没几步，有一座万盛桥，建造于一九七五年，相较一九五四年建成的信义路八号桥，反倒更为破败，更像路边护栏般不起眼，"万盛桥"三个字几乎斑驳得看不见。两侧桥栏并不方正相对，而是斜斜平行，桥两侧的巷道蜿蜒而来、蜿蜒而去，即便填满水泥铺平了，作为家户后巷有种树有杂物堆置有油烟机排放口，河的面貌河的模样，照眼即见。

万盛桥跨越的水圳应是较老的雾里薛圳，而非瑠公圳。

雾里薛圳，取雾里薛溪（平埔族语，今景美溪）水源得名，亦名七股圳，系雍正、乾隆年间，先民周永清招七人合股修筑（一说是修复），自鲤鱼山脚（今木栅路考选部考场一带）雾里薛溪大湾如深潭处，引溪水灌溉木栅至公馆的台北南区，分汊出来的三条支线，更分别延伸至三板桥（南京东路十四、十五号公园一带）、古亭、下埤头（荣星花园一带）。

抵达万盛桥前的雾里薛圳痕迹凿凿，当它自景美溪大湾取水分流后，行走在鲤鱼山与景美溪间，遇景后街北走，自景行公园与景美中学之间离开景后街，于兴隆路二段以南、仙迹岩山以北、景兴路以东的地面曲折盘桓，静心中小学后侧的西洋梨形状的兴福公园，是雾里薛圳与一条溪流相会，所刻画出的奇特形状。那条小溪是我认识的第一条台北市河流，它如今在捷运辛亥站的军营背后尚有明渠，在与来自万芳医院、警察学校的另一条支流汇合后，沿兴隆路二段、仙岩路而来，在仙岩路6巷口留下一座"仙通桥"遗迹，兴隆公园是其途中的池埤。

此后，雾里薛圳经过兴隆路一段271巷4弄，经过景丰公园南侧一短短的无名巷弄，经过景丰公园（在早期的谷歌地图中，这座公园仍作"万盛公园"，易与稍后流经的那一座混淆）。兴隆路一段、兴顺街、兴隆路一段137巷、文山景美运动公园之间广袤的停车场，那条绕了三个大小弯的曲径便是雾里薛圳，它在137巷口进入兴隆路路面，万盛桥便在不远之处。

瑠公圳是在雾里薛圳不敷灌溉需求后，取而代之的产物，两圳在日据时代整并完毕，瑠公圳负担起灌溉功能，雾里薛圳旧有的圳路改为较低的排水路（请再次记住有灌必有排的分离原则）或填平为道路。因此在蟾蜍山脚万盛街这一带，两条水圳圳路纠缠相交，凭着一九三九年的《瑠公水利组合区域图》按图索骥，图上红色的瑠公圳与蓝色的雾里薛圳尽管区隔清楚，实际踏查仍极易迷失在两圳留在大街小巷间的蛛丝马迹中，处在全然不同时空里的两条水圳，如今一模一样，都是面貌模糊的历史残迹。

过万盛桥后的雾里薛圳走在住宅区中，时而为人家后巷时而为巷弄路面，遇一小绿地似菜园似公园，置有简单几样游乐设施。雾里薛圳不起眼地由绿地边缘过，走过新旧截然的两幢住宅大楼间，到了万盛公园中，又有点河的模样了，由南北向转东西向流，刻画出万盛公园的形状。万盛公园北邻罗斯福路五段97巷，西侧是万盛街，公园与这两条马路有一层楼高度的高低差，不为别的，是沿公园东、北侧流过的雾里薛圳，得由瑠公圳的下方通过，万盛公园西北角是两河交错之处，尚留有一桥栏遗迹，属于瑠公圳的这截桥栏，两个方整的水泥墩与三道锈迹斑斑的横杆，杂在围绕公园的不锈钢护栏与水泥仿竹围栏间极不起眼。两条圳道在此相交，又各行其道而去，瑠公圳北走万盛街，雾里薛圳西行罗斯福路五段97巷。

过万盛公园，花木批发市场背后罗斯福路五段的97巷，小叶榄仁遮阴了大半马路，由路上大型水沟盖依稀能看出下方水圳的规模。不远处的道路尽头，依稀能见前方地面隆起成坡，罗斯福路上车来车往，还有那前宽后窄的怪房子。房子形状怪异，是因为挑在畸零地上盖，畸零地打哪里来，多半是河道切分的结果。看见怪房子好像在屁股上踢一脚，找河人拔腿飞奔向前。

是了，正是雾里薛圳，在横越罗斯福路前短暂露出头来了。

暗褐色形状怪异的扁房子现为卫浴行，卫浴行右侧的人行道、不锈钢护栏围起的这段雾里薛圳的露头遗迹，受三方道路包夹，低洼于路面之下。圳水清澈并非臭水沟，约是及膝深度，有白鹭鸶涉水，鱼群丛聚，即便夜色中看不清水下之物，映着路灯的水面圈圈涟漪，皆是让密集恐惧症者看了头皮发麻的吴郭鱼嘴，也唯有在夜间细觑，才能得见水面上一抹淡淡虹色油膜。

正是怪房子卫浴行临水矗立，我特别感念其屋主，不似我看过太多的河边人家一般，会将污水管方便地对着水圳排放，让我踏查的这些年里，始终欣见圳水的良好状况。不过二〇一四年某个十一月的日子除外，也许只是无心图个方便，怪房子屋主往后院的雾里薛圳倒了一咕嘟不明溶剂，让好几位"资深圳道居民"吴郭鱼翻着白肚浮上水面，我很少看到那么硕大的吴郭鱼。

一过罗斯福路，雾里薛圳的地势陡然又低，这一大段填平的圳道应是绿带公园，然而夹在两排房屋间更像后巷，迫得小叶榄仁一个个生得瘦长，其形态好似金针菇只在顶端展开一簇树荫，为争取巷道上方一线天的阳光。

雾里薛圳步道大约走在罗斯福路五段150巷与盲肠似的罗斯福路五段92巷1弄间，末了是一大片"台北好好看"绿地。始自二〇一〇年花卉博览会期间——那可真是台北市的一大盛事啊——"台北好好看"都市景观改造计划，以容积率等诱因，让建商在拆除老旧建物但未展开新一轮建设前，将因此暂时闲置的空地改造为绿地。据"都发局"统计，自当年四月一日启动此计划后，已开创十四点八九公顷的绿地（超过半座大安森林公园）、五点三二公顷广场式开放空间、零点七公顷人行通道、零点三七公顷挑高室内开放空间……建商为了容积率，没有什么事是不愿做的。因此这些年间我走路，"好好看"绿地渐成道旁常见景色，看久了，也知建商用心程度大大有别，有的绿地精致如同小公园，如东门一带信义路两岸数个"好好看"绿地皆然（惜与鼎泰丰一巷之隔的绿地已开始建设，成为工程车进出频仍的围篱工地），或长春路建国北路口附近那片向日葵花田；也有绿地建设潦草，象征性地铺好一片草皮即告完工，如仁爱路二段30号、过金山南路口不远红炉牛排隔壁那片绿地。不论精致粗疏，这些绿地总是短命的东西，终归有一日，森然水泥建筑方为它们永久的模样。

雾里薛圳边这片"好好看"绿地呈扇形如剧场，由木质步道环绕整片草地，也算是粗疏那一类的，幸有一旁巨大榕树遮阴而多了质感。绿地旁的水泥仿竹围栏后，雾里薛圳再次露头，这一小段圳道有植草夹岸似自然溪流，圳道两侧剥露出红砖的水泥墙，墙上挂满铁线蕨，太有趣了的铁线蕨，总是听闻它们如何娇贵养护起来又是如何煞费心思且一不留心就死光光前功尽弃……野外的铁线蕨却不择地生长，生命力一等一顽强，我踏查的地点恰都是铁线蕨所好，如水圳边墙、大小排水沟岸、红砖老屋，处处铁线蕨，处处生气勃勃。

这段雾里薛圳露头遗迹，是雾里薛圳与瑠公圳另一接近处，由圳边往地势高的罗斯福路看去，罗斯福路有如桥面，桥下方的水门就是昔时瑠公圳的排水门。

由雾里薛圳与瑠公圳水门出至罗斯福路上，Nissan汽车行过去是师大分部前的汀州路四段，道路呈圆弧形，两侧绿树交拱成隧道，俨然林荫大道。这条道路是过去的景美溪河道，师大分部坐落的那块土地则是溪上沙洲，一九七几年时填平这段日益淤浅的河道为路，也因此，沿着汀州路四段建设、森森如林的万年公园与万年二号公园呈现河道绿地典型的长条状。雾里薛圳改为排水道后在此入景美溪，往后的雾里薛圳圳道皆被瑠公圳接收为其第二干道，此处是其终末了。我挥挥手别过雾里薛圳，回头去觅瑠公圳。

再说瑠公圳，瑠公圳自新店溪一路北流纵穿新店地区，过了景美溪水桥后，前期郭家父子的木枧桥时代，瑠公圳过景美溪后走景美街，圳道弯曲；日据时代日人改木枧桥为水泥桥，圳道也因此改走景文街，比起旧圳道平直得多——也无趣得多。我们踏查，选的是旧瑠公圳圳道如今的景美夜市，电影人秉持着世新校友地主之谊，招呼动保人与我至夜市大小名摊如四神汤如锉冰店歇坐，动保人禁不住诱惑次次答应，唯让我次次有骨气地回绝了。

瑠公圳不论新旧圳道，一路平行罗斯福路，当咱仨沿河北上，总会不时穿梭，河边走走，大马路上走走，走过万隆一段街区，很难不看对街的景美动物医院一眼，很难不想起吴医生来，也很难不心头一揪。

吴医生是我们的家庭医生，照顾这些年家中来来去去同时期二十只上下、总数则可能近百的猫族，与早年家中十分兴旺然而几年前——离世的狗们，算算近二十个年头。吴医生的诊

公馆师大分部前的汀州路四段,是过去的景美溪河道,师大分部坐落于它所分割的溪上沙洲,一九七几年时填平,汇入新店溪处的河道如今仍在,于宝藏岩山脚下,今被称作"万盛溪"。

间，凌乱拥挤好似战地医院，吴医生则是近年越来越罕见的全医，看诊不分科，什么病都能医（越说越仿佛是那在铜锣乡间行医一辈子的我的"公太"外曾祖父），不少猫奴爱妈因此认为其看诊草率不周延，不似他们精致照顾的做法，殊不知吴医生是最符合我们家节奏的。

我们也曾目睹某夫人，抱着她的狗（那黄狗瘦长身子尖尖嘴搭以惊惶眼神，好像狐狸啊！），匆匆闪身进景美动物医院。

低眉垂目在看诊时从来不看人的吴医生，看着还真酷，但后来我们晓得他是心软，粗犷绑着一把乱糟糟马尾、包海盗头巾的吴医生，一颗心比谁都要玲珑剔透一戳出水，会在我们抱来已如干尸犹有一口气的路倒街猫求诊时哽咽，会为照料了一辈子的老狗打针送它去当天使时流泪。

吴医生不烟不酒，行医闲暇时便是运动或到离岛义诊行善，这样的生活方式却在二〇一二年年底确诊罹癌，末期肺腺癌。当我们关心地问起吴医生接下来的治疗，吴医生转身一把抱起常驻动物医院陪同看诊的橘白大猫："那就只好做标靶治疗了，小咪！"

我们晓得风象星座的吴医生不擅面对人情关怀（同为风象星座的我早就三令五申亲友，哪天生病受伤了一概不准探望），尊重他的感受没去探病，如此久久没有音讯。景美动物医院由吴医生太太与几个学弟接手，一日家中猫族有小状况，我们去电征求医疗咨询，吴医生太太接的电话，专业询答毕，我们鼓勇问起吴医生如何了。

"他现在很好，想起来时也随时能回来看看我们。"始终是宗教性的豁达的吴医生太太答以。

对吴医生，我们只觉得非常惆怅，吴医生是猫们狗们的家庭医生，却也仿佛一头我们相与多年的流浪大公猫，一夜秋雨一晚寒流之后，再不见了。

景美动物医院仍开业看诊，每每沿河走过，我俩总会往拉门内窥望，景美动物医院变得干净整洁了，小小诊间空阔不少，没了那猫妈狗爸们所不爱的战地医院气氛，就是小而美随处可见的动物医院。

瑠公圳随兴隆路一段70巷远离罗斯福路，经武功小学侧面，跨越兴隆路一段后为万盛街，流经花卉批发市场，至万盛公园与雾里薛圳汇合。武功小学亦与雾里薛圳有些渊源，前身是台北县景美镇景美学校的隆盛分校，后正式成立为台北县景美镇隆盛学校，因祭祀公业周振西捐献校地千余坪，遂以其堂号"武功堂"更名，改为武功学校。

祭祀公业周振西今在中正区和平东路二段，然而景美一带多周家的土地，原因无他，还记得集资建雾里薛圳的周永清？雾里薛圳本是周陈两家合股修筑，后陈家因故退出，水圳所有权便完全归属周家。玉山社出版的《瑠公大圳》深入分析过雾里薛圳与瑠公圳很不同的性质：雾里薛圳与周家宗嗣紧密相依，亦维系起家住河岸边的人们的紧密关系，周家本身即用水人，其余引水人与周家也大多有租佃关系，都是自己人，故水租低廉，此收入用于修缮水圳与祭祀，正因周家自身也依赖雾里薛圳给水，对水圳维护得勤快，鲜有水圳荒废的情形。相较雾里薛圳这种人与土地、产业与祭祀、圳主与管理者与引水人皆一体的稳定秩序关系，瑠公圳在这些面相上是分离甚至破碎的，水圳所有人板桥林家（郭锡瑠曾孙郭章玑不肖，败光家产，不得不将水圳卖给林家），不实际使用水圳，甚至也不负责水圳修缮而另雇管理人，管理人无实际利害关系，往往疏于照顾水圳，导致水圳圮毁无人修缮，引水垦户交了水租却无水可用，引发用水纠纷甚至兴讼告官。如此用水冲突绵延至日据时代，促成日人成立"瑠公水利组合"，将水圳收归公有统一管理。

瑠公圳随着万盛街流过与雾里薛圳相交的街口，持续北走，触及蟾蜍山边坡后转入罗斯福路，至公馆圆环处分汴为两条干道。这一段万盛街，道路右侧的地势远高于路面与道路左侧，一连数栋庞大方整、旗帜高悬的建筑自上方俯视街道，都是隶属"警政署"的公家机关：保七总队、民防指挥管制所、警察通讯所……相较之下，万盛街左侧的街景平凡无奇怪难看的，成排大约三至四层再普通不过的老旧住宅区，都是颇有年岁的斑驳水泥建筑，差不多要迈入等待"都更"（都市更新）之列，此中多便宜租屋，提供给邻近两校台大与师大分部学生，从很早以前便如此了，在万盛街尚有河涛流过的时日里。

万盛街的河边曾有一栋有院子的平房，平房隔成数个房间分租给学生——那是一九七〇年代的事了——还记得这栋房子

有过一段如火岁月的万盛街,是尚未分汴的瑠公圳,一侧山坡为蟾蜍山,坐落数栋隶属"警政署"的公家机关。

的，也许只剩蛰伏万盛街之下的河神，与当年蜗居河畔的左翼青年们，这栋房子是他们的混迹之处。屋主黄同学，这是他安身立命的小书斋，出入其中的有被学生们奉为意见领袖的钱同学、区同学、谢同学、多年后提笔记下这段不凡经历的小老弟郑同学……

他们是来自岛内各地的高中生，由编辑校刊引进西方进步理论始，进一步接触绝大多数为当局所禁的左翼思想，一场南北串联将他们带到一块去，进一步，会师在台大哲学系，因此有了这万盛街的河岸岁月。如今很难想象当时的台大哲学系，聚集一批没比学生大几岁的年轻老师，承自殷海光一脉相传的自由主义与抗议精神，抱负昂然，系上风气为此一新，领导进步思潮并高举抗议大旗，加以各路英雄豪杰加入，其地位不可取代，绝非今日"入学转系跳板"的悲惨处境。

我想问问万盛街的河神，是否还记得他们傍着它的潺潺水流主编了《大学论坛》，延续他们在高中校刊的信念，介绍翻译西方进步理论乃至左翼思想，这是当时台大校内最为思想前卫的刊物，也因此屡屡触怒校方，冲突不绝，当他们迫于校方压力不得不撕去新刊中存在主义哲学家萨特的文章时，是否有断简残篇随水而去，河神因此读了那篇文章吗？

河神伴他们夜夜饮酒，听他们高歌。我爱得要死要活的披头士摇滚乐，他们认为还是太"市镇小知识分子"的品位，不爱听，他们要的是更能代表底层民众与乡土的"国语"和闽南语流行歌（在我这乐迷来看，贯彻信念果然还是得牺牲一点专业与耳福）。高歌毕，烂醉了，相与枕藉而眠，屋外水声滔滔至天明。

我想河神一定也记得置身事外的邻居电机系曹同学，与世无争地炖煮大锅牛肉独享，对那个物资缺乏年代的穷学生而言，牛肉太香，香得时至今日记忆犹新。以至多年后，钱同学与曹同学偶遇叙旧，头一个问候起的仍是那锅香得不得了的牛肉，那么香，河神该是闻着也动心吧？

河神又否记得，他们临河涛、迎着保钓运动的飘摇风雨，在河边一笔一画写下"中国的土地可以征服，不可以断送。中国的人民可以杀戮，不可以低头"的布条标语，隶书体字字沉重如金石，落款，高悬校内。保钓这一战，连带牵动日后的民族主义论战，他们好不知厉害也真了不起地冲撞了当时的当局体制，惊动"警总"，最终引发台大哲学系事件，落得狼狈不堪的收场，当"警总"的吉普车低鸣着开进来抓人时，河神是否心急如焚？

一段烽火岁月戛然而止。三十年过去，台大哲学系再没能重拾当年引领思潮的风采，青年们四散纷飞，淡出了。万盛街的河流盖上了柏油路，租屋的学生候鸟般来了又走，一代复一代，新生入学，毕业生离校。离不开万盛街的河神，不知外界世事，轮到我来告诉河神，祂所陪伴过关心过的那些青年们后来都去了哪里。

三十年时光老去了青年们，有意远离过往似的，如今尖锐对立的政坛少见他们的身影，他们大多活跃在迥异的领域，从商的从商，或入学院潜心研究，或进校园为人师表……我有幸认识的钱同学，已生华发，温文儒雅如英国绅士，早不是当年那脸膛通红、一头冲冠卷发、抽烟拍桌骂人的愤怒青年。这些年专注于自由主义研究，亦是与动保人宣扬动物伦理所师从的前辈，不管是正式的会议上或私下轻松闲聊的饭局里，对我这类后生晚辈总有多一分的照顾，也是这般时候，仿仿佛佛能在他身上看到当年的影子。

有些边边角角作为影子，在这幅图像中擦身而过的人呢？炖牛肉的曹同学，多年后是事业有成的大企业家，作为晶圆双雄之一，然而太专注美食、专注骨董文物反倒不那么在意商人本业，同时也关心国家大事，不时署名"老麻雀"进言时政，终究是在不久前，对岛上的种种心灰意冷，远离这一切入了新加坡籍；有那为贪腐前当局领导人案辩护的大律师陈同学；听说是偶然会出现，新奇这群人，却因为太好家教太乖宝宝，被视为"台北漂亮男生"（郑同学如此形容）、难以融入这些人的马同学，任法务部门负责人、台北市长以至台湾地区领导人……

当然最重要的还有小老弟郑同学，留学后改读电脑专业，大半辈子从事的是电脑资讯业，却在退休后提笔，记录下那段年少时，我从他的行文间，试图去想象那个在台湾迟来的"六〇年代"，正如我再不晓得万盛街河流的面貌，也只得由他不经意的描写中一窥："万盛街这时只是一条沿着大水沟蜿蜒而行的小路，水沟上游好像有家整染厂，沟里的水总是五颜六色。"

我多少有些遗憾自己没生在那个时代——此话实不应当，生在物质生活丰沛的太平盛世，说自己羡慕那个思想自由深受钳制，稍一不慎甚至会赔上性命、埋骨荒郊无人闻知的年代，未免太轻佻太不知轻重了——我好生羡慕那时代人人心中如野火，而今荡然无存的那股精神气，那个时代，人人都能是一方豪杰，好人好得有意思，坏人坏得有内涵。那个时代，一切是真实亦真诚的，人心是真，信念价值是真，颠沛流离是真，人们面对困境的抉择与付出的代价也真，那时人们当真站在历史分歧的路口，并非享尽了太平盛世后捏造出种种困境，以便自我感觉良好地站上历史的浪头。

正是无缘目睹，我有太多的问题想问河神，问问那个时代究竟如何如何，问问河神祂所陪伴的那群青年们，他们真了不起不是吗？他们年不及而立，未免天真的"自信不平凡"，相信一己之力能改变一家一国命脉乃至世道，因此他们敢于逐鹿中原一闯天下，带着豪情也十足傻气地冲撞了整个当局。他们不谈令人好生厌烦的小清新小确幸，不干自相矛盾之事如罢课还要求不记旷课、如全盘否定体制地号称革命却请好律师团预备作体制内的全其身……若说多年后比他们小二十多岁幼态持续的世代——年近半百仍开口他们大人怎样、闭口他们大人如何，唯恐多说一点多做一些就要惹祸上身——是一群抢着当小孩的大人，则他们就是执着要当大人的一群小孩。

河神见证了一代一代的人，我只希望，河神不会因我们的一代不如一代而叹息。

一个一个世代的人,都有他们冲撞的对象,有付出了青春岁月也要换取的种种,对身在其中的人来说,难言孰轻孰重——尽管我认为孰为轻重还挺一目了然的——然不应遗忘过往,不要井底之蛙地认为一切抗争与奋斗只从此刻始,永远莫忘,一代之人都是踏着前人的道路走过来的。

夏虫不可语冰,刻意遗忘过去、因遗忘与无知显得轻灵潇洒并以此为傲的当今之人,我要如何向他们描绘,那万盛街上的一段如火岁月,正如同我也无缘目睹万盛街那五彩纷呈的滔滔水流。

瑠公圳第一干线

蟾蜍山／芳兰山下

瑠公圳在公馆圆环分汴,分出往东的第一干线与往北的第二干线(原本的雾里薛圳圳道)。第一干线沿蟾蜍山(正式名称为内埔山)北麓东行,前半段是罗斯福路四段119巷,过了基隆路四段41巷后,路是芳兰路,山是芳兰山,散落在山脚、遗世而独立的焕民新村、义芳居、芳兰大厝,由这条河一一串起。

我得以重游蟾蜍山,算是张万康起的头,是他将我拉进这次机缘中,或该说将我们,"我们"包括我、侯孝贤侯导、我从小唤叔叔唤到大的小说家林俊颖、大陆友人也是小说家的常青,我们几个人一块走了一趟蟾蜍山脚。

何谓重游?一九八六年侯导在蟾蜍山拍摄《尼罗河女儿》,当年我不及一岁,让不怕麻烦不知厉害的编剧抱去了片场探班,幸不会走路亦不懂人言的大头婴儿没闹出什么岔子来,蟾蜍山长什么模样,当然不记得。

然后一晃眼二十八年,去年夏天,我与动保人为踏查瑠公圳的第一干线，才又走上一趟芳兰路。我俩由辛亥路口的自来水厂开始，一路溯河而上。启程处的长兴街口，曾有此地居民自述童年回忆，芳兰山脚向来多水患，台风过后，从满是坟头的山上冲下的大水，往往也将棺材板带进家里来。

水厂旁公交车亭，透明的厚玻璃外墙后是附生了薜荔的红砖墙，薜荔结出满满一墙头可混充爱玉的绿茸茸隐花果，远看整面墙暗绿深红的很有味道，我替动保人拍照一张如亭下候车状，不料想一并拍进了一抹鬼影——映在玻璃墙上的我自己。

沿着薜荔红砖墙走，随墙角左拐进基隆路三段155巷176弄，右手边的工程围篱后是郭台铭资助台大兴建的永龄生医工程馆，这时生医工程馆还只是个不成形的工地，日后一次次的踏查中，我目睹它猛烈生长起来成为簇新的橙灰相间大楼。生医工程馆右侧一小水沟，清清浅浅一缕水流，水边铜钱草牵引细长藤蔓，撑起一盏盏巧致圆叶，站在沟边窥望水沟尽处的涵管，依稀能见芳兰路下的巨大箱涵，该就是昔年蜿蜒过山麓的那条河流了。

176弄往内，薜荔红砖墙尽处没几步，依稀可见水沟随着176弄走，末了弯进台大农业昆虫馆后育苗圃与荒烟蔓草中不见。在此先遇上芳兰大厝，芳兰大厝年久失修，本为五开间的三合院，如今左右护龙不存，剩下正身三开间的建筑体，毁圮几如废墟状，唯屋脊的剪黏艺术，种种麒麟花草鸟兽生动鲜活依旧，我向来不爱剪黏艺术也看得入迷。古厝旁菜园新绿，加以挂在古厝正门的现代物品电表与门牌，隐约透露此处尚有人居住。

过芳兰大厝，176弄会入基隆路三段155巷，两巷弄成一转角，转角处的芳兰退舍是整条巷子最高的建筑了，一九八一年由空军营区改建成的，供单身退休军官与空军地勤人员居住，电动铁门是芳兰山退舍唯有的崭新之物，铁门上电子字幕"出入平安"提醒往来者。我俩从铁门往内窥视，退舍玄关凉幽幽的阴影中，几位老杯杯（老伯伯）几张藤椅，一坐就是大半天。还算硬朗能走动的杯杯们，出至退舍对面，一座标示为学府里公物的钢架凉亭下，亭前的155巷从未见过车辆来往，杯杯们牵来的狗就在马路中央三两嬉戏。

种着瘦巴巴羊蹄甲的基隆路三段155巷往义芳居去，与义芳居一路之隔的那些温室与苗圃，台大在兴建时填高地基并更改排水沟设计，排水沟竟比路面还高，原本地势高的义芳居反而成为淹水的低洼地。芳兰山脚下的古厝不语，静默见证台大对历史与过往的轻慢不尊重，这些都是后话了。

一座公厕旁、一排矮竹墙背后的义芳居古厝，市定三级古迹，背芳兰山面瑠公圳的好风水，三合院的正身与左右护龙保存完善，处境比芳兰大厝好上太多。早年移民社会氛围下，有土匪流寇有本地部族出草，义芳居负担有防御功能，砂岩的石砖石墙厚实坚固，说是外墙一共有二十四个铳眼，可惜我俩一个也认不出。导览中的蝙蝠螭虎纹饰、以上翘为特色的福建安溪类型屋顶燕尾，我俩有看也没有很懂。

还是看看猫吧，我俩细数在地猫族，外向不怕人的橘猫兄弟档,老在古厝入口的车道摊晾肚皮兼招待;怯生生的白猫母子仨栖在古厝檐下,相互打理毛皮并提防不时来访的游人,我拍摄义芳居正门"义路望规礼门植矩,芳痕当春清节为秋"的对联时,总有三两散发幽微绢光的白猫入镜。

芳兰大厝与义芳居,陈振师与陈朝来父子,两人是义父子并无血缘。福建泉州安溪人陈振师乾隆年间来台,于艋舺芳兰记船头行任杂役,很受东家赏识,乃至东家年迈返乡,将船行顶让给了陈振师,从此发迹的陈振师多年后在山脚下买进并改建家屋,为了纪念芳兰船行而以"芳兰"为名,便是芳兰大厝了,连古厝依偎的那座山也因此得名,是为芳兰山。陈朝来是陈振师义子,是陈振师长子去世后,晚年由大陆家乡认养而来。及至陈朝来子孙众多,芳兰大厝住不下,乃在其西侧另起三合院建筑义芳居。无论是芳兰船行东家、陈振师乃至陈朝来,三代人皆无血缘关系,然此一脉相承是真实而紧密、非常动人的。

陈家渐渐兴旺,陈朝来的四个儿子再次面临家屋人口爆满,便在义芳居对面、隔瑠公圳另建四合院"玉芳居",由陈家三代人建立的芳兰大厝、义芳居、玉芳居合称"芳兰三块厝",可惜一九八五年,我出生前一年,玉芳居被台大征为校地惨遭夷平,盖了坐落哪里都没差别的男七宿舍;同样因征收校地而归属台大所有的芳兰大厝,修缮权责也归台大。建筑体残破不堪、宛若人断去双臂只剩下躯干的芳兰大厝,四周围以铁丝网(选举期间老被当路边看板挂满各方人马旗帜布条),搭起了钢

市定三级古迹的陈家义芳居,芳兰三块厝唯一良好保留者,背芳兰山面瑠公圳的好风水。

架顶棚暂为保护，打算以此苦撑着等待遥远的某年某月想起来时再修缮吧，对比斜对面崭新崭新的生医工程馆，我难免如同陈家子孙的悲愤质疑，台大"根本在等它自己塌了就可以拿来盖校舍"，也许盖个男 N 舍，也许再来一栋生医工程馆之类漂漂亮亮的大楼。

传承文化、标立价值观的学术教育单位，还是台湾最高学府，带头行文化破坏宛若蛮族入侵之事。在台大校园内，舟山路的瑠公圳水源池边，尚有校方立牌说明舟山路历史，说明"旧基隆路三段"如何改制为舟山路，又如何在各方奔走下封闭为台大校地，保护了校园的完整性与对外的封闭性，并感念本地家族如陈家、林家、颜家、廖家、王家让地兴学，其中陈家，指的莫非就是芳兰山的陈家？则此"让地兴学"何其讽刺！

走完山脚溯河路的我们不会料到，一场相同的仗马上又要打起。我们几天后接到张万康来电，万康幼年就住蟾蜍山脚，读的是公馆铭传小学，那片有着他童年记忆的山脚眷村名叫焕民新村，经他一解释还来头不小的这眷村出过众名人如伍佰、张菲、费玉清及费贞绫三姐弟。眷村地上建物归空军部门所有，土地则是台科大校地，如今台科大要向空军部门索讨这块校地，由空军部门执行的拆除工作随时都会展开。于是万康与当地一群文字影像工作者成立的"好蟾蜍工作室"自救组织，以"最后的山城眷村"为诉求保留并活化焕民新村。然而他们有热情，却苦于没有做法与发声管道，乃找上侯导希望他能号召也带领他们完整走一次自救行动，将举行记者会与一连串会后活动如影展、办桌、修理废家具云云……

万康问起我俩是否有意愿加入？这有什么好拒绝的！

我俩登时想起，那一日的溯河之旅末了，我们是有走过焕民新村的，当时并未太注目这片山城，仅是动保人凭多年直觉断言其中必有猫踪，故而多看上几眼，感叹此处好似香港新界一带近山近内陆区，也像尚未观光化的九份，走走看看，我俩并未进一步深入。

于是动保人说，就多带上几个人，趁着记者会前半小时一小时，好好逛一遍芳兰山与蟾蜍山脚吧！除了本就受邀出席记者会的侯导，又揪了恰来台湾的常青与住家不远的俊颖。

我十分记得那是个热得不得了的秋日午后，阳光白炽炽的像法国南部比如普罗旺斯，那样的阳光会晒傻人、晒到记忆曝白，当天动保人负责揪团却临时有事落跑，只能由我带着三人山脚一日游。那天光是集合便几经波折，除俊颖住家不远徒步而来，搭计程车来的侯导、常青，司机皆是闻"芳兰路"傻眼，侯导尚能中途弃车走来，常青就只能任司机载着瞎绕。

好容易等齐了人，我挟几分鸡毛当令箭的领队威风，使唤这些远比我了不起的家伙逛起山脚溯河路，就是我与动保人几天前走的那条路，我们过曾是玉芳居的男七舍、过自来水厂、过长兴街口，看看自来水厂外墙宣传的宝藏岩国际艺术村，感叹一下两座依山而建遥遥相望的古老聚落，际遇如此天差地远。薜荔墙前稍驻足，我介绍永龄生医工程馆，学医出身的常青闻之大乐，她素与数名大陆友人竞逐率先来台定居，若能来此谋一职，她可要大大领先了！

观光导览行程，我带他们走过芳兰大厝、芳兰山退舍、义芳居。侯导总抱着拍电影看景习惯，一头钻进芳兰山退舍东瞧瞧西看看，那厢杯杯们疑惧投来注视。我们特地对常青多加解释，杯杯们都是"荣民"，即当年随国民党来台的老兵，常青至此方恍然大悟，哦"荣民"，她反反复复听我们说农民农民的，原来是"荣民"哪！侯导笑说，当年"荣民"随国民党来台，很多确实给安排到后山去当了农民的。

义芳居前，侯导细细研究"义、芳"的那副对联，天热得橘猫兄弟白猫母子皆杳无踪迹。常青研究古厝也研究公厕，顺带调侃一下北京在奥运后推行的"不许见一只苍蝇"的公厕文化。我们顺基隆路155巷离开义芳居往芳兰路去，途经的飞航服务总台边亦有明沟一小段，这段水流时清时浊，总有漆黑的豆娘穿梭水面草叶间，替水质挂保证。小水沟末了也是潜入芳兰路地下，路口的小槟榔摊架于水沟上，名副其实的水上人家。

芳兰路几年前尚且通行无阻碍，如今却在中段公馆小学一带，被不知何单位的铁门阻断，我领着他们暂时离开芳兰路，走平行的基隆路四段41巷68弄，经"空军作战指挥部"门口后转罗斯福路四段113巷。看看如森林小学深具质感的公馆小学，嗅嗅美中不足由邻居台大动物科学技术系的畜舍送来的阵阵猪味。人在路上走，河在地底流，隔着一层晒得滚烫蒸出热浪扭曲视野的柏油路，我仍发挥找河人的本能注意道路弧度与种在路边的尤加利树，走着走着一回头，却往往空荡荡一条路只剩我在走，三人好奇心旺盛，凡有历史有质感的建筑必定要拐去看看，如台大昆虫馆，如财团法人"对外"渔业合作发展协会（听过这个单位吗？）这些绿荫扶疏的红砖洋房，让我不得不随时绕进去把三人挖出来。

我们在焕民新村口照面了"好蟾蜍工作室"，"好蟾蜍"们有活动发起人、纪录片工作者林鼎杰，他在此地租屋居住多年；有负责这次牵线拉侯导进来的王耿瑜，瘦高中性的耿瑜是《尼罗河女儿》的副导，如此渊源促使她加入自救行动，这一日她拉来《尼罗河女儿》的班底陈怀恩、林巨、王晶文，万康刻意退至这些人边角做不起眼状。那一天王晶文爽朗黝黑如年轻小伙子，看不出是半百之人，仿佛还是《恋恋风尘》中阿远的模样，又岂知大半年后的深冬将乍闻他猝逝的噩耗。

"好蟾蜍"的大伙儿带我们由村口进，介绍两棵"护村神木"，是两棵生长在村口停车场中的大榕树，两树盘根错节、气根交缠成干。以榕类而言，如此巨木应不至太老，然而总是合乎了"台北市树木保护自治条例"中"树胸高直径零点八公尺以上，树胸围二点五公尺以上，树高十五公尺以上，树龄五十年以上"的规格，因此当七八月里，怪手推土机要开进焕民新村时，因疏忽了未对两棵榕树提出树保计划而不得不将工程车辆原地开回，暂时保住焕民新村。

它俩一是正榕，一是大叶雀榕，可爱也可恨的雀榕，我与动保人皆爱雀榕，想方设法要在家里种一棵出来，而雀榕总不识抬举，好端端种在园圃或花盆中不见萌芽，在稀奇古怪之处如墙头或他树树丫便得生意盎然。焕民新村这棵护村神木亦然，它斜倚着焕民新村的外墙生长，懒懒的模样有几分无赖气，一旁的正榕老老实实长成树状，相较肃穆周正得多。它俩就生长在河边，是否汲取了瑠公圳之水才能生得大若垂天之云？

焕民新村的构成有三部分，眷村本身三十余户、没有分配到眷舍的军人自行在外围扩建的"类眷村"，与农业试验所的宿舍群，倚山而建的聚落在长时间中不断扩建，凭的是居民实际生活需求而非整体规划，如此形成的山城景观仿佛自有生命，在山坡上蔓延生长了开，标高百余米的蟾蜍山悬在眷村头顶上，山顶上的空军雷达是蟾蜍山最醒目的地标——蟾蜍山下的坑道属"空军作战指挥部"，村里的杯杯们信誓旦旦告诉我们，这些坑道是能直通圆山地下的战时指挥所的！但凡我们眼角稍流露不信，杯杯们便要动怒，我们只得讨饶。

焕民新村一如所有眷村密集如蜂巢，房舍们长得如何，我想我如何搜索枯肠也没有原居民万康描述得到位："四年级上学期，我搬出这栋平房。对了，不只我家是平房，我家那边全是平房。那些房子都长得很后现代。是用大小石头、红砖头、空心砖、木头、木板、三夹板、波浪板、塑胶板、黑瓦片拼装而成的。以上素材除了屋瓦都可能会出现在同一面墙上。墙面如果有石头或砖头，外部没敷水泥。水泥是用来黏合，不敷面。同一块屋顶也多样化，这里屋瓦一区，那里塑胶板一区，板子上压砖头，以免风刮走板子。有的人家外头有一小段竹篱笆。

有的房子像黑年糕，里面隔上四片木板，就形成五户人家。都爷爷率领一队大人动手盖的。我家就是五户里的一户。"是他曾在短篇小说集ZONE描述过的，唯眼前的焕民新村早没了他行文间的生气勃勃，反而空洞寂然，没门扇没窗户的房舍就只是个空壳子，替我们导览的"好蟾蜍"们解释，先行击碎玻璃窗是为了便利接着的拆除作业，因此有窗没窗，要拆除要保留的家户一目了然极易分辨。空荡荡积了泥土长出草木的室内，碎玻璃与阳光散落，一地灿亮，上方悬着学生们的装置艺术，一台破烂扭曲带锈斑的脚踏车。房舍外墙上贴满资料，有剪报有宣传单有古地图，有文史工作者严谨的口述历史记录了居民话当年，我忙借机收集资料，在其中殷殷寻觅起关键字"瑠公圳"来。

记者会名为"蟾蜍行动——邻里起哄"，在村中两排房舍夹着的窄巷举行，负责布置的学生们由二楼阳台探头俯瞰下来，吓，竟有几张金发碧眼的脸孔杂在里头！"好蟾蜍"们说，学生都是自动自发来此的，那几位"老外"是留学生，来自欧洲各国。时至今日，我也只记得其中一人是法国人。

侯导留俊颖和常青给"好蟾蜍"们导览，领我去当年《尼罗河女儿》各拍摄地点怀旧。侯导这些年里记忆力在飞速消失中，对当年拍摄的种种却是记得顶清楚。《尼罗河女儿》拍摄地是与焕民新村一个巷道之隔的另一区山城眷村，相较之下规划严整，建材也讲究得多不似违建，不在这次拆除的范围内。侯导与我挨家挨户走访，告诉我这里拍了哪一场那边拍

时有在地居民活动的焕民新村村口广场，蟾蜍山上的大雷达清楚可见。

的又是哪一场，稍一不慎就闯进人家后院或门廊下。眷村格局如此，房舍紧密相依，眷村出身的动保人幼时与同伴村中嬉戏，追逐之间，总要追进这家后门追出那家前门的。门廊下晒着的塑胶袋内衣裤被风吹得鼓胀起，扑扇如羽翅猎猎如帜，我俩被扇得一脑袋悻悻退出。

我们爬上面对罗斯福路的小崖头，彼处弥漫着菜园飘送来的水肥味。在那里呢，我向侯导指出山下的河道，我们看着瑠公圳沿着山脚流，由南北转向东西，往焕民新村流去。我向侯导解释河流独一无二宛若印记的弧度，指出河边的那间小庙，说说先民面河盖庙的习惯，侯导哦哦哦数声带过，我亦不敢迫他强记。本来嘛，找河就是我古怪的兴趣，看着听众眼睛打叉呵欠连天，我也早学会了识趣闭嘴。

然后记者会上，侯导从"台湾先民习惯将庙朝着河道盖"开始谈起，谈谈人与建筑与土地的关系，现代化开发不必然得撕裂这样的联系，谈各国对老火车站的保留，都是老馆保留再盖新馆，现今这个世界，难道还嫌无滋无味的大楼不够多？"不要看不起身边那些时光留下的造型，台北不能再这样乱拆乱盖，什么都不留了！"

万康接着侯导发言，说起自己与焕民新村的渊源，他在此地的童年，"后来我长大了，才知道这种房子叫作'违章建筑'。在此之前，我只知道这叫作'家'。"多动人的言语！却看万康咳不停。这位小说金典奖百万得主紧张即咳，咳不够便干呕便吐，吃饱了螺蛳退场，对照前面侯导发言侃侃而谈行云流水（尽管口头禅"我感觉……"还是多了些),万康羞愧退至一隅怯问年轻犀利的女友企鹅:"我讲得很烂吼?"企鹅欣然同意。

大伙儿陪侯导村中四处走晃,身为侯导的老班底都很熟悉地看景。焕民新村的房舍狭窄,却在家具搬光了人迹净空等拆的当下显得空阔,窗玻璃碎散一地让人下脚格外小心,那日的猛烈阳光斜入一间间空白斗室,光影分明。我们穿梭在面朝瑠公圳的那一排家家户户中,楼梯陡峭几乎垂直,让素来惧高的我几乎无法上下,每下一次楼梯总要在背后堵一整排人。

侯导大赞这些民宅,隔间布局殊异,空空洞洞的门窗相互连通,上层高度不一似夹层似二楼,下层半地穴状说不准是一楼还是地下室,其导演的脑袋当下盘算着各种尝试:"这里拿来拍警匪片最好了!你看,两个人在这里追打,一下子从这窗口飞进来、从那门口飞出去,这空间太过瘾了!"

不难猜出侯导脑袋里的画面,《谍影重重3》(这些年侯导热爱的好莱坞电影之一)中,杰森·波恩与CIA杀手在丹吉尔民宅区的一场精彩动作戏,两人在狭窄民宅中近身搏击,追逐、缠斗着由一户民宅直接摔入隔壁人家……唯有狭窄密集如蜂巢的丹吉尔民宅区可以拍摄这场戏,当然还有焕民新村。

会后的活动是征求志愿木工为杯杯们修理长椅,村中公物木长椅在七月底的拆除行动中毁损,修好了长椅,杯杯们即便已被迁置他处,仍天天骑脚踏车、驾电动轮椅回来,长椅上一坐就是一下午闲话家常。邻间里彼此相依的紧密纽带在眷村之类的老聚落不罕见,其亲密程度甚至超越血缘之上,是先进城市在拆迁工作前安置居民的首要考虑，在岛上从古至今的各拆迁案例中却往往遭到忽略，被硬生生从纽带中剥离、丢入陌生聚落中的拆迁户，年迈的老杯杯们老奶奶们，往往便是宣告了死期，注定要不久于人世了。

常青与杯杯们同坐修理妥的长椅闲聊，杯杯们惊喜这位小姑娘说得一口纯正家乡话（杯杯是上海人，常青是江苏南通人）。我找上深陷长辈重围的万康（"群智［万康本名］啊，都长这么大了，长得好像你爸爸呀！"），央他载我一程至捷运站会动保人，万康心怀感激连忙答应。

其实那个下午，对于焕民新村，我是垂下眼帘不敢多看的，山城太美，如此美好又脆弱不堪，可能台科大随时备妥了树保计划便开着推土机进来，一切就没了，就是一片断垣残壁满目疮痍的山坡，半年一年后长出几栋高楼巨怪来。

不敢看，却一再走访之，拍几张照，祈求已深埋村前马路下的河神也能出一份神奇之力相助，这座山脚下数百年的风貌骤变，没了瑠公圳，没了玉芳居，芳兰大厝风雨飘摇，多少美好事物都没能留住，眼下不该连焕民新村都步上后尘。当年九月里"天兔"台风中（号称魔鬼强台却在岛上几无灾情，美国气象单位因此在人们心目中信用破产），我边拍焕民新村边被强风吹得在人行道上向后滑；隆冬大陆冷气团挟沙尘南下，我在灰茫茫的冷空气中拍焕民新村；大半年过去，我在台湾暖融融也湿黏的春日里拍……变化不甚明显的焕民新村四时风景照，都还存在手机里任我随时翻看。

瑠公圳第一干线

如此拖延有一年之久，其间台科大保存焕民新村的意愿始终低落，以至于侯导想将金马学院移师来此拍摄的构想没成，校方对"先安置后开发"的重视也始终完全放在后者上，甚至状告在山脚下住了大半辈子、农业改良眷户的八十二岁郑阿嬷，要求其拆屋还地缴交七十多万"不当得利"……可喜的是该校学生觉醒，自发举办各种活动研究保存并活化焕民新村的种种可能性，以保存焕民新村为政见的学生当选学生会正副会长，自学校内部向校方施压。终至二〇一四年七月三十日，"文化局"文化资产会议通过保留焕民新村并登录为文化景观，我们欣喜之余，去电常青告知好消息，那端常青却是早已想问而不敢问，唯恐听得整片山城已给推土机夷平的噩耗。

于是我又走访了焕民新村，晃眼再是初秋时节，猛烈但不燠热的阳光中，曾第一线挡住怪手推土机的两棵神木摇曳如波涛如火焰，山城的色彩曝白却又清晰。我与河神击掌，庆幸我们并肩共战并打赢了这一仗。这一遭，我心无挂碍地正视焕民新村，不怕着迷其间，因为我知道，往后无尽的时光无数的日子，它一直都在这里。

大巨蛋："社运年"之我见我思

顺便再说一条，即"延吉街"河。

犹记基隆路"三兴小学"门前，是有一条河的，这条河今日即使被覆盖，然其下的水总要流往某处吧。揣测而去，莫非便是稍稍偏向西北，流入延吉街？至若延吉街这条河，向北直贯，连仁爱、忠孝甚至八德路皆穿过，而进入宁安街。想必不少人仍记得育达商职前，原就有着一条河的。

舒国治的延吉街河便是瑠公圳第一干线，第一干线，是日据时代将雾里薛圳合并为瑠公圳第二干线之后的相对称呼，也是真正由郭锡瑠修筑的瑠公圳，自新店引水、由景美公馆地区进入台北市、横越东半台北市后远抵基隆河。至于台北市民最熟悉的"瑠公圳"——新生南北路的特一号排水沟，日后我亦将为文记之。

至于三兴小学前的瑠公圳打哪里来，那得回到我们早先走

瑠公圳第一干线

过的焕民新村与义芳居。芳兰路的河向东北流，过了辛亥路是芳和中学旁的辛亥路三段 157 巷、卧龙街 151 巷、和平东路三段 228 巷，自和平东路三段起是为信安街，信安街的瑠公圳加盖甚晚（一九九〇年之后的事），乃至不少人对这段河道还相当有印象，即便绝大部分人皆不晓得此为瑠公圳，也尚能清楚指出，这是一段比安东街（第一雾里薛支线）、文昌街（上埤）的小河都还要宽阔得多的大河——至少也是中河，提到大河，人们不免又要想起特一号排水沟了。

在捷运公交车尚不发达的年代，信安街是我们通往威秀影城的快捷方式。威秀影城当年还只有信义区一处，且美国华纳兄弟影业还未撤出故称华纳威秀，若逢电影赶场又不想搭 611 公交车慢吞吞绕道基隆路，信安街便是最快捷的一条路了。那时于我而言，信安街仿佛穿越空间亦穿越时间，从我们家住的文山区出发，一路穿越闹鬼频频而我们偏偏没遇过一桩一件的南一号隧道（辛亥隧道是也），走在卧龙街至和平东路一带，到此为止，放眼尽是闹中取静唯外观稍嫌难看的老社区，是我相当习惯的生长环境，然而当我们打信安街经台北医学院，末了由松仁路穿出直抵华纳威秀，顿是一个高楼大厦拔地窜起、节奏快得好叫人眼花缭乱的崭新世界，其实当时信义计划区还稍显荒凉，没有一〇一大楼那一柱擎天，高楼与高楼间也多有尚未规划的荒烟蔓草。

当然打一开始，信安街快捷方式也是某位识途老马计程车司机领我们走的，到了我自身认路能力堪比资深司机的今日，为了找瑠公圳第一干线而又踏上信安街，总算弄懂了当年的捷径是怎么一回事。

信安街以一柔和平缓的弧度曲折向东北，途中一度与嘉兴街的上埤溪流相交，并流经"陆军保养厂"旧址西缘，此处得遥望有象山与拇指山为衬的台北医学大学，是我进入吴兴街底老社区踏查松隆大排水系的门户。公告土壤污染的保养厂旧址如今是闲置空地，几年前我偶然拜读过此地的活化计划，有打算要将这段弧形的河道开盖重见天日。对于此类的水路活化，我向来感受矛盾，我不论何时何地皆乐见现代都市人认识乃至亲近昔日河流，但更害怕人们非但不会亲之爱之，反而厌其脏臭，比如起自南京东路新生北路口的特一号排水沟露头段，大段大段露出的河面，围栏有水波状镶嵌图案煞是美观，并立有解说牌以贯通古今，但如此尚且难留人驻足，行人大多嫌恶大排臭味而快步走人。被迫以此姿态示人，我想河神也是满心无奈吧！如今特一号排水沟的南段（台大至大安森林公园之新生南路段）是否也要翻开，这问题越来越常被讨论，"选举"期间尤甚，水路活化不是单纯将水泥柏油移除露出水面那么简单，我想，除非能做到如大阪道顿堀川或首尔清溪川（都市水路活化两大典范）那般地步，我是宁愿人们对着一条弯曲马路缅怀曾经的美丽河流，而非掩鼻走避发臭的大排。

记忆总是较之现实美好，不是吗？

瑠公圳第一干线离开"陆军保养厂"旧址，也差不多来到信安街底，信安街尽处便是三兴小学，三兴小学的正门比之两侧建筑要后退得多，正好让河从校门口流过，行经三兴小学的瑠公圳第一干线，大致沿着基隆路北走，过吴兴街口后分出向东的五分埔支线，其主流则向西北去，造成吴兴街至信义路之间的基隆路两侧的地面凌乱不堪，如东侧高楼间鹅黄地砖的圆形开放空间景联广场，如西侧的信义路四段450巷沿线。尽管这些建筑不是办公大楼就是高级住宅，质感甚是洁净与现代化，却免不了的地基不工整、开口朝向纷杂。

五分埔支线，因为地缘关系故我将之列为三张犁的松隆大排踏查行程，在此我左转跟随瑠公圳第一干线主流走，此河沿信义路四段450巷出至信义光复南路口，通过这个十字交叉进入延吉街，福兴宫与翠满园餐厅之间大片铺着黄线的地面，早在拜读《水城台北》、在研究水圳而晓得瑠公圳通过此地之前，我已好奇过这片地面的杂乱与难以通行，这类日后被我称为"河川地"的水城地形。

信义路至仁爱路之间的延吉街有些平凡无味，从数条垂直巷道右望是绿意良好的光复南路，左边轻易可见上埤流域，两者都吸引我得多。瑠公圳第一干线走在延吉街东侧，途中略为偏入光信公园，光信公园地狭树高，树木仿佛受不太充足的地面挤压而只能向上发展，公园南侧的几棵黑板树与公园旁七层楼的老公寓等高，每年秋冬之际开出黄绿碎花，花香是股说不上来的酸酸涩涩味儿。

通过仁爱路后，瑠公圳第一干线跟随延吉街走，早年刚开始踏查水圳时，我尚未精确定位第一干线而仅知此河流通在这一带，曾以为更东边的带状绿地才是河道，那启发了我找河但却不是河的绿地，是来自四四兵工厂的铁路支线，在台北中山纪念馆境内尚有解说牌纪念此一铁道，我的脸书友人中，也有不止一位在那铁道边长大的孩子，如今都是将近四十的大叔年纪了。

动保人起初不甚明白我对此一绿地的格外迷恋何在，更不晓得我也说不上的绿地那隐然的京都气息是怎么回事，如此要到我们于某日入夜走过一通方才恍然大悟，施展魔力的是我们都很喜欢暗橘黄色路灯，会将路树照得格外有层次。种植在带状绿地的树种为台湾栾树与光蜡树，都是偏矮而枝细、叶小翠绿的树种，与非花季的染井吉野樱相仿，加以宽阔洁净的人行道与两旁有质感的餐厅，带状绿地中央的停车场与两旁稍有区隔，橘色灯火下特别像是河道。那种空间感，树与灯光、树与路面、人与树、人与路面的关系，像极了京都高濑川两岸的木屋町通，唯独没有越晚越众喝得烂醉的日本人直接跳下高濑川泡水醒酒。

瑠公圳第一干线通过此段延吉街后，就是忠孝东路的大马路了。

二〇一四年与二〇一五年之交的那个冬天，气温冷热不定，一天冷一天热的结果，忠孝东路的枫香行道树泛起枫红，说不准是鲑鱼橘还是粉红的那抹色彩是往年不曾见过的。从延吉街口往东边望——好吧往右望，这是我与动保电影二人永远的沟通障碍，男人认路，总言东西南北、日月星辰方位，这与远古时代男性必须长时间远行在并无地景特色的荒漠或疏草原追猎兽群有关，然而这些方位对女人全无意义，女人认路，凭的是前后左右、地标景物，那是因为走出为家的岩洞，必须绝对清楚各处采集点，那棵果树这丛浆果的精确位置，何时成熟可采收云云——无法不看见构筑中的大巨蛋，这座庞然建筑物似一头丑恶巨兽，也似长在和谐的都市肌理中的一球癌细胞那么触目惊心。我巴不得某日行脚路过时，能惊喜看见此癌细胞巨兽已幻化为无形，再复原初绿树参天的都市绿肺模样。

大巨蛋全名台北文化体育园区，除了主体的室内体育馆，即那颗癌细胞巨兽，尚有附属设施如商场、办公大楼、饭店，而这些建筑群坐落的地基原属松山烟厂境内，是一浑然天成几乎不用费力打造的森林公园（唉那个土浅又硬、小树永远长不大的大安森林公园），曾有数量近千的老树群，包括一棵曾是台北市平地最古老的七十年樟树，然此老树群已被粗暴移植至树木银行而几乎死尽。如今面临摧残的是比邻大巨蛋西南两面的光复北路与忠孝东路上的路树，因大巨蛋建设连带的道路拓宽工程亦将被移走，分别是光复北路人行道的印度紫檀与路中分隔岛的木棉树，忠孝东路上的枫香树。

至此，我得说说那个我本来已经要参加却踩了刹车的松烟护树运动，或是干脆点说，在二〇一四年这风起云涌却船过水无痕的"社运年"中的我见我闻。

松烟护树，护的正是两条路上仅存的路树，即便这些路树也已有近半被移走，移植作业并不符合二次断根、等待新根长出的原则,事实上,根本就是挖土机怪手推倒树、连根拔走的方式,在过程中,至少有一棵木棉被拦腰折断,然而承包大巨蛋工程的远雄集团推说"是护树志工站在树上才让树折断的"(此志工必定体重惊人!)。远雄集团董事长更公开表示,这些树"很丑、不能看",又说"死一棵赔三棵""完工后好好的林荫大道干吗不要",言下之意,并不把树木当作生灵、当作独一无二不可取代之物看待。

如今存留的行道树,是护树志工与当地居民抱树、绑在树上肉身挡护才得以留下的,护树团体并在树下搭帐篷夜宿,自二〇一四年四月里苦撑至今逾一年,但凡远雄欲半夜突袭拔树,立刻动员志工居民抱树护树,如此已好几遭,精神耗弱,人力物力出尽,非常需要新血加入。

那一晚,护树团体在光复北路人行道上举办护树影展,电影人与同学的毕业作品获选为影展播放片。在凄风苦雨但迷人的夜间人行道,如邻近的铁路绿地,昏橘路灯照得路树层次分明,印度紫檀的树冠尤其有一种如喷泉、如烟花绽放的姿态,岂会是"很丑""不能看"?影展本身则煽情、催人泪下,护树志工以树木之口述说,搭以护树运动至今的纪录投影,照片中树木横遭摧折,护树志工神情或悲愤或坚毅,无惧者有之,惊恐颤抖者亦有,共通的是长期抗战下的疲惫不堪,对照施工者与警察们木然近乎残酷的脸孔,那样的景象是会打动人心的,故映后我们都签了志工同意书,万一远雄又要动手拔树,可支持抱树护树,可凭自身专长帮忙宣传发声,这是头一遭,一个运动会让我愿意走出亚斯伯格人非常自我的世界，想要投身其中尽一份力。

然而我收手了，就在我细看了现场工地的涂鸦标语与护树团体发言之后，我并非道德重整委员会者，不排斥激烈爆粗口的言语甚至有时候还挺欣赏，一切实在是因为，我无法与如此态度之人共事，如此不知也无意去了解过往，只一心以猎巫的言语，以省籍的语言，以如此"太阳花"的言语来从事一个原本可以宽阔而崇高、树立正面价值的运动。

我强烈犹豫是否要让"太阳花"这三个字出现在文章中，实在是因为，以现代人的记忆力与对事对物的态度，我不认为三五年后读到此段的人会晓得我指的是什么，之所以提及，乃因我欠人一篇文章。

且让我把场景一下子拉回瑠公圳上游，拉回遥遥的万盛街河边，我在为这一段河道收集资料时，自不可免地找上了昔年的河畔居民，当年的钱同学如今的钱老师，我向钱老师请教那时的瑠公圳，钱老师自不可免地称之为"水沟"，我们水沟长水沟短地聊罢了，聊起彼时正热头上的"太阳花学运"，我这个年龄的人——七年级（八〇后）的中段生，一般被称为"年轻一代"，在那段时间很不可免地一定会被问起对此"伟大学运"的态度，逢人就得表态一次，而我的回答也总就是那一个。

我告诉钱老师，这是个我绝不会参加的运动，立场是否相悖倒还其次，我无法忍受我们这一代人的态度，那种空白失忆、以无知换取轻灵潇洒的态度。钱老师静静听罢，和蔼长者气质竟露稍许激动："你一定要把你说的这些写下来。"

那晚我俩相谈尽兴，到末了是同席的台大城乡所夏老师从旁疯狂劝酒，乃至我俩各奔东西仓皇躲酒去了，此段对话便无下文。

在这里我便写出来，在"社运年"里的各种运动，诸如反"都更"、反"核四"、支持多元成家"立法"、护树运动、反高中课纲微调，当然还有最壮盛势大的"太阳花学运"，这些"伟大运动"中，有我彻底反对的如"太阳花"如反课纲，有我部分认同的如反"核四"，有我举双手双脚赞成的如多元成家如护树，但这些运动我一个都不会涉足，就因为一代之人以失忆为傲不知过去的态度。

例如我不会参与主事者们开名车吹空调，大声疾呼要众人放胆用电用到爽，嫌绿电贵，嫌风力发电水力发电吵，嫌火力发电制造空气污染，同时只字不敢提核电背后美国因素的反"核四"；我也不会参与以奇装异服或脱轨言行挑战社会风俗底线，激怒原本可能支持自己的社会大众的多元成家（请谨记此运动目的是寻求认同并作适当妥协，而非尽情展现自我）；以及护树运动，用一种猎巫、仇恨的方式，我当然晓得远雄董事长是个人格千疮百孔太好攻击的对象，集中炮火于其人之身乃是简便做法，不失为一条捷径，比谈正面价值、树立典范要容易得多，然而猎巫会造成一种结果，"坏人砍树不行，好人砍树可以"（尽管后一句话于我而言是为悖论），更何况我不明白，可以完全独立超然的护树运动，为何要去搭上连政客都已用烂不再用、非常廉价的省籍操作语汇?

道相同,但我们不相为谋,对这些我赞同的议题,我会用我自己的方式去实践。我曾因此受人质问,说是社运本该求同存异,个人内心所想可退居其次,只要彼此目的一致便得共事,我想对大部分人而言,尤其对政治中人确实如此,偏偏创作者,日日孤独除了面对一支笔一张纸外,再来面对的就是自己的内心,于我而言,内心所想当然很重要。

我也就不掩饰我对"太阳花学运"或对更每况愈下的反高中课纲的鄙夷,如同我对钱老师说过的,立场相悖在其次,我无法忍受一个除了"要空调!要空调!"以外喊不出任何诉求的运动;无法忍受一个用如此粗暴、前现代、法西斯甚至殖民的语言去公然歧视另一群人的运动;当然我更无法忍受彼等走回头路地重拾台湾社会用去大半世纪终于摆脱掉、即将死透透的省籍操弄,而且要操弄还很不用功,如高中反课纲发言的学生哭哭啼啼泣诉,像陈澄波那样的外省人如何如何、郑南榕这样的本省人又如何如何……

同时,我也不曾见过如此温驯于体制的"社运",或者说,随时可被体制收编,随时可进入体制,我无以想象一个自命左翼立场的运动,会如此要求他们本该鄙夷的当局多保护一点、多管制一点、多做一点事。

在立法机构内吹了一个月冷气而毫发无伤的他们声称"这是最黑暗的时代",对过去三五十年之事不需历历在目,但凡稍有理解,便不可能如此高呼(自夸?),若意识到曾有抗争冲撞便可能一去不回，甚至真言出口都会丢了性命的时代，"最黑暗"三字如何说得出来？当我气咻咻这么向钱老师告状时，钱老师仍是那一贯的、与其年轻时候暴怒造型十分不搭的温文儒雅："你有没有去看过六张犁山上的公墓？那一个一个小土丘，每一个都是一个人啊！"

我想，钱老师必定也意识到远比自身所处更黑暗的那个年代，那个埋骨于深山、一个土疙瘩便是一个人的年代，故而对自身遭遇总是轻描淡写，甚至有些难为情地一两句话敷衍过去，也许对很多人而言，在台大哲学系事件中被抓进"警总"关个几天，已是够大书特书吹嘘上好几辈子的事了。

所以，什么是过去？

过去其实不太遥远，松烟护树的议题约莫开始于世纪初，动保人就参与过市政府跨局处审查松烟树木去留的会议。我得说，大巨蛋乃至这一连串的移树争议，是在假球案尚未爆发、棒球还热腾腾被视作"岛球"的那个年代的产物，彼时民气高涨，要求一个能不论晴雨刮台风的打球、可以容纳大大小小国内外赛事的国际规格场地，当局以此民气施压台北市，方有了大巨蛋的建设，彼时的大巨蛋是举岛期待之物，绝非今日人人喊打喊"拆蛋"的局面。是大社会的空气，或有主事者们欠缺人文关怀之下的产物，集中火力追猎一二人不仅失焦，也无法建立为何护树、护树何以重要的价值观，可以预见的唯有，每隔三五年，我们必定要轮回似的迎来相同悲剧。

（于是我得插播一下截稿前消息，如今大巨蛋在新任市府一连串扬言处置后,才刚刚抛出了"那不然就别盖棒球场改盖温室好了"测风向,立即引爆网民怒火"怎么可以不盖球场?万一下雨要在哪里打球?",同一批人于不久前咒骂此"弊案"时,甚至决绝到放话"盖大巨蛋干吗?有什么用处?"将之嫌到一无是处。)

我们日复一日走在瑠公圳第一干线,走过延吉街口时,总无奈看着癌细胞巨兽又更庞大更健全了些,太过逼临两侧马路而压迫十足,局促人行道边角的印度紫檀与枫香树仍苦撑待救,树叶泛着鲑鱼红的秋日将逝,凛冬又至。我试图去想象那个本可坐落在此的森林公园,近千棵的老树,七十岁的大樟树张举着参天的树冠,然而这些能折算成多少可衡量的价值,或直接而粗鲁地说这一切值多少钱,则它们在主事者心中的位置,该去该留,就再清楚不过了。

我深感一个人在茫茫人海中的无力,也许我能做的,就是等待癌细胞巨兽完工,负气而坚决地永不踏进一步。面对我的悲壮立誓,电影人狡狯反击曰,哪天你的大神保罗·麦卡特尼要来大巨蛋唱呢,去是不去?

对于这种摆明了要为难死人的问题,我只好说,我们继续找河吧!

旧里族支线：小乖与小璇

过了忠孝东路四段，瑠公圳第一干线仍持续北走，走向同于延吉街，昔日河道位在延吉街东侧，如今是延吉街与延吉街131巷1弄之间的那排老公寓，老公寓尽处经一片停车场后，又回到我曾以为是河道的铁路带状绿地。瑠公圳第一干线抵延吉街市民大道口，车层景福宫与全联福利中心相比邻，全联福利中心外围是花市，本就狭窄的人行道琳琅挂满奇花异草，我不得不低头躲开半空中一盆盆咧着大嘴小嘴的猪笼草。此处是一分汴处，称顶店仔汴，分出兴雅、中仑两条派线，两线皆沿原是铁路纵贯线的市民大道走，前者东行至台铁机厂一带，尾端为忠孝东路四段553巷52弄与基隆路一段102巷；后者西走至复兴南路口，此二线中，往西的中仑派线存留有较清晰的遗迹，在忠孝东路四段223巷与忠孝东路四段205巷之间的市民大道南侧，是一片地势明显低于市民大道路面的荒地，有着香蕉树包围构树林与竹林，荒地南缘衔接东区餐饮激战地段，形状曲折乃是有河流过。

瑠公圳第一干线通过市民大道，这是上埤流域的北界了，瑠公圳从此与相依偎许久的上埤分家，独自北流。市民大道以北的延吉街是个小小的宠物商圈，多兽医院与宠物用品店，瑠公圳打这些店家背面流过，约走在延吉街与八德路三段106巷间，从市民大道上看去，就是两车行间的那条无名巷弄；由遥遥相对的延吉街23巷看，则是比后巷略宽但远非公园、经简易绿化围在翠绿铁网后的小空地，在跨过23巷之后，便是蕃仔汴。

蕃仔汴是第二个遇上的分汴处，旧里族支线由此分出，旧里族支线自八德路至基隆河畔，出乎意料地保存得极为完好可追迹——当然是以作为马路巷道与公共空间而言。旧里族支线得名自凯达格兰支系的里族社，平埔族称基隆河为里族河（Licouquie），沿里族河岸而居的这些人就是里族社了，此中并有新旧里族之分，我随着这条瑠公圳支流探究的是基隆河左岸的旧里族，新里族则在一河之隔的右岸内湖地区。

蕃仔汴约与复源公园一巷之隔，今日已是延吉街、延吉街9巷及23巷与八德路三段106巷框成的五边形街区，然此街区的建筑群尚存相当宽且不规则的空隙，化为短得像是停车场入口仅有数公尺的延吉街9巷14弄，出至倒"く"字形的八德路三段106巷上，旧里族支线与瑠公圳紧密并行一小段，由9巷14弄口的大王椰子横向对街的芒果树，走在吉仁公园东侧的建筑间，约是全联福利中心与中华电信八德门市后方，两者于八德路路面上"胡须张鲁肉饭"旁的暗巷分家，瑠公圳往北走宁安街,旧里族支线始往东北。

八德路三段155巷口的工地,其后方的蜿蜒小径即旧里族支线,这条蜿蜒小径穿出建筑群,先是八德路三段199巷1弄,后又为光复北路26巷,过光复北路则是加油站旁的光复北路11巷,此段西南东北斜向的道路在八德路、南京东路、光复北路此些平整如棋盘的大马路间格外醒目。旧里族支线在南京东路五段66巷处、中仑高中对面离开光复北路11巷,11巷顿时转正为东西横向,旧里族支线则成为11巷北侧的二丁挂墙铁皮顶矮房与停车场,斜入建筑群、斜过南京东路五段66巷3弄,由一方有着石桌石凳的开放空间经白须公庙旁侧,在吉祥路口的--之轩面包店前过南京东路,经松山线南京三民站一号出口,削斜了白色的中兴大业大厦西侧,由西松小学东南角过了三民路进入南京东路五段251巷32弄的安平公园。

安平公园小小一方,公园旁废屋有着略塌陷的古朴瓦檐与老式木质电杆,门窗无扉而显空空洞洞。安平公园入口处蹲坐着的石雕大蛙造型拙朴可爱,唯蛙肚子因高度刚刚好而满布公狗们跷腿撒尿的痕迹,石蛙右侧、台湾栾树下的小径便是旧里族支线,这条河由安平公园后方深入住宅区,通过南京东路五段251巷与251巷46弄的十字路口,由南京东路五段291巷44弄的安平区民活动中心后侧接上盲肠状的南京东路五段291巷56弄,流入291巷东侧的街廓。

这处健康路与宝清街口的街廓,原为一方杂乱低矮平房区,旧里族支线是其中非常清晰的小径,街廓西北角那栋红色铁皮

安平公园,入口处石雕大蛙肚子满布公狗们翘腿撒尿的痕迹。石蛙右侧,台湾栾树下的小径便是旧里族支线。唯公园旁的房屋已改为停车场。

顶的屋子因屋后的河道而有了个圆弧状的背面。这一区平房已在二〇一〇年前后"都更"成功，如今随着国美新美馆这栋有着圆形阳台与比例过大的屋突的砂色豪宅落成，旧里族支线这最后一段的痕迹就此失了踪影。

再也看不出来的旧里族支线在宝清街口进入健康路，此后沿健康路、麦帅二桥下笔直东行，在基隆河堤防前直角转弯为塔悠路，如此北行止于基河五号疏散门，这是基隆河一九九一年截弯取直处，截弯取直前，旧里族支线尚能东行至内湖旧宗路一带。

我时常在宝清街段的旧里族支线流域晃悠，为的却不是踏查，而是确保小乖与小璇是否依然安在。

小乖小璇是两位胖三花猫，生活在旧里族支线河岸的巷弄中，是安平里的地界（为防止不肖人士按图索骥上门迫害，确切的哪一巷哪一弄我就不透露了），其实至今我仍不知谁是小乖谁是小璇，它们一是浅色的灰虎斑杂橘虎斑，一是浓深的亮黑掺艳橘；一清秀的白脸蛋，一横遭自身花纹破相；一不惧人但也不近人（我认为身为一只街猫良好健康的态度），一傻乎乎地沿路蹭机车蹭墙角地给人摸。都是剪耳做过 TNR（街猫诱捕、结扎、回置）的老资格街猫，这样的街猫不吵不闹（结扎后便不会有最扰人的叫春问题），不会制造脏乱（猫科动物爱干净，排泄物会固定地点埋盖，食物残渣则要看负责喂食的爱妈是否会等在一旁清洁善后），不会繁殖只会占住地盘防止未结扎的其他街猫流入……却是该里的某邻长，在二〇一五年的某个秋日，在巷道中贴了一张极其离谱，且恕我直言恶劣之至的公告："野猫群已经严重影响环境卫生，造成社区里民健康及财务伤害，经反映及自力救济无效，即日起，进行猫食饲料投毒，希望野猫、鼠辈及蟑螂等下辈子可以投胎到好人家（家猫小心误食）。爱猫人士含泪叩启。"

必须原文抄录这段公告让我十分作呕，想当然耳地在那几天引起轩然大波，我们作为无数报官报警兼赶往现场关切的动保志工之一，听里长无奈表示一大早已是动保处人员与警察已络绎不绝于途（我们心中高呼活该！）。小乖小璇栖身的巷道，恶劣的毒猫公告早就被撕掉，取而代之的是各式各样手写版打印版黑白版彩色版的"动保新法"第二十五条："蓄意不当饲养或虐待伤害，致重伤或死亡者，处一年以下有期徒刑，并科十到一百万元罚金，并得公布姓名、照片、违法事实。"画展一样琳琅贴了满墙。

多年与敌意邻里交锋的结果，我们晓得厌猫者（或可扩及所有讨厌动物者）是不会留心任何动保议题的，乃不知今夕何夕地不晓得有"动保新法"、不晓得有台北市街猫TNR政策，往往大剌剌触法而不自知（所以曾有辛亥路四段77巷敦南林荫大道社区干事伙同警卫将已TNR的街猫装箱封死，说要由桥上丢下河去）。同时也晓得厌猫者是不会认猫的，看见一次猫就是一只猫，早上看见小乖是一只，中午看见小璇是一只，下午看见小乖又一只，傍晚看见小璇再一只，晚上看见小乖……这就是安平里某巷道中的野猫群由来。

至于脏乱,所指会是相邻的南京东路五段291巷吗?这条巷道是个生气盎然但环境卫生稍待加强的早市,路边柏油因长年浸渍着厨余汤汤水水与废油而转黑,黑的陈年口香糖白的烟蒂红的槟榔渣,黄黄绿绿的烂菜叶,粉红的纸巾,鸡蛋箱洒落下黏着绒羽的稻壳,雪片般散落的鱼鳞(像极了干硬掉的日抛隐形眼镜,电影人生活习惯极佳,唯独会将此物丢得满床都是)……算来算去,就没有一样是街猫有能力造就出来的。

莫怪气疯了的某位爱妈出言反讽:"对啊,我家楼下那些'街猫'最可恶了!抽完烟就把烟蒂乱丢,连饮料罐都不顺手带走的,制造脏乱!破坏环境!"

事情闹大,某邻长应是收手避风头去了,但我恐怕其人由明转暗下毒手,乃不时去探小乖小璇,两位"老姑娘"无时无刻不在,在冬阳又斜又黄的巷口,它俩的背影时而磨磨蹭蹭,时而细细互理毛发,时而你给我一拳我赏你一巴掌地窝里反,路边脚踏车搭挂雨衣成帐篷,帐篷下有爱妈细细藏匿的猫饼干,那是所有照顾街猫的人散尽财力心力与眼泪、挨了无数骂吵了无数架去追求的一幅永恒图像。

刷一层灰的民生社区

至此我们得从基隆河边回到八德路延吉街的蕃仔沟,看看另一条河——瑠公圳的第一干线往哪里去了。

在胡须张鲁肉饭处与旧里族支线分家,瑠公圳的第一干线向北穿越八德路流入宁安街,这就是舒国治说的,育达商职门口的那条河。宁安街全线皆河,左岸是育达商职贴着招生介绍的砖红外墙;右岸则是学校周边必备的早餐店小吃店商圈,在通过一处停车场与篮球场后是宁安公园,宁安公园是正榕与小叶榄仁包围游乐器材与凉亭的常见小公园,有我非常喜欢的藤花架跨越公园小径如隧道,公园弧状的西侧是最清楚的河迹了。

瑠公圳第一干线由宁安街口过南京东路五段,河道打从此处起一分为二,东侧的旧河道十分杳然,仅知此河大致平行于光复北路西侧流向民生社区,健康路上的松山新城对街,那条简直看不见的健康路120巷与巷中的118号、122号长条状铁皮屋是仅有可疑的河迹；西侧的河相较则非常鲜明，但应该是稍晚近修筑的，在《瑠公水利组合分区图》上尚且不见其踪迹，初见于美军的城市地图与航照图上，它约由南京东路四段133巷5弄上有着郁深院落的净源茶坊分出，笔直向西北切入健康路15巷，往民生社区去，途经的民生小学，有着漂亮的铸铁镂空花叶形状外墙，夜色下的晕黄街灯投花影于路边的白车上，惹得动保人与我驻足，费了番工夫争论那究竟是否为某车主风雅过头的烤漆。

新旧两条河都来到民生社区，民生社区是个太完整、简直能独立于台北市之外的天地，也是我除了文山区兴昌里一住三十年的透天老屋之外，唯一会想要以此为家的地方。民生社区位于台北市东北角，东塔悠路、西敦化北路、南延寿街与敦化北路199巷、北松山机场形成的地界，共十个里八万多人口，是一九六〇年代，高玉树市长任内整体规划的一块素地，以一九六五年的联合二村的开发为始，概念源自田园城市（Garden Cities）理论，由英国的埃比尼泽·霍华德爵士提出，是一种将人类社区包围于田地或花园的区域之中，平衡住宅、工业和农业区域的比例的都市计划理念，但民生社区如今的样貌，更像是美国中产阶级示范社区。

二〇一〇年底我为踏查瑠公圳初踏入民生社区，当时即深受成荫的菩提树与树下多彩的风车装饰吸引，菩提树高大，心形叶既茂且疏，树冠特有一种透光金绿的色泽，与枫香一般，都是很让人误以为是温带树而多所遐想的热带亚热带树种，惜是菩提树根浅，故此些年不再用作行道树。二〇一五年夏天的苏迪勒台风创下吹倒行道树的纪录，民生社区便有不少粗壮的老菩提树被连根拔起，吹倒的大树即便未枯死，也不会尝试扶正栽回树穴，而是就地支解清运，几天前尚且张举着金绿树荫的老树化作一地断截的木材与碎叶。我们看着，庆幸植物没有神经系统，不会痛也不会思考，何等样的困境中仍一意生长，若我们为树，见同类这般惨状，很可能索性就此枯萎不长了。

民生社区是个十分特别的存在，它就位于松山机场的大门口，却保有一种缓慢的生活步调，追究其因，又同松山机场脱不开关系，一切导因机场周遭的限建措施，民生社区除却三民路圆环周围，并无高楼大房，甚至率先实现电缆地下化，我们走在民生社区，的确不见任何电杆与会将天空切分成块的交横电线。至于容积率，民生社区特别订立容积率不得超过两百，显著低于台北市其他地区，空间明显开阔不提，也使建商较无利可图不来此炒作，亦无"都更"案。于是民生社区除却小树长成了老树愈发地幽深，实则半世纪以来无太大变化，现代都会的快节奏渗透不进来。

生活悠闲了，人们自然会去思考美好无用的事物。

我们在民生社区活动的中心地带是民生东路以北，以富锦街与新中街为中心，不说此方圆内多公园，计有富锦一号二号三号公园、新中公园、民权公园、民生公园、延寿公园七处之多，此二街在绿化良好的民生社区算不上特别绿意深邃（民生东路四段69巷、97巷都更幽森些），但很能具体而微地代表民生社区，两者性格大不同。富锦街起自敦化北路上，止于民权大桥近基隆河堤防处，因空军眷舍的区隔而断成两截，光复北路以东的富锦街是有名的"小天母"，是企业造街的典范，沿街的文创小店、咖啡店、花店、服饰店都极精致具特色，唯整条街同属一个老板还是让我们觉得哪里不对劲，比例偏高的幼教班与教会则明白彰显民生社区的中产与西化氛围；新中街相较庶民化，没有那么多亮晶晶的东西，白千层路树后公寓民宅显得老旧，店家则多小吃店与便当店、小诊所与药局，并有民生社区别具特色的后巷绿化，出自绿手指们的自动自发，彼些大小盆栽与花树拱卫羊肠小道，探出头送往迎来，于是防火巷皆能通行、皆可成为简易公园，这在岛上普遍地用后巷堆置杂物乃至当作邻居间斗争材料的文化中，显得格外不凡也格外值得珍惜。

不踏查只运动的时候，我们会在富锦街与新中街的街巷来个"拉练式"行军，即健步在巷弄间来回折返，十分钟的路程可让我们走个将近一小时，曾有挨家挨户拜票的里长候选人在半小时内遭遇我们十来次而面露疑惧。此行脚方式源自我们的"京都经验"，因京都条条巷弄皆美无一可放弃不走。拉练之余，我们绕进富锦二号三号公园，对着与蚯蚓拔河的黑冠麻鹭高喊："麻、鹭！鹭、鹭！丫（音啊）、鹭！"被鸟友们昵称"大笨鸟"的黑冠麻鹭放脱蚯蚓，想象自身化作树桩地装死起来。

富锦街与新中街算得上民生社区精华段，也是代表民生社区典型风貌的区段，往西愈近市中心愈是喧闹，往东朝向基隆河则逐渐荒凉，二点九八四六平方公里的土地曾是瑠公圳灌溉的平野，瑠公圳之水遥遥自新店来，至此也差不多到了尽头，遂开枝散叶，水道网络绵密地蔓延了开。

一分为二的瑠公圳第一干线在民生社区的司公汴重新会合，随即分作东西两条支线。司公汴约在民生东路112巷东侧的建筑群中，差不多是"摩斯汉堡"至"查理布朗制菓"的后方，民生东路对街是科技服务大楼。科技服务大楼是个转型相当成功的嫌恶设施，它是自来水公司的办公大楼，并有加压配水站隐身大楼之下，比之多半区隔在高墙之后的自来水厂，它易于亲近也美观。洛神树园圃（二〇一五年末已给铲除）围绕的大楼，明蓝的玻璃帷幕作两重波涛状暗示其所属，墙根下一幅幅广告标语排列整齐如彩旗，一楼并有全联福利中心进驻。这两个配水设施，司公汴与科技服务大楼，一新一旧，相隔上百年时光，两者相望，遥相呼应。

东支线向东北走民生东路五段27巷、富锦街359巷3弄，途经民生社区的开心农场。老一辈人以酷爱种菜闻名，即便科技新贵的老父老母，亦免不了地要在豪宅的空中花园勤垦，顺应老居民此嗜好，加以原为空军眷村的这片土地在拆除后空置，由当地里长向土地所有人——军事部门争取释出绿地，进一步规划为开心农场，里民登记耕种相当踊跃要到抽签决定的地步，如今菜圃数量已有上百，一畦畦各自成色，因有军事部门随时可能收回停耕的压力，规范非常严格，禁用农药及有气味的肥料自不在话下，甚至对防虫的纱帐也有规范，必须使用与周遭环境兼容的翠绿而非会让人误以为是"阿飘"的白色纱网而吓到动保人这类怕鬼者……我们会特意离开河道踏入开心农场东看西看,也许是外来人的模样太明显,埋首耕种的居民们浇灌讫,直起腰来总是笑脸迎人:"欢迎参观!"

我们确实喜欢观察每一畦苗圃的作物种类(当然我得时时喝止有摘果癖的两人当真下手偷菜),有粗放式耕耘撒了一整方地瓜或南瓜(此二物皆以不需照顾唯要提防疯长过剩闻名)就跑人的;有传统式的种白萝卜种葱蒜种大头菜种牛番茄的;有十分洋化种了荷兰芹、鼠尾草、迷迭香、百里香仿佛要重现 *Scarborough Fair* 此一动人民谣的歌词;还有明显是买自"建国"花市的盆栽,去了花盆就直接栽种下去的。不知何时多出来的猫熊与台湾黑熊雕塑,卡通造型有人高,来自二〇一四年下半年巡展各地的纸猫熊展,十分容易在岛上的政治立场冲突中被用作象征的此二种无辜动物,分坐开心农场两端。

通过开心农场东缘的东支线在民权东路上分作第一线与第二线,第一线北入松山机场,第二线沿民权东路水族商圈东流至抚远街400巷的直角转弯处分出第三线,第三线进入观山河滨公园,随着基隆河湾绕了个圆弧,遂于迎风河滨公园处的排水门进基隆河;第二线转而与第一线一同穿越松山机场,深入一九九一年给截弯取直的基隆河弯道,两者在今日家乐福大直店再度交汇,由美丽华摩天轮的排水门入基隆河旧河道。

西支线从司公汴启程,走科技服务大楼西侧斜行的民生东路四段131巷,往松山机场流去,与下埤水系距离极近,尤其

瑠公圳第一干线

到了下游，两者愈是紧挨在一块难分辨。

下埤大致范围在南京复兴至松山机场、横跨敦化北路东西两侧的地面，形如镜像并斜放的"L"字，与上埤等其他埤塘一般，也是由埤塘转作圳道的水路，其西南尾端是邻近文湖线捷运站的南京东路三段223巷这条小巷子，如今保存至为良好的部分则是长春路与庆城街之间的松基公园，松基公园与"顺成蛋糕"长春店后方的三角形畸零地实为一体，还很有埤塘的形状。松基公园无疑是全台北最豪华的公园，公园植树为牛樟等名贵种类不提，公园内部的区民活动中心与里办公室设计感强，更像是现代美术馆之类建筑，并有透明电梯可供上下，正因为太豪华，时常招惹市民议论甚至举报，却原来是邻近的中泰宾馆改建案中，建商取得较高的容积率而必须回馈邻里所建。东方文华酒店与"文华苑"豪宅同时起建，皆坐落于下埤遗址，酒店如今是敦化北路上的新地标，砂色掺砖红的外表巨伟如岩，看起来更像是欧洲古堡。

下埤通过敦化北路进入民生社区，台塑大楼不工整的地基及蜿蜒在南侧的敦化北路199巷见证下埤存在，镜像L形的直角位于台塑大楼对面的市图书馆民生分馆及顶好超市处，下埤转北进入民生东路四段75巷，往巷内几步是民生东路四段97巷1弄，巷中有栋一楼打通的双拼公寓——先说现况，此屋如今是失智症协会的联谊互助中心，过去它被称为"民生寓所"，另一名称来自媒体的戏称："民生休息站"。

民生寓所，在前任台湾地区领导人任职时，其儿子媳妇一家住在这里，而前地区领导人在此置产则更早，早于其地区领导人乃至台北市长任期，前地区领导人在台北市长任内曾有一政策：一九九四年以前的违建视为老违建，一概就地合法。是其人当年雷厉风行带着媒体四下拆违建，却遭举发其民生寓所后方亦有加盖外推的违建，方才有此一意图太过明显的政策。至于民生休息站，则是前地区领导人一家子由瑞士执法部门举发、海外藏钱的贪腐案爆发时，各路大小媒体不舍昼夜二十四小时驻守此处，更有大批民众与好事之徒围观（不少是远方专程而来），窄窄的97巷1弄不过三五米宽，自然是难容纳如此多人地水泄不通。身为屋主的前地区领导人子媳避风头不知哪儿去了，推其女管家与媒体民众周旋，时常以一手拎着垃圾袋造型现身的女管家和善而健谈，一时也成媒体红人。

我本来很以为前地区领导人贪腐案在岛上是个不分政治立场的共识，是个已经结案了，已经盖棺论定了的事，早在前地区领导人还在任内，当时贪腐案还是个遥远风声，并不如日后给瑞士执法部门证据确凿逮个正着时，前地区领导人当时便已公开致歉："我做了法律所不能允许的事"，让其支持者一夕崩溃，哭喊咒骂者有之，掩面不愿提者有之，将前地区领导人公仔掷地践踏者亦有之。

前地区领导人依法审判，入狱服刑，唯三不五时传出病情，哭诉其体弱已无法承受狱中生活，早晚要给折磨死在狱中云云……我们只奇怪其症状诸如痴呆、手抖、漏尿，好像无一不是可控制范围，不自主的抽搐、癫痫、口吐白沫倒是从来没见过。

以为早就不需要再讨论甚至再理会的这件事，在"伟大学运"期间，却见大学生们齐齐高呼前地区领导人无罪，究问其因，大学生们振振有词曰："×××说他无罪，所以他应该是无罪的！"

×××是常年率众搭帐篷盘踞在立法机构外围人行道的某顶尖大学教授，曾经参政，如今退休领有军公教优存十八趴，是不折不扣的白领中产，唯独其外貌打扮酷似边缘人而得弱势人群以及大学生们的同情与支持，进而唯其马首是瞻。

算算民生休息站的那一年，大学生们约莫中学年纪，早非懵懂世事的岁数。

下埤走完民生东路四段75巷穿过民族小学西半边，隔巷一红砖老屋埋盖在厚厚的薜荔之下，这棵薜荔的果实大若无花果，满是落果的人行道是此地TNR街猫的大聚集点，傍晚时总有群猫盘踞等放饭，隔壁回收场的老人家会对停步看猫者摆出护卫驱逐状，我们高高兴兴地给他们呵斥了开。

民生小学西北角、富锦街与富锦街12巷街口再过去是富锦公园，富锦公园满植枫香，就是前述的可与菩提树一块冒充温带树的高大乔木，入秋会变色会落叶的树冠遥遥在上方，高瘦的枫香造就林地疏而长的光影，十分唤起我们对于英国公园的记忆，草地散置着彩色的纸板鹿与纸板象公共艺术，做意态安详信步林间状，也是来自社区居民的创作。

差不多由富锦公园开始，下埤与瑠公圳西支线走得极其紧密，两者一同通过松山机场前方、敦化北路与民权东路的广阔

长春路与庆城街之间的松基公园,无疑是全台北最豪华的公园,公园与一旁畸零地保留住下埤西南端的形状。

路口，通过时钟柱与金色飞马——虽是图像化但我每每仍要嘀咕几下子那匹马的后腿关节真是够诡异的。在机场西南边不对外开放的敦化北路苗圃内，下埤的水道露出头来，自此走在民族东路北侧那排公寓后方，直到公寓尽处的停车场与机场隔音墙为止，可惜也是条让人掩鼻的臭水沟了。始终未现踪的西支线实则紧紧相随，是机场西南缘的那条小径，两条河不改流向地走在民族东路北侧几米的地方，通过复兴北路底的文湖线大弯。民族东路512巷13弄的直角三角形下埤公园算是下埤存在的最大纪念了，公园中过去有立牌解说此处古地名"下埤头"的由来，邻近的文湖线中山中学站原本定名下埤头站，是个于我深具意义、但在现代都会中辨识度太低的名字。

下埤末了，在建国北路三段113巷口与上土地公埤水系相连，由民族东路61巷口进入深阔的基隆河支流，河面可北望剑潭山与山脚下高架道路的车流，此支流北行至大佳河滨公园入基隆河。西支线则稍早一步，停在了民族东路410巷口，中岳殿门前，往前几步的滨江街180巷，位处松山机场西缘的跑道头，是我等赏"鸟"人士的热点，赏的是那些起起落落的铝合金鸟，小者如A320或B737、MD-80，更小的ATR72，中型的A330、B767，当然还有在台湾尚属稀罕的B787，故得名"飞机巷"。飞机掠过头顶，发动机震动空气的隆隆低鸣，那般临近震撼感非机场内观景台可比拟，故尽管"民航局"再三警告飞机巷是危险不宜逗留之地，恐遭断落的飞机零件砸中甚或给起降失败冲出跑道的航机伤及，仍赶不散终年盘踞的人群。

当然苦了我的同伴动保人、电影人，听我每逢飞机起降的喜呼及讲评机种之余，也要听我每每哀叹，松山机场太狭小，看不到壮丽的 B744 与 B77W，我好喜欢的两只超大鸟。

我高度恐机也极端爱机，对民航机与对找河的热衷，说不清何者开始得更早些，皆以亚斯伯格的超高强度兴趣同等待之，可怜的是动保人与电影人，给地上河流洗脑毕，让天上飞机继续轰炸，也随我一块将国家地理频道的空难纪录片辑《空中浩劫》倒背如流，乃至很自虐地每每上了飞机总要心惊胆战（看看身边埋头折纸或大睡的动保人夫）到飞机落地滑入停机坪为止。

是的，空难事件，动保人对此怕听却又爱听，从初时的掩耳逃躲到后来专注发问，是我们踏查的同时最经常的话题之一。二〇一五年二月四日的复兴航空 235 航班空难，ATR72 飞机斜掠过环东大道高架路面擦撞计程车冲进基隆河的一幕永铭难忘，我于当日看着新闻反复转播此画面时，随口说这很可能是单一发动机故障而飞行员错关正常发动机，导致双边发动机皆失效，进而失速坠毁，非常类似的前例是一九八九年的英伦航空 92 号班机……云云，此事确立了我在动保人、电影人心目中不可动摇的权威地位，简直到了我说什么信什么的盲从地步。

不知是先天遗传或后天影响，我与动保人一样，都有对灾难对死亡的强烈察觉与记忆，或可归为我俩都有的老灵魂的一部分，天生带有不属于自身的记忆，他人的记忆，死去之人的记忆，前世的记忆。

瑠公圳第一干线

这十分影响我们在这座城市里的行脚。

当我们在民生社区走动，若沿民生东路笔直向东不拐弯，很快便会遇上三民路圆环，三民路圆环几乎是民生社区中产阶级空气的东界，再往东便愈是庶民氛围。圆环东北角的海华大厦，港商投资所建，十六层高的大楼，家户数密度极高近似香港的集合式住宅大楼。从某个时间点开始，当我们行过此一白色屏风般的大楼，心中总会多了点杂绪，那是种还不至于猛烈悲恸但会让周遭事物黯淡失彩的情绪。

某个时间点，是黄黎明去世的那一天。

王小棣导演与她的制片黄黎明就住在海华大厦，这是我幼时会随家人受邀造访海华大厦的原因，同行的小男孩是那时我最知心的玩伴，其人如今已是新兴服装设计师，业务横跨大西洋岸至太平洋岸的欧亚两大洲，从伦敦时装周乃至小七发热衣无所不包。当时我俩对王小棣是种又怕又敬又疑惧的小动物情绪，谁叫她疯玩起来会童心大发地将我们两小追杀至贴墙哀求还不收手，谁叫她对我们乖乖依某不忍心的家长指示娇喊"小棣阿姨"讨饶时会故做威吓状："要叫薯叔！""叫大哥！"

海华大厦的记忆限于那些年，彼时自不晓得大厦外是我多年后所着迷的那片天地，小棣薯叔也多是我的童年回忆，我年长后并未与之有太多接触，但我们的世界盘根错节地有太多交会，而不论在哪个世界，于公于私，于电影圈，她都是走在我努力朝向的那个彼端的背影，我时常会想着她。

从我幼时每晚必看当作笑片的《母鸡带小鸭》起，到一次次首映都没错过的《热带鱼》《飞天》《魔法阿妈》(王小棣偷偷告诉我片中豆豆妈的造型有参照动保人的模样),我到了很后来才明白王小棣之所以与我熟悉的新电影导演们若即若离,乃因为她志不在此,新电影运动于她而言,太贵族了,是以上层精英来处理庶民题材,她所想望的是让影像成为普罗大众都能接触能参与能欣赏、不必跨越重重门槛方能窥其堂奥之物,所以她着力于电视剧拍摄与提携后进,影坛尊其为恩师者无数,导演如蔡明亮、陈玉勋,年轻演员有蓝正龙、马志翔、窦智孔、马国毕、江祖平、周幼婷……太多了,还有无法归类的蔡康永,正好与她左派公社的气质非常不合。

我自己的性别倾向启蒙得晚,不若前辈们常说的:"我从幼稚园/小学就知道自己不喜欢男生!""我在还不会说话时就知道自己不是女生!"我幼时更像是活在一个无性别的世界里,因此在海华大厦的原初记忆中,我亦不明白王小棣与黄黎明的关系,只好奇她们的亲密与契合,几分像父母们又几分不像。及至我由被告知"男性不是你的哥们儿,而是伴侣、是配偶"的愤怒沮丧,到发掘自身性向的过程,方才恍然大悟,不免深深羡慕她们能够相守的自由与坦然,却不知是要有多大的勇气,才能走过风气保守的年代,来到社会普遍能接受同志唯仍有零星歧视的今日,而真正的自由坦然尚且遥遥,至少在黄黎明有生之年都未能见到。

二〇一四年五月下旬,黄黎明因肺腺癌病逝,王小棣说她一生不烟不酒、作息规律。动保人迟至大半年后才见到王小棣,王小棣瘦削憔悴过自身罹癌时，自言每天想起黄黎明仍是痛哭，并深悔恨自己在黄黎明病中对她的严厉操练，因她坚信黄黎明会走过来而没意识到那就是最后的几天了⋯⋯王小棣失去的是爱侣，是事业伙伴，也是照顾自己生活者，从此得面对缺了一大块的内心的同时，也要面对变得好陌生的屋子，一大堆陌生的抽屉与陌生的橱柜，不知道哪样东西收存在哪里地得逐一开启检视。

从那时起，我们走在民生社区，不会去逃避海华大厦，然愈走近则愈黯然，无法不去想黄黎明，无法不去意识到与逝亡链接的记忆。

动保人称此为"刷一层灰"。

刷一层灰的地点，如眼前的海华大厦，如舒畅舒公公与奇女子小苗住过的舒兰河畔，如大安支线边的宣一妈妈家，如我俩曾闻孤儿猫哀鸣的瑠公圳公园，不会特意走避这些地点，然而行过其间，心头总是多了点什么，更不说龙江路某处动物医院连接的伤痛记忆太过巨创，于我俩好似原爆之地方圆数里皆辐射尘飘落地莫敢稍近一步。

我认识的北京《新京报》小熊记者，老是野心勃勃想要驻台，想在台北买房定居，甚至凭其精明头脑四下谋置产。小熊记者偶尔也会客串我的找河同伴，走路兼物色地产，聪敏（奸诈？）如小熊记者，很快发现台北某些房子，租金或售价极其便宜却乏人问津，小熊记者简直两眼放光不敢置信，我不得不忧心忡忡劝阻之，告诉她，那些都是凶宅，是死过人的房子。

嗒，比如我们并肩走过的这间闲置空屋，介于信义路与仁爱路之间的新生南路二段西侧，新新大楼一楼店面，招租布条挂了好多年都未见租出。这间凶宅曾是面包店，一九九四年时值首届台北市长民选，面包店因沟鼠咬坏瓦斯管线而引发爆炸，威力之猛摧毁了周遭街区，当场烧死面包店老板，炸飞的面包店铁门血滴子似波及对面车道携妻小出游的无辜驾驶者，甚至惊动了当年还在选市长、竞选总部不远的贪腐前地区领导人。后来此店面便难有人接手，好像曾经短暂有过烧肉店在此营业（真吓人！）。我们说着往内探头，地面墙壁铺满白瓷砖的店面一望到底地空荡荡，阴森倒不至于，唯是长久空置的陈旧罢了。

岛民害怕凶宅，已到屡屡为此爆发买屋纠纷乃至兴讼的地步，凶宅的标准也一再放宽，最新近的解释，乃建筑物建造期间有出过人命便是凶宅，于是我们高呼，在三三一地震中有五名工人死于工地的台北一〇一大楼真是最大最醒目的一栋凶宅了！

"北京哪间房没死过人呀！"小熊记者爽朗笑曰。

是了老北京，莫说哪间房子没死过人，千年帝都多长的历史，多少战役，多少王朝倾覆，太多的伤痛与死亡，早看开了、虚无了，如风化的老丘陵地失去高度与尖锐棱角，人鬼相处和谐也边际模糊，而台北市远非如此，我们的城市承载着许多记忆，然而离看开并遗忘尚且太早，相较老北京，年轻的台北市、年轻的河神、年轻的人们，是个没有人年过三十、没有人死亡的马孔多，人与鬼的距离很远很远，死亡的记忆在此显得格外鲜明触目，东一处西一处地刷上了灰，是新褶曲带的山峰那般尖锐矗立，我无法忽视、无法看着不惊心。

我们试着与那层灰泰然共处，转走海华大厦后方的富民生态公园，整治良好的这个公园经六期改造工程，完工十多年，就在三民路130巷与民生东路五段177巷的狭长地带，十分能看出是社区的骄傲。三民路上的入口处，左有镶着公园之名的木墙，右是小生态池，并有立柱上一方方相叠的鸟类木刻版画，过儿童游乐区后是新旧乔木区，新区是公园改建后的小树，光蜡树、苦楝、青刚栎等等，以本土树种、能让鸟类栖身觅食为原则，旧区的白千层种植自改建前，故而高大像是新中街那些白千层的同期生。一人造岩壁接邻乔木区，复行数步，方知人造岩壁原来是个可观察本土鱼类蛙类的生态观察水箱，由水箱起始的溪流区是生态公园的精华段，有木栈道穿越、不过十余公尺的溪流尽可能仿照自然打造成上中下游，分为河川、埤塘、泛滥平原三区，河岸野姜花与三白草，河面睡莲与台湾萍蓬草，水下苦草，鱼是原生种的盖斑斗鱼与大肚鱼，动保人童年尚且常见、田边路边水沟皆有的这些鱼类日益珍稀，旁有告示说明此水域已铲除牛蛙土虱巴西龟血鹦鹉琵琶鼠等外来种，还有凶恶的美国螯虾一时难以根除，恳求民众勿再放生。

河川区再过去的舞台区，包围在台湾栾树下的扇形空间，多数时候是中小学生练羽毛球的场地，舞台边矗一路标，金属灰上镶着黑字的富锦街、三民路两面牌子分指两方，此路牌于一九七三年设立在公园稍北几步的路口，九十年间翻新人行道时拆除，然而富民生态公园便是得名自此路标，故于公园整建完毕后将路标置此以为怀旧，古朴无装饰的路牌为野趣的公园增添些许历史纵深。

富民生态公园的另一端接上新东街，一街之隔的三民公园东延至塔悠路的基隆河堤防边，三民公园是两排绿树间的平旷草坪，不脱线形公园的样貌，然比富民生态公园来得开阔，抬头可见完整天空，而非富民生态公园的绿荫夹着一线天，也因此，富民生态公园的人口大半是相携看鱼看水草的亲子与爷孙，或将老人家连同轮椅暂憩木栈道边的外籍看护工；三民公园则多健步运动者。三民公园与富民生态公园虽有新东街相隔，实是一体的绿地，三民公园又被三民游泳池与抚远街切分为两块，形成三个部分、两座公园、一块绿地的格局，加以在民生社区整齐街区中的独特形状，不难看出此绿地是昔日河道。民生社区全区是瑠公圳的灌溉范围，但这条小河应是其中的自然溪流，据二战期间美军的空照图，这条河约莫源自新中街与延寿街相交处的街区，向东北经过民生社区活动中心后进入富民生态公园。小河形态曲折，短短一途分支众多，沿岸草木丰茂，经三民公园后，在民权大桥下汇入基隆河。时至今日，因为富民生态公园的建设，让它再度恢复河流的样貌，还是条在田园城市中精致美好的小河，对于河神，也是足堪安慰的了。

在这条小河贯串的抚远街一带，共有两个埤塘，南边近基隆河六号疏散门的小小牛车埔埤，北边松山机场内与基隆河一九九一年第二次截弯取直处的大埤塘鸭寮埔埤，都是记载甚少，只知是一九一〇年并入瑠公水利组合的八个大小埤塘（亦有多算入三张犁到南港的柴头埤、蝴蝶埤、永春埤、中埤而为十二个）中的两个，这些埤塘大多改为圳道，多余的水域填平成农田，时至今日，根本无法在都市地面看出它们的一点痕迹。

末了我们来到抚远街403巷，此处离松山机场尚有一段距离，但应是机场周遭限建之故已非常荒凉，403巷本身宽阔，路面半是车行半是停车格，光秃秃在大太阳下，与绿色隧道的抚远街截然迥异，道路南侧是成排一模一样的四层旧公寓，楼梯间有着两个大大的黑深的圆洞窗。这也是个刷过一层灰的地方，一九七九年七月十三日午夜，此处其中一栋公寓因堆置大量化工原料发生两波大爆炸，第一次爆炸，受害的是公寓本身居民，第二次爆炸，闻讯赶来救灾的邻里因此死伤无数。抚远街大爆炸促成取缔民宅堆藏危险物品的"法规"修订，完善的法规总是由一次又一次灾难的瓦砾与尸体堆砌出来的，古今中外皆然。

大爆炸距今三十多年了，四层楼的公寓经过重建而与左邻右舍无异，重建的楼房如今也老旧了，看不出丁点痕迹，二十伤三十三死的惨痛过往极其遥远，恐怕除了曾身历其中的人们外，也差不多离开台北市民的集体记忆，然而对于会敏锐察觉死亡记忆的老灵魂们而言，一旦刷上了灰，那层色彩便永远在那里了。

发动机的巨响震动空气，我俩猛抬头，看着长荣航空飞上海的彩绘机"魔法机"起飞，机种A330注册编号B-16331的这只大鹏鸟,离地上仰看的人们是如此之近,我俩甚至能看见它挂着四道襟翼滑轨整流罩的双翼(那是此机种的一大辨识特征)在侧风中微微歪斜,能看清机身上那动保人热爱而我恨之欲其死的"大脸猫",抟扶摇而去。

雾里薛圳

"安东街河"

瑠公圳在公馆基隆路圆环附近分汴出三条水路：往东北蟾蜍山的瑠公圳第一干线、向西北绕经台大的瑠公圳第二干线、北流进入大安区的大安支线。其中第二干线，是整并老雾里薛圳的河道而成，这段圳道的修筑较瑠公圳更早些，即便在一九〇一年被整并入瑠公圳，其下游的三条支线仍被称为第一、第二与第三雾里薛支线。

比较惭愧的是，这条河的名字如今仍在困扰我，究竟它叫作雾里薛圳，还是雾里薜圳？

在我刚刚涉入水圳知识领域的头几年，手边的所有资料清一色地称这条河为雾里"薛"圳，但就在这几年，许多资料包括权威的瑠公水利会网站皆陆续更改为雾里"薜"圳，现状是两者并陈，如安东街通过并非瑠公圳的瑠公圳公园处，地上喷水孔旁镶着的字样是雾里薜圳；金山南路二段梅门德艺天的墙面的解说牌则是雾里薛圳；相隔不远的大安区公所墙上的水圳地图却又是雾里薛圳……如今的雾里薛圳仍远远多过雾里薛圳。

首先，雾里薛圳来自清代的《淡水厅志》，其卷二与卷三明确载着"内湖陂，又名雾里薛圳……"这段文字，又因这个名称音译自平埔族语"美丽的河流"，用以指称景美溪，我逆向查证平埔族史料，则清一色是雾里薛不见雾里薛，也有作"务里薛"的。雾里薛社，是凯达格兰族秀朗社下的一支，可能的分布位置是今日木栅、政大一带的景美溪沿岸。

雾里薛圳则见于日据时代的《瑠公水利组合区域图》，图上得用放大镜看的小红字也同样明确地是第一雾里薛支线、第二雾里薛支线、第三雾里薛……这真是个恼人问题，雾里薛与雾里薛，两者在文献上都有确实记载，也许是某个关键点上的誊录错误造成，毕竟薛薛两字形状相似却完全不同音，不太可能通用。

我最后选择在书写时使用雾里薛，是因为《淡水厅志》早于《瑠公水利组合区域图》，我以年代早者优先；也因为我实在称雾里薛圳称得很习惯了，几次试图改口雾里薛圳，害得听众动保人与电影人都蒙了："哪里又来一条新水圳？"

离开基隆路圆环的瑠公圳第二干线，大致与罗斯福路平行，过去的雾里薛圳的河道较曲折，前段走在台大一侧，后段才拐过罗斯福路至汀州路旁，及至整并为瑠公圳第二干线之后，台大侧的河道似乎就废弃了，第二干线自始至终走在汀州路的一侧。

在旧雾里薛圳流经台大校园处，原有一小丘名龟山，其形

寻找河神

状略像一"凹"字，日后铲平龟山兴建的台大第二学生活动中心承袭此形状，有了个不太方正的地基。这一段的雾里薛圳河道曲折，正是因为绕行龟山的坡脚下，也一并绕过今日之尊贤馆，经铭传小学南缘，由罗斯福路四段108巷处扭过罗斯福路，经东南亚电影院来到汀州路边。

第二学生活动中心偏隅、与尊贤馆之间的小径，森森树荫下尚有三块馒头状的公馆凝灰岩巨石，此种仅见于台湾北部的火成岩，说明龟山曾经存在过。龟山周遭有过土地公庙，有过曾是罗斯福路地主的林氏家族古厝，有过热闹的商圈，然而此一切在一九九四年兴筑第二活动中心时全数给铲平征收了。林氏古厝两百多年历史，与芳兰山下的陈家古厝相当，甚至一说"公馆"地名便是来自此征收地租的公厅，以今日标准观之，如何不算是古迹，如何不能保留？然而在古迹意识尚未抬头的那个年代，很轻易地就给拆了。如今存留的只剩土地公庙，是人们毕竟敬畏神灵之故，还会掷筊与土地公商量迁徙事宜，然而即便如此，土地公庙也历经两度搬动，如今坐落在公馆凝灰岩旁、同一条小径上的伯公亭，二〇〇六年落成，是个考生间口耳相传、抱佛脚十分灵验的小庙。

我转头问台大校友的动保人，可还记得以前龟山的模样？动保人寻思半晌唯记得，过去这一段的人行道侧小吃摊杂乱，小摊后方确冒涌出一撮杂树林，然而地势低平，不太有"山"的感觉。

至于全然走在汀州路与公馆观音山之间的瑠公圳第二干线

新河道，至今仍在，夹在汀州路三段与汀州路三段200巷之间这一段露头的水圳，并未受人珍惜对待，是段极其可怕的臭水沟，流过一排火锅店餐饮店后门，再恰好不过地让废水排入其中，圳水纵使丰沛却也浊绿脏污，漂浮着七彩油膜与粉红如呕吐物的泡沫。故而寻找此段瑠公圳第二干线，鼻子远比眼睛当用得多。我与第二干线的头一次相遇大抵如此悲惨，伴我同觅水圳的动保人多年气喘下来丧失嗅觉，不由惨呼完了完了，要是她不就永远找不到了！

汀州路三段160巷，是这一段水圳露头的尾端，一道白铁栏挂满秋海棠、九重葛等植栽，隔着铁栏绿叶最能看清臭水沟的模样，然而某日，附近住宅大厦方便地筑起水泥墙取代铁栏，光洁厚实的一堵矮墙端正书写着大厦名，大刺刺挡在水圳边（应是不会有人介意挡掉一条臭水沟吧？），任凭我怎生挤在水泥墙边角，也再看不见第二干线了。无奈如我，只能抬眼上看，看看丛集的楼房间突然塌陷下去的那道圳路，与筑在圳路边有半圆孔洞爬满藤葛的古旧红砖墙，确信河还在着。

瑠公圳第二干线在罗斯福路四段52巷口通过汀州路，走在公馆夜市那一大堆建筑物间，约莫与罗斯福路四段24巷12弄、罗斯福路三段316巷8弄这两条斜路并行，在316巷口往西北流过罗斯福路与新生南路的巨大丁字路口，遥望藏在广场后方、绿幽幽并不招摇的台大正门，自此沿新生南路北上，即便日后新生南路的特一号排水沟筑成，两者依然有些区隔，第二干线走在西侧，紧贴在新生南路边，特一号排水沟则走路中央。无论第二干线或者特一号排水沟，此二者皆与郭锡瑠兴筑的瑠公圳无瓜葛，"新生南北路的瑠公圳"算是台北市大半世纪以来最大的讹传之一了。

在通过今日的浸信会怀恩堂之后，第二干线略略西偏至建筑群中，直到新生南路三段76巷上的10号矮屋才又浮现出痕迹，矮屋是成排精致餐饮店，紧贴着稍不留意就会给忽视的新生南路三段6巷12弄，此幽径如后巷，却不脏乱阴湿，深院树影掺着餐厅内昏黄灯光洒落路面，会让人登时想起京都柳小路通。

第二干线横越76巷与之后的70巷、60巷、56巷、54巷，60巷与56巷之间的凤城烧腊旁畸零地，从畸零地底部的木质老电杆处通过。畸零地总有大群胖麻雀等着捡食烧腊店剩饭，如今随着新生南路的人行道拓宽，与重现特一号排水沟的呼声（市政府口中的瑠公圳复育计划），此畸零地也在如火如荼整理当中，新铺设的草皮一格一格还未长成一片，有尚无流水的小河道，庭石堆放一旁待安置。

越过56巷与54巷之间的最后一个街区，就是九汴头，这在找河同好们口中最常被提及、最津津乐道的分水处，大约就在新生南路三段54巷7号与9号的公寓下方，这处公寓坐落在大片荒地中央，本身呈现西北东南与水路相同的斜向，雾里薛圳在此一分为三，分别往东北西三方而去，即便被整并为瑠公圳第二干线，这三条支线仍保有雾里薛之名。

这三条雾里薛支线我皆会一一踏及，在此且按编码走第一雾里薛支线。此河打九汴头开始遽然往东，从荒地中央的公寓前门绕过，坐落新生南路上的"佬墨日出餐厅"（已停业）旁，有些地基不工整的两层楼房屋，推测应是第一雾里薛支线穿出建筑群通过新生南路的所在。第一雾里薛支线继续向东进入台大，通过操场北侧、新体育馆南半部，走全球变迁中心与海洋研究所前的校园路径，打醉月湖经过。名字远远美过实景的这个小湖池，水色浊绿，旧名牛湳池，有一大两小三块水域，与一座已无法通行的湖心凉亭，绝大部分说法是瑠公圳的调节埤塘，但我也有看过部分反对论调，这部分我直到今日仍在查证中。

第一雾里薛支线渐转东北东，从海洋研究所东北角的尤加利树群离开台大，通过辛亥路抵宪兵营与龙门中学旁的和平东路二段76巷，约从76巷19弄的巷口开始，这条路一分为二，夹着一块纺锤状的铁皮屋街区，河流由右侧较为狭窄的那条路通过，接上相通的和平东路二段90巷。

隔着这一小块街区，可望见对面龙门中学校园内的龙安坡濂让居，同为福建安溪型建筑的这座市定古迹与义芳居形貌相似，都是五开间的三合院，即正身带双护龙的建筑，但比之义芳居更朴实无华，是一九九九年龙门中学建校拆除前抢先一步指定为古迹保留下来的，免于芳兰山玉芳居与公馆林氏古厝的命运。濂让居为黄家所有，黄家开台祖黄启端，福建安溪人，来台后在淡水、三芝开垦，其后人迁往新庄，又给漳泉械斗一路逼到大安庄落脚，子孙渐众而在一八九一年传至第四世时分家，在大安庄拥有五座宅第，濂让居是其中之一，归属五房子

龙门中学校园内的龙安坡濂让居,是一九九九年龙门中学建校拆除前抢先一步指定为古迹保留下来的。

孙，在日后随人丁兴旺不断扩建，唯扩建部分未列入古迹而在龙门中学建校时拆除，至于日据时代因事故填平的屋前半月池、光复后考量通行便利拆除的门楼、建校时一并拆掉的古井与过水廊，如今都一一复旧。

至于濂让居所依附的"龙安坡"地名，应作"龙安陂"，是大安庄昔日的埤池之一，是我很想寻找但资料已然失考的一处水城遗迹。

如今位在校园内的濂让居平时不对外开放，但替此书提供相片的电影人以我俩母系遗传的大犯规精神，由龙门中学后门摸进去拍摄，我只得在门外数数半月池中层层叠罗汉晒太阳的巴西龟，从隔街望向那纺锤状街区，从这儿就能轻易望见对街车下藏匿的猫食盘。第一雾里薛支线是龙门里与龙渊里的界河，而龙渊里，是台北市最早的街猫 TNR 实验里，十年 TNR 的实战经验下来，已是一完熟体系，有必然存在的不友善者（河右岸的教大实小警卫会搜人物品，确定无猫食饲料才放行入校），但亦有那非本地居民的修路工人们会在爱妈说服下，将工程围篱略略上抬几公分容街猫进出。

电影人溜出龙门中学，至对街访问巧遇的爱妈，为她正进行的街猫纪录片充实材料，那些街猫，剪了耳的猫们，不明白已是放饭时间也见着爱妈了，却迟迟不见熟悉的猫干粮猫罐罐，大呼小叫地在两人脚边绕来绕去。

剪了左耳的公猫与剪了右耳的母猫，是已结扎放回的标记，若论剪耳，每位兽医风格大大不同俨然注册商标，目前作为我们家庭医师的王医生剪耳,剪去耳尖一小方角,则剪过的猫耳梢好似樱花瓣,故我们称之"樱花剪",算是相当明显的剪法,大多数的兽医师剪耳,往往就削去耳尖一点点。

"会注意的人,哪怕只一点点耳尖都会注意到;不会注意的人,把整个耳朵剪掉都不会注意到。"剪耳出了名的秀气的吴医师如是说。

淡水独立书店"有河"的老板娘隐匿所照顾的上百"河猫",也是剪耳极不明显的那一类,隐匿转述其兽医师所说,每每结扎了街猫并剪耳,"看那一小片耳朵孤零零躺在手术台上,简直可怜到不行"。

神灵的胸襟非我们所能度测,我想河神必定不会在意,必定是欣然且乐见,让那些剪了耳的猫儿栖宿在祂的河岸边。

离开和平东路二段90巷与龙渊里的第一雾里薛支线,由华南银行与停车场间的长条铁皮屋进入和平东路以北的街区,始终平行在瑞安街东侧,贯串瑞安街155巷、149巷、135巷与和平东路二段107巷26弄,这段河道是一系列车库与后巷,于地貌上堪为清晰,直到瑞安街214巷、有着卡通造型恐龙石雕的新龙公园处流入瑞安街,自此向东北流,经安东市场、开平餐饮学校、消防队复兴分队大楼,通过复兴南路后,在复兴南路东侧一重建物之遥绕了个弧形,瑞安街便结束在了捷运大安站,而江河滔滔,第一雾里薛支线尚且漫长。

和平东路以北、复兴南路二段左右的一带地面,如同云南省西缘,有着"三江并流"的地景,三江分属不同水系,雾里薛水系的第一雾里薛支线走在最西侧，瑠公圳水系的大安支线居中，上埤支流通过最东缘，后二者在抵信义路之前便先后东偏离去，第一雾里薛支线则由瑞安街接上复兴南路，自此笔直北上，到了捷运忠孝复兴站才偏离复兴南路，从外形浑然青绿色、概念是为碧玉但更像是个未完工建物的"SOGO复兴馆"下流通，向北穿越忠孝东路流过安东街。

瑞安街过去是安东街南段，因信义路与忠孝东路之间的安东街中段在一九七五年拓宽为复兴南路一段，方使与北段失去联系的这段路改名瑞安街，也因此，这一地区内部的新旧两个安东市场，与清水宫旁的安东公园都还保有安东之名。至于瑞安街本身大致畅通唯些许不连贯，新龙公园与消防队大楼两度截断瑞安街的路面，又有捷运大安站占去瑞安街北端，瑞安街门牌断断续续的现象要到复兴南路东侧方才较明显。当年的老安东街如今算得上是柔肠寸断了，然而实际行脚走过一趟，会发现瑞安街、复兴南路的信义忠孝段、安东街与更北边的舒兰街仍是一条体系非常完整、连贯成一气的路径，因为它们是河流，是第一雾里薛支线。

这一段河流，包括了更上游处、九汴头分水前的瑠公圳第二干线，舒国治以《安东街河》为其作传：

> 先说"安东街"河。如今温州街45巷，有一条河，只是一小段，又似看不出它在流动，几如死水，令人摸不着头绪。而它又与新生南路上原有的瑠公圳主渠互相平行，

且又只隔了几步路,这究竟是怎么一回事?且别小看这条涓涓细流,它的南源或与汀州路底观音山下的水沟(即今日"金石堂"背后)有些许关系;至若它的北流过程,则多半与新生南路瑠公圳不甚有关系。怎么说呢?乃它向东跨过新生南路,在台大校园内的今日新体育馆(昔日11号宿舍)流经,再北穿今日辛亥路,在宪兵队附近经过,而后在师大宿舍(不久前拆,改建成龙门中学)旁约当和平东路二段90巷行走,跨过和平东路,走瑞安街(以前叫安东街)、复兴南路,北行至"正义东村"旁再西北走今日的安东街。

安东街过去,我们来至舒兰河上。

舒兰河上

我之所以会寻找并挖掘舒兰街及其下河流,纯然始自不服输的好胜心,不服的是舒国治一口断言,在今日台北城,是休想找到这条街这一泓河水的。

舒国治这么写着:

> 所有的台北斜路,指出早年的河迹。短如齐东街、宁安街,长如延吉街、安东街、舒兰街、五常街等皆是。今之舒兰街,在浩瀚大台北,根本不易找到,它只得一百多公尺。然当年却有两公里长,约由今新生北路二段四十九巷左近开始,自西北迤向东南直抵今八德路安东街口,这一段波折起伏之路,今日不但在楼房密布、街巷修裁的实际地面无法看出,即使按索于线条或显分明之地图,也已不可能。

整整五年，一天五小时起跳，不分晴雨台风都不曾间断过的城市行走，我自觉算得台北通一名，而又岂能有一条街道，一条尚余百余公尺的街道——以台北的街巷而言，还不算最短的那一类——是我找不到的？

此为我寻找舒兰街之始。

首先当然是大笔一挥，将地图上的新生北路二段49巷口与八德路安东街口斜斜连在一块，算是确定了舒兰街的大致范围，范围内的南京东路三段89巷、松江路184巷与新生北路二段55巷是舒兰街现存、未被建筑物侵噬的路面，这三段彼此不联系的道路，加以坐落新生北路边的中山区农会旧地址"舒兰街11巷3号"，如连连看的一个个点，让我连着连着把整条舒兰街连出来。

舒兰街于一九六一年八月十五日废街，降格为巷弄，废除降格之因，官方说是名称不雅。不雅？我忙问母语闽南语的动保人夫，是有何不堪入耳的谐音来着？动保人夫寻思答以，该说"兰"字结尾的地名多少都有不雅（我偏忘了问其家乡宜兰是否亦然）。这真是语言隔阂，不然以我来看，以吉林省舒兰县命名的这条街，在台北市的道路名称中实为典雅逸致的一个。

我在二〇一三年七月间，顶着仿佛在人脊背上浇下烧熔铝汁的酷暑日头，第一遭踏上舒兰街，走着走着遂明白，与其是名称不容于人耳，这一歪斜古旧的石子路街道不见容于柏油路严整如棋盘的现代城市，恐怕才是舒兰街真正的消失之因。

舒兰街是街道也是河，河水自温州街的九汴头遥遥而来，第一雾里薛支线的河神掌理此一和平东路76巷与90巷、瑞安街、复兴南路一段、安东街的悠长水路。舒兰街与第一雾里薛支线的主流重叠范围其实有限，约莫自当年的中正路今日的八德路始到南京东路的范围。那非常窄小的八德路二段267巷，可确定的是第一雾里薛支线，但是否曾是舒兰街的南端就不得而知了，毕竟在一九五七年红通通的《台北市市街图》（光复后第一张彩色实测图）上，舒兰街已不从八德路上起始，而是更北边的朱仑街，第一雾里薛支线也略改道，从267巷尾遽然往西，沿龙江路21巷抵龙江路后直角转北，直到龙江路朱仑街口才回归原本河道，顺着舒兰街往西北流，至南京东路上止。

这段路面今日完全消失，化作龙江路左右两侧的建筑群落，我曾一度以为过走向相同的朱仑街53巷是其残留，但真正的舒兰街要偏西数十米。遂仅剩舒兰街横过大门口的中正小学校友们的儿时记忆，校门口有第一雾里薛支线残存水域形成的埤塘，是学童们玩耍与逃躲大人的所在，毕竟在出了事故淹死人后，插上系着符咒的竹竿封闭了。有初出茅庐任教的年轻教师来到中正小学，就住在舒兰街上，在他的印象中，这是条小学校门面对的凌乱街道，也许是为纪念，这位年轻教师的女儿也以舒兰为名。

还有那名住在建国北路上日式房屋的小女生，一样也是中正小学的学生。妈妈告诉小女生："外面多少小孩子饭都没的吃，你们有皮鞋穿，还要嫌东嫌西地吵。"可是小女生仍旧不爱穿鞋，往往脱了鞋袜，光脚踏着煤渣路和鸡粪下课回家，赶在进家门前，就着舒兰河边洗净双脚，拉下裙子抹干了，穿上鞋袜回家骗过妈妈。

我不免要问舒兰河神了，晓不晓得那在祂的河水中日日濯足的小女生是何许人也？小女生名叫陈懋平，不过以她这个年纪的小孩子而言，那个"懋"着实难写了点，故她写自己的名字，总写陈平、陈平、陈平的，久而久之，她的名字也成了陈平。这段舒兰河边的童年岁月，只占陈平那漂泊人生中的很小一点而已，她用去一生走遍西班牙、德国、美国、西属撒哈拉、加那利的小岛——也是在那里，她失去那比她年轻许多、在她笔下总显得很傻很傻的异国恋人，当时两人相守不过五年，爱情正盛，离习惯了彼此的老夫老妻淡漠阶段尚且遥远，陈平完全承受不了如此打击，她徒手为他挖坟，若非父母在旁支撑着，她一定就随他一起去了，这是陈平的大姊在日后的回忆。

陈平回到台湾，最后的那十年，她过得堪称精彩，却仍是竭尽一切方法寻觅、联系亡夫的归去之处，哪怕只字片语也好。然而上穷碧落下黄泉，那人始终杳然，终究她决定亲身去至彼方寻找。

那是陈平的舒兰河，是第一雾里薛支线主流与舒兰街重叠的部分。第一雾里薛支线主流在南京东路上离开舒兰街，因为某些缘故，我无法跟随它到底，在此先大略交代它的去向。通过南京东路后的这条河，由第一银行旁的南京东路三段109巷往东北流，穿越彼此垂直的龙江路、长春路与辽宁街，沿途在龙江路155巷8号、长春路293号、辽宁街29巷25号、长春

雾里薛圳　　093

路327巷8号这几户比左邻右舍都要矮小的房舍留下河迹，在复兴北路190巷口以北几步路处穿出来到复兴北路上，此处的第一雾里薛支线与下埤的西端极其接近，两者甚至相当像的，是一大一小倒着写的"L"字。第一雾里薛支线短暂绕至复兴北路东侧，两者交会点应是在复兴北路195号处，在两侧高楼间独独矮下去的195号很是突兀，正面看的白墙白顶是雅致的咖啡馆，然背后铁皮搭建的潦草建筑仍是露了馅，加以一大片形状并不方正的停车场，让人十足相信这是第一雾里薛支线所剩不多的残留之一。根据二战的美军轰炸地图，第一雾里薛支线已近乎废弃，水量很少，然仍有几处河道埤塘，眼前就是一处，就在倒写"L"字的转角处，这处埤塘存在的时间很长，光复后的台北市街图尚能见其踪迹。

复兴北路东侧的第一雾里薛支线，约莫走在兴安街139巷、形如六足怪虫的兴安东区"国宅"后方，在复兴北路与民生东路交口的民生大楼旁通过民生东路。大陆工程的民生大楼有台湾诺基亚公司进驻，玻璃帷幕与清水混凝土的大楼，动保人与我见此不免又要笑，看哪是安藤忠雄设计的大楼！这是我俩的老哏，跑日本跑了许多年，近些年眼见美术馆之类的公共建筑越来越多出自安藤忠雄之手，我俩是有些受不了其风格的，难免要拿他标志性特色清水混凝土来取笑一番，看哪这个房子是安藤忠雄的，看哪那个工地也是安藤忠雄的……到头来发现安藤忠雄设计了最多的东西就是公厕，还有道路分隔岛。

过了民生东路后，第一雾里薛支线直到复兴北路313巷口左右才又回到复兴北路西侧，不过此处于我而言是尽头了，我无法再追下去，只能目送它进入龙江路与锦州街切划成四个象限的那一大片街区，那是动保人与我在这座城市中永远无法再踏入的禁忌之地。

故我以舒兰河代替第一雾里薛支线的主流去追索，第一雾里薛支线于进入南京东路三段109巷前一分为三，一条主流与两条小给水路，其中往西北的小给水路便是舒兰河，它一路行走直至新生北路上比它庞大得多但也年轻些的特一号排水沟边结束。

舒兰河首先走南京东路三段89巷，尽管舒兰街于一九六一年废街，这一小段巷道却以舒兰街之名存续到世纪初，也许就是舒国治所说的，那最后的一百多米的舒兰街了。这段舒兰河，河岸荒凉，的确很难够格称得上是街，除却前段的咖啡馆与公寓，放眼便是蔓生着瓜藤的荒地与停车场，由红砖断垣区隔着。在这段路结束于建国北路二段11巷前，右边几栋日式老房掩映在构树与血桐斑驳的树荫下。老房木材炭黑风化，环绕以二丁挂与铁皮的加盖部分，与它们一街之隔的华固双橡园豪宅区，过去也都是相似的日式房屋区，至少在动保人为她的《古都》踏查时都还是如此。

在舒兰河流经的89巷口，若稍稍偏离河岸，西行数步，一棵雀榕、几株尤加利、一蓬乱竹后，是一围墙环绕的两层米白色建筑，呈长条状的此建筑分作两区，以龙江路120巷为区隔，两者接邻着种咖啡树的复华公园，彼此垂直。此大院似的米白

南京东路三段 89 巷，最后的舒兰街。

色建筑名叫如意新村，我很早很早就来过，彼时我尚且不知舒兰河，不识河神。

那是深居简出的外公除几年一度的海峡两岸京剧盛会之外，少数会出远门的时候。极其寻常的外公牵着孙儿的背影，我们一块来到如意新村，从还算不上玄关的进门处上了二楼，长走廊尽头的房间，是舒畅舒公公度过下半生的斗室，即便当年我以小学生的视角，也着实讶异于那间斗室之狭小得不可思议，一床一桌一书柜，便塞得斗室只剩得一条过道。即便是两个瘦弱单薄的老人与一个小学生，在那点空间中也狭挤到难以旋身，故我们都出至如意新村外，到舒兰河边的咖啡馆略坐，多年后舒公公与小苗许是太常光顾那些咖啡馆，让混得熟络的小苗竟取得咖啡馆的大陆加盟经营权。

我看外公与舒公公畅叙，不晓得更多年前、我出生之前，甚至动保人与彼时的我还同龄的旧日里，外公与舒公公也是这样地往来，唯场景略不同，多是在我们内湖眷村的家中，而数十年如一日，中间那十九年之久的绝交，也仿佛不存在过。

舒公公记述过如意新村，那是市政府安置退休士官们之处，住在这里的老士官们，皆单身无家，连眷村都没的住。那时的如意新村还未改建，是座红砖墙内的三排几十间相毗邻的隔间。彼时长春路这一带还荒凉得被称作市郊小镇，过去是日本人的重要军事设施区，二战期间受美军密集轰炸，我不免想起那张有些不精准的美军城市地图，想着这一片地面在那张灰色图纸上的模样。改建前的如意新村与其周遭都是我想追寻并在脑海里重建的,如村外的水泥路与停车场,如老兵们口中买日用品或请喝酒或上教堂的"镇上"与菜市场,如可眺望的有着大觉寺的后山,如总有着奇异甚至鬼魅般故事的"号外"——那间大院边缘,没有编号的鱼鳞板的孤零小屋,屋外是夹竹桃的影影绰绰……我时常想着这些早已找不到的东西究竟错落在何处,只因今日的如意新村周遭,水泥路已成柏油路,停车场还多着,但多为养地之用,应早已不是当年的位置。小镇被蔓生的都市吞噬下去、融成一片了,原本随处可见的夹竹桃因有剧毒而几乎从这座城市中被铲净,改建后的如意新村逐渐空荡,这里的居民是只有离开而无迁入的,老兵们都太清楚了,当隔房的邻居数日未现身又房门深锁时,就该是找人来破门的时候,然后便是退辅会的人来,在老兵的身上跨来跨去,头一个就是搜走抽屉里的印鉴存折。

及至外公去世,我与舒公公仍往来不辍,是为戏友。

是的京剧,我始终是个兴趣狭隘之人,长久我只听京剧(其中九成九是老生戏)与摇滚乐(其中九成九是披头士),曾图收听之便将两者刻录在同一片 CD 上而惨遭众人口诛笔伐:"为什么听完了《坐宫》之后会是 *I Want To Hold Your Hand*?!"(因为这是我最喜欢的两个段子。)

舒公公与我的戏友交流,多半是我将从三台或重庆南路秋海棠影视挖宝来的京剧录影带借给舒公公转录,就在那狭小斗室临窗的书桌与贴墙的床铺之间,那一柜子的京剧录影带,是舒公公多年搜罗、制作的,我非常荣幸能为充实其内容尽一份力。舒公公的京剧录影带制作得深具质感，手撕的两长条棉纸糊上录影带脊背，那两张手撕纸一大一小相叠，相叠处纸厚棉白，毛笔字写上戏名与剧团，外围的单层纸隐透着录影带的漆黑，宛若一圈不规则镶边，每一圈镶边，都是手工业才有的独一无二。

世纪初两千年左右，舒公公生病住院，因此遇上奇女子小苗。小苗苗青，本名苗维香，在大陆有着精彩极了的人生（如她最常跟我们说起的，她曾做过的中越边境走私生意，还因此被拘捕进警局）。沈从文说："我读一本小书同时又读一本大书。"小苗岁数介于动保人与编剧大姊之间，那般人生阅历却是两人的大书，听得排排坐乖如小学生的两人瞠目结舌。我仍好奇是什么样的困境让她必须舍弃这样的人生，来到台湾做一名看护。她是医院中公认对付难缠病人的好手，也是唯一愿意看护临终者直至其离世的。小苗说，那都是做功德。她说起人临终的种种迹象，让动保人啧啧称奇不已的是人之将死，最明显的是舌头会缩水变短，此不明原因的征象，与我大学时在民俗学课堂上学到的殡葬冷知识并无二致。舒公公便是小苗擅长应付的难缠病人，A型血处女座的舒公公，别扭执拗起来连我们都受不了，往往暗骂几声："这个A型鬼！"小苗给派去看护兼应付舒公公，却是一眼就看出舒公公的不同于常人，并非只是个乡音重到听不懂、脾气古怪的老头，两人于人海中的相遇，仿佛孔子与麒麟。

舒公公出院返家，小苗也跟着回到如意新村，那时如意新

舒兰河畔的退休士官宿舍、舒公公与小苗的如意新村。

村人口已稀，小苗得一空房安身不难，仍继续看护工作，同时跟着舒公公学，学读书、学棋、学书法。小苗亦照应院中老兵们，老兵们见其人可信，也乐于将自身珍视、于他人眼中无甚大价值的收藏委托她处置，如邮票，如剪报，或是像舒公公那一柜子的录影带，以免到退辅会人员破门进来、在自己身上跨来跨去的那一日，给当垃圾收拾了去。

二〇〇七年舒公公就在如意新村外跌伤，到一个月后于安养院中去世为止，没能再回到那如意新村二楼边角的房间。编剧同着"台湾文学馆"人员至那斗室收拾舒公公来不及整理（甚或灭证）的遗物，细细装箱封存，将捐赠与"台湾文学馆"。房中仍是我幼年时见过的，一床一桌一书柜，任何人这般蜗居大半辈子，房中总有些私密甚或不堪之物，而舒公公的房间却不然，这好叫我们感叹，舒公公真就是个清峻、表里如一的君子。

那之后的六年，小苗仍是过着琴棋书画、物质生活降至最低的半隐居日子，仿佛舒公公尚且在世，她仍有着许多闯荡的机会，如同她在大陆时的前半生。她是在二〇一一年得知罹癌的，于是返回大陆过了两年，在深山中修行，一猫一狗为伴，如此直至她二〇一三年办妥一切后事回到台湾，五月住进医院做安宁疗护，六月离世，过程中没有麻烦到任何台湾的亲友包括我们家。她并签妥了捐赠遗体供作大体解剖教学的同意书，她说台湾社会惠我良多，理当有所回报。也因此，医院护理人员对她皆多一份敬重，悉心看护她直到最后一刻。此一切，每天带着上市的水梨或者新炖的鱼汤、花样天天翻新前去探望的编剧，全都看在眼里。

那个六月的日子，我在偶尔还会飘雪的内蒙古，当时《刺客聂隐娘》拍摄得正如火如荼，我们陪着聂隐娘与精精儿这两位侠女在白桦树林子里闷头打了半个月，打得天昏地暗日月无光，一日收工接到台湾来的简讯，从我们这儿熟知小苗生平为人的侯导于是乎感叹，这世间又少了一名侠女。

我们是在小苗走后才识得她来台的结婚对象李伯伯的，李伯伯也是退伍老兵，九十多岁的人，硬朗极了的身子唯是耳朵不灵光了。小苗始终照应着李伯伯，并非像一般假结婚的夫妇来台后便不闻问。及至我们一同作为亲友，与李伯伯出席阳明医学大学的结业典礼，典礼上播放的感谢投影片，罗列大体老师们生前种种，生平、与家人的生活照，为让学生们深切体悟到他们都曾经是活生生的、有亲人有名字有人生的人，而非做过防腐处理失了模样的大体老师。在投影片中，大体老师们的一生皆充实多彩，唯独小苗，只有名字与生卒年，一张照片而已。李伯伯对此耿耿于怀，觉得"她这一生显得太冷清凄凉了"，乃着手搜罗小苗生前种种，编剧则充当耳朵不行的李伯伯与医学院的联络人，一点一点将小苗本来寥寥两页的投影片充实起来。

我想李伯伯对小苗，是见过她极其丰富精彩的一生，不愿她留给世人的印象是路倒的无名尸。而我对舒兰河何尝不是如此？不愿它在他人眼中，只是一条臭水沟。

故南京东路三段89巷的舒兰河，我们说是舒公公与小苗的舒兰河，难免地也刷上一层灰。我仍会在日暮时去往如意新村，数数米白色大院亮起灯火的窗户，那户数是越来越少的，错落在漆黑沉沉的大部分窗扉之间，也许当最后一盏灯火熄灭，这里也要"都更"改建了。

建国北路与松江路之间的舒兰街早不存在了，舒兰河斜斜穿越长春小学的校园内，小学操场与球场间的有树荫的斜路、由上俯瞰缺了东北角的小学活动中心，或可看出些舒兰河存在的端倪，当然这些痕迹也可能是更北边的水系遗留下来的。长春小学段的舒兰河，与稍北边些的自然水系并行过一阵子，此自然水系约在过去的西新庄子与下埤头一带千回百转，以今日而言是东建国北路、西新生北路、北民族东路、南民生东路间的广大土地。就是动保人也记得十分清楚，从民生东路上那个我老要攀着玻璃窗看飞机模型的长荣大楼，一路往北到"行天宫"都是淹水热区，此曲折复杂的自然水系记载不多，应是上土地公埤（今之滨江街与五常街处）的上游河系。

这一段的水流，有在地耆老回忆起，是非常干净可戏水的，还能抓青蛙回去加菜。然而也是此河，在八月淹水的台风天过后，会成为让整条长春路臭烘烘的水沟，冒出一窝窝烂得生了蛆的死鸡死猫，硬邦邦的像只四脚朝天大乌龟的秦癫子，裹得一身污泥，给"卫生局"从沟底钩了起来，那是花桥荣记的老板娘亲眼见过的。

家乡在桂林漓江边的老板娘，祖父在水东门外花桥头有着一爿响当当的店面，卖两个小钱一碟的马肉米粉。老板娘早早

长春小学校园内存在着过去的舒兰河与应是上土地公埤体系的溪流。学校门前，卢先生领着一大队小学生，极有耐心地护着那群小东西过了街。

丧夫，只身流落在台北，也在长春路底、舒兰河边开起了她的花桥荣记。我时常想着要找到这爿店面，想着她在行走过舒兰河边，看着卢先生领着一大队小学生，极有耐心地护着那群小东西过了街，叫她想起饲养过的那只温顺大公鸡。伊通街的建国市场，是不是卢先生过年时卖鸡的菜市场？站在菜市场中央的卢先生，手捧着鲜红冠子黑白点子的芦花鸡。也是相同的菜市场，卢先生提着菜篮跟在洗衣婆阿春后头，对擦肩而过的老板娘，把头一扭地装作不认识。当然更有那长春小学旁的公共汽车站，老板娘最后一次看见卢先生的地方，卢先生斯文干净、一身孑然，落得最狼狈不堪的下场。

　　卢先生与老板娘一样，都对桂林家乡有着深切思念，眷恋桂林的山水，至为美好的是那般山水养育出的那般秀净的人们，相较之下来到这个城市所遭逢的种种不堪，我更愿意相信是人与人相遇总会有的悲剧，因为有了悲剧与遗憾，故事也才得流传下去。我辈年轻学者曾以此批判白先勇，卢先生至死惦记的罗家姑娘，代表了对原乡美好纯净的想望，相较洗衣妇阿春则是粗鄙现实的本土，以此做文章。诚然，原乡往往代表永恒的失落与永恒的想象，不需要（通常也无法）受到现实的检验，而本土则总是粗砾与充满了现实的不堪，唯我们不妨想想，定居海外的岛民遥遥隔海仍对斯土斯民有所眷恋，我们敬佩那些人对台湾故土的情感（尽管也有人称他们为周末革命家），却不容许或多或少被迫来到这片土地这座城市的人们有一丝半点对原乡的怀念，这真是再吊诡也再蛮横不过，更何况，他们已选择了留在这个地方、死在这个地方,有亲人埋骨的地方,就是故乡。

在花桥荣记的舒兰河上,一样是秋老虎的大热天,我想找到那有着大榆树与石凳的公园歇歇凉,那里曾有着卢先生拉起弦子,清润的嗓子唱起《薛平贵回窑》,老板娘听着咿咿呀呀的弦音,昏朦朦睡了过去,梦中的薛平贵变作丈夫的模样,骑着马跑过来,梦醒时满天星斗,卢先生收了弦子起身……我找着这样的公园,沿长春路摸索到松江路西侧,这一路上公园不少,四平公园、一江公园、中吉公园,但总少了那棵小说中的大榆树。

松江路西侧的舒兰河又浮现于都市纹理中,是为松江路184巷。在我追寻的过程中,这条河始终是如此时隐时现。此地属中吉里地界,公园也就命名为中吉公园。我必定得在深受好莱坞片名洗礼的人们只闻其发音而面露困惑前抢着解释:"是'中吉公园'不是'终极公园'啦!"

松江路184巷通过中吉公园不过数十米,路当央是座前不巴村后不着店的小庙,小庙倚着浅绿浪板的铁皮屋,庙前几棵小树,树下杂物堆置。舒兰河过了这座庙后成为吉林路123巷,向西北来到吉林路上后,此约莫是舒兰河最北的顶端了,舒兰河由此一改西北的流向,转为偏向西南,大约在吉林街168巷的南北侧流经。吉林路174巷1之1号对面那片染锈的工程围篱包围的空地,隐约可见瓜棚架,一落一落堆叠排放的椅子,椅背整齐竟似碑林。这片杂乱空地向南穿越至吉林路168巷17

号旁，也是舒兰河的遗留。

舒兰河的末了一段，是中原街到新生北路间的新生北路二段 55 巷，巷尾便是地址曾为舒兰街的中山区农会，河对岸是加油站与大榕树树荫下的回收场。55 巷路边一株营养不良的瘦弱桑树却有甜得齁死人的桑葚，动保人难免要回忆起幼年时长在公墓边最大最甜的野草莓，其实两者相差不远——此一带是日据时代的舒兰街火葬场，火葬场沿用至光复后，如今当然已不存，其位置大约比回收场与加油站更北些，是今日劳工育乐中心的位置，正隔着特一号排水沟与过去的三板桥墓地（今十四、十五号公园）遥遥相望。

我遂想起很小很小的时候，编剧向我描述过的日本斋场（即火葬场），肃穆、敞净明亮，并无死亡的恐怖阴暗感或数年后我们在第二殡仪馆送走外公时所见的兵荒马乱。编剧说日本斋场，一楼光可鉴人的大理石厅，水晶灯，更像是饭店进门处，两座焚化炉是壁上的，两扇黑铮铮的门有着黄烁铜把子，送葬的亲友们会给领至二楼的榻榻米间待茶，静候烧完。

又或者，更像是她同样详述过的恒河火葬场？圣城瓦拉那西的恒河畔，清晨大雾的河面，一盏一盏亮黄的蜡烛金盏花。横亘长岸的岩黄圣阶，生者到这里沐浴净身，死者涤魂升天，胚布密裹的香油尸身，女是橙红桃红，男是白，孩童黄，担来圣河泡净，之后于岸边架起柴草焚烧，烧个五六小时毕，骸烬用竹帚拢进畚箕倒到河里，残余连渣连灰一并扫扫都入河去……恒河是世界上污染程度排前五名的河流，圣河之水既脏

松江路184巷与吉林路123巷交界的舒兰河一景。

新生北路旁,新生北路二段45巷与55巷的中山区农会,旧地址"舒兰街11巷3号",是寻找舒兰街的线索之一。

且浊，却也是这么地容纳了人的生与死。

我与河神并立在舒兰河上，想象着火葬场还在着，想象我们仰看目送着火葬的那缕轻烟如升魂回归天际。悠悠长岁中，舒兰河神便是这么地送往迎来，一个一个送走了河岸上的居民，送走了陈平，送走了舒公公与小苗，送走了卢先生……而今，河神面对着自己的行将离去。水城的河神们，即便水流不再，总还保有着各色各样的路名街名让人记得和追迹，而舒兰河神就连这仅有的名字都失去，作为第一雾里薛支线，它消失了，作为舒兰街，它又死去一次，消失了两次的这条河很快会离开人的记忆，那便是河神真正的死亡了。

我遂告诉河神，我会一直一直来到舒兰河上，以我自身的行脚与记忆证明祂存在过，证明祂在这座城市中，并非枉然一场。

我们家在康乐里

且容我们一下子拉回温州街的九汴头,去追寻另一条雾里薛支线。

新生南路三段54巷7号与9号的斜向公寓稍往北,有一条死巷子般的温州街45巷,不过三十余米的这条小巷,一侧是台北好好看绿地,一侧便是几如静水不流动的瑠公圳遗址,其实那是第二雾里薛支线的遗址。这一小片水域有白色水泥墩护岸,蕨草垂水,比邻的房舍红砖墙也是藤葛附生,有突出于水面的杨柳与凉亭,水中游鱼与巴西龟,碧玉色算得上干净的水源,应不是来自其上游的瑠公圳第二干线臭水沟。几年前在这儿定居的一只番鸭,宝石蓝的羽色,遍生红疣的脸孔多白毛,在我们喊它"丫姐"时会频频点头,已有两个冬天不见,我们希望不是成了哪家的姜母鸭了。

第二雾里薛支线由此遗址处沿温州街往北流,通过大学里公园,公园角落临河处是一小土地庙白灵公祠,河流打庙前通过建国高架道路与辛亥路，来到辛亥一号公园。这个在辛亥路边狭如畸零地的小公园，过去矗着比人高的台湾少数民族木雕，如今换作一尊具体而微的复活节岛石像。公园后方是一区凌乱矮屋，在扶疏的梧桐与雀榕树影下，有砖瓦屋有铁皮屋，皆有门牌非违建，墙根下是细小的桂树、蔷薇与扶桑，紧邻着看似公园小径实则有巷弄编码的温州街30巷。第二雾里薛支线就在那些屋舍边缘流过，通过云和街与温州街22巷，从温州街22巷8号日式大屋的院落左侧开始，有着成排西北东南走向的铁皮屋，紧挨着殷海光故居的西南缘，此一带状的铁皮屋前如后巷的泰顺街27巷便是第二雾里薛支线。

如今已是市定古迹的殷海光故居内，庭院一隅是殷海光亲掘的愚公河，愚公河就在西南角的墙根下，杂草丛生的浅浅一水，野姜花与姑婆芋掩映间，水色如玉，看着和温州街45巷的露头遗址很像。愚公河掘成之初，确实引用了第二雾里薛支线的水源，毕竟两河仅隔一墙地紧紧相偎。我试图想象着殷海光在河畔伫立的身影，在他那其实还算不上晚年的生命最后十年（毕竟其人郁愤病逝时，不过半百而已），是给断了一切版税与补助，失去教职并受严密监视，近乎受到软禁地在此屋度过。殷海光故居实则小得惊人，难容得下一个如此昂然、桀骜不驯的灵魂。

我也不免想起另一群人，那些万盛街瑠公圳边的台大哲学系学生们，殷海光的徒子徒孙们，承其一脉相传的理想，有过一段野火岁月，也是差不多地狼狈收场。两个世代的人，居住

温州街 45 巷的"瑠公圳遗址"一景,更精确地说应是雾里薛圳整并入瑠公圳后成为瑠公圳第二干线、于九汴头分汴后的第二支线遗址。

泰顺公园西南隅,带状的铁皮屋旁如后巷的泰顺街 27 巷便是第二雾里薛支线,紧挨着殷海光故居。

在河畔流水边，一样的精神，遥遥相望。

第二雾里薛支线由泰顺街 27 巷穿过殷海光故居旁的泰顺公园来到泰顺街上，大安社区大学的走读水圳活动提供了非常细致的踏查路线，一路上的线索从未间断。泰顺公园西南隅，地上水沟盖大过正常尺寸，呈与河道相同的斜向；泰顺街 38 巷口的杂货店，冰柜前的柏油路面微凸，有一小段水泥基座，约莫脚踝高，长度不超过一台机车或脚踏车故而时时遭遮挡，那是桥墩残迹；泰顺街 26 巷 8 号车库旁的理发院特别低矮，是河道通过处，也是过去埤塘"龙池"的东缘，理发院与左邻右舍的土地纠纷已持续多年，是因为河川地归属不清的缘故吗？各类或好言相劝或几近威胁的手写启示贴满门廊；泰顺街 16 巷 8 号的日式大宅，左侧院落为河道，庇荫了整段街道的大凤凰木长在河边；泰顺街 2 巷 7 号的大宅，灰色涟漪纹路的外墙下，路面明显隆起，过去是小桥，第二雾里薛支线从此桥下进入泰顺街 2 巷以北的街廓，在今日正由润泰集团承包、拆除重建的和平东路修女会围墙内急转向西，走完龙泉街 5 巷后，从师大宿舍与美术系馆处通过和平东路，向北穿越师大校园，近来师大校园因连日豪雨淹水，综合大楼的地下餐厅惊见土虱，据说便是第二雾里薛支线带来的。

第二雾里薛支线途中的龙池，是一横跨泰顺街 16 巷至 38 巷、西缘直抵师大女一舍的长方形埤塘，一九五几年一个寒流来袭好冷的冬天午后，八个龙安小学的学生划着没人看顾的竹筏玩水，却划翻了竹筏。淹死的那个学生，如今或许只剩青田街7巷6号马家的儿子还记得其人，马家儿子并不知其姓名，仅称之为"喂"。"喂"是佃农之子，黑脸膛的佃农在青田街6巷8号再过去的水田租地耕种，耕稼之余沿街为人家挑粪，"喂"帮着推粪车；佃农迫于生计，也卖馄饨或鱼丸汤，赤着大黑脏脚的"喂"就跟着敲竹片、为客人收碗，彼时义务教育已经实施，但如此的佃农家庭不认为识字能助生计，"喂"十一岁才上了学读一年级，就这么没了。

出了师大校园的第二雾里薛支线，在丽水街33巷与17巷之间，是段长逾百公尺的无名弄，途中更曾跨越潮州街。当地居民有意将之命名为"雾里薛弄"（或者"雾里薛弄"？）。这条小径由市图书馆龙安民众阅览室旁的137号小屋开始精彩起来，小屋临着雾里薛弄的白壁漆着色彩浓丽的涂鸦，再过去是片改造重生的畸零地，由破损的红砖矮墙包围着一方草木杂生的庭院，芭蕉叶环绕着树叶形状的矮几，是社区老人家沏茶闲坐之地，红砖墙上的雀榕须根交错如画，一座生锈鸟笼模样的艺术作品。

空间感随着时代变迁，在现代都市街区的细碎切划、建筑重重阻隔下，丽水街的油杉社区与梅门德艺天地仿佛离河很远，实则在它们建成的年代，是比邻河岸而居的。梅门德艺天地外墙一幅水墨画，描绘日据时代此处地景，映着夕阳余晖的第二雾里薛支线明亮如缎，蜿蜒过日式聚落间。在许多老一辈居民的回忆中，这样的聚落必定是青瓦房顶配备着矮冬青树篱，日常作息进进出出总有大小水沟得跨越，沟中是红艳艳的血丝虫。

油杉社区是日据时代总督府山林课的宿舍群，或许就是社区内至今仍多珍稀老树的缘故，横贯其中的金山南路二段203巷，是条总氤氲着树木清香的巷道，让此聚落得名的那棵油杉就生根于203巷22号的院落中，此树中等大小——至少30号院中的受保护树木芒果树就要大得多——是冰河期孑遗物种，由日据时代"林务局"官员自山中带回栽种的，至今树龄约七十年，也是因它珍贵且移植不易，当地人保树之余，也连带促成整个日式聚落的留存。今日之油杉社区，五栋半的单栋双拼建筑，其中两栋保存良好为古迹，其余登录为历史建筑，都尚有人居住，有人居住的房屋便不会坏圮，反之，人去楼空的房屋腐朽就在几年之间，更别提文资团体都很熟悉且津津乐道的，台湾老屋常有的"自燃"现象（提报登录为古迹或历史建筑的老屋，往往会在文资会议讨论前夕，于月黑风高之夜被一把无名火烧掉）。

梅门德艺天地因位在丽水街38号也称丽水38，离油杉社区几步路的距离，是台铁老宿舍，荒废多年即将成为社区毒瘤之际，于二〇〇九年由梅门创办人李凤山领弟子义工整理重修，历时两年多完成，是一精致的复合文创空间，有食堂、茶饮处、文化教室、展览间与时尚店面，庭园曲水与卵石、许愿池与绿树，于喜爱野趣之人如我而言，太过精雕细琢了些，如同油杉社区有那棵台湾油杉坐镇，此庭院的核心也是受保护的老树，六十余岁的白玉兰。在外公的乡野传说中，说此树性阴，与活人阳气相克，树强则人会多意外伤病，人强则树会无病枯亡，如家

锦安里居民自行命名的雾里薛弄，这条小径由市图书馆龙安民众阅览室旁的 137 号小屋开始精彩起来，一旁是河道切割的畸零地。

中曾有那两层楼高的白玉兰,在三三书坊开办、家中人丁猛烈壮盛起来之际,一夕骤死了。不论此说是否为真,白玉兰确属脆弱易亡的树种,能长到这般岁数着实罕见。

丽水街38号的台铁老宿舍,居住过的名人不少,最为人知的莫过于齐邦媛夫妇,但出我意料之外的是"铁路局"副局长单伟儒。

龙泉街巷道中的蒙特梭利幼稚园,是我念过的第二所幼稚园,我远从文山区负笈来此,是因我的第一所幼稚园、坐落于瑠公圳第一干线河畔的小蜜蜂幼稚园关闭;也因当时我唯一的朋友,那位新锐旅英服装设计师当年念的就是这所幼稚园,遂来此投靠之。彼时会在幼稚园结业典礼出现、会与打着红色小啾啾或穿公主装(啊,我一生的耻辱)的小毕业生合照的,我们口中的"单爷爷",原来就是单伟儒,是了,解说牌上的慈蔼长者便是我幼稚园毕业照上的同一位,下方文字并有说明,蒙特梭利启蒙研究基金会董事长,是将蒙特梭利幼儿教学法引进台湾者。

油杉社区旁的锦安公园亦留存了我幼时记忆,此公园是那其实并不符"法规"位于公寓三楼的幼稚园让成群小鬼头放风之所在(另一处是第三雾里薛支线边的古庄公园)。若由此略往西北行,渡过第二雾里薛支线,永康街巷弄中是服装设计师与父母及其母系亲人共住的公寓一楼……时至今日,设计师一家子已迁至捷运大安站旁,那里恰是大安支线河岸边,而我们仍留在了第二雾里薛支线流过的这片地面,我曾提及此书有一半完成于上埤河畔的 Lavazza 咖啡馆,则另一半便是在第二雾里薛支线流域的永康街二号咖啡馆写就。若算入我幼稚园前的那段日子,动保人把台大当作大型游乐场时时携我前去,草坪上打滚捉蚂蚱亲近大自然,同时也挨度育幼时光的冗长无止尽。那简直是,我至今的生命史就是顺着第二雾里薛支线长流而下的。

那么二十几年间,河岸边改变了什么?

最直接的印象,就是日式老房子的消失。在幼稚园时期,这种多半单层至多两层楼的青瓦老房还相当多,往往隐匿在深院幽密的树荫中,或许早已不如梅门德艺天地外墙上那幅水墨画中之密集,倒也随处可见。幼稚园下课后,我总要动保人领我去至不远处的泰顺街市场看现宰活禽(那时的我俩可真不动保!),年幼之人是不仁、没有怜悯之心的,仅只是好奇一只毛羽鲜亮的活鸡何以通过那个大铁桶后就成了我们熟悉的鸡肉模样,一再想要弄懂那个过程。

去往市场的路上,那时还多的是那些老房子,夹杂在水泥公寓之间,两者数量差不多,相处和谐。这样的老社区,特别能感受到时间与历史那份沉甸甸、有质感的重量。然而在我为了第二雾里薛支线,时隔多年后重回此地踏查时,老房子已寥寥无几,剩者有再活化经营而装点得十分美观的,也有废墟状将要倾颓的,更有房子已拆,但院落中皆是动不得的受保护树木,呈现一圈大树围绕着断垣残壁的怪景象的。

到头来,我们发现护老屋比护树难太多了。"台北市树木保护自治条例"由当年的文化局长一手催生，无论是真知灼见或者歪打正着，时至今日，看似与文资无关的老树已保护住无数的老房子老村落，如油杉社区，如丽水38台铁老宿舍，如焕民新村。老树非不得已不能移植，以就地保护为主，老树扎根处连带将土地切割得破碎，即便拆除了建筑物也无法开发，老房子往往就这么侥幸留存下来，苦撑直到终得人们重视，或是自行朽坏坍塌。

第二雾里薛支线流贯日据时代之古亭町、锦町、福住町、东门町，沿岸风光大致如此。当它通过雾里薛弄，由不见历任行政机构负责人入住的行政机构负责人官邸旁流过，约莫是官邸东缘的车库处，隔着金华街的相对位置则是品悦糖法式甜点专卖店，此一爿洁白店面像是临时建筑般低矮，挤压在两侧楼房间，对应隔巷丽水街13巷上串门子茶馆旁宽大的楼房间隙，从空照图看去，尤其会发现这一连串零碎间仍非常有河的样子。第二雾里薛支线继续向北流贯丽水街9巷、7巷，永康街14、12巷，于永康街10巷口流入丽水街。永康街12与14巷间的永康大厦，地基呈现梯形，大厦西侧的斜边就是河流过处。河沿着金华小学西北隅绕了个直角弯，至金山南路二段31巷的东门饺子馆旁继续北流，饺子馆旁铁门拦住、搭着塑料雨棚的走道便是河了。

第二雾里薛支线徐徐由信义路二段148巷口过信义路，一过马路又是两个直角弯，绕经渣打银行的南、西两面，向北通过东门市场，信爱公园西侧弧形的铁皮屋与东门正德宫街坐落于昔日河道上，河流由临沂街71巷与71巷15弄口、楼房背侧的木兰树下流入临沂街71巷19弄。呈平缓圆弧形的71巷19弄流贯新生南路、金山南路与仁爱路之间的这个街区，曾在此间留下一连串的小桥，也因如此形状，教沿河而走的人极易产生空间迷向，往往笃定了依稀可见的大马路是仁爱路无疑，走出了街区才知眼前是新生南路或金山南路。与之歪斜并行的连云街，是永康街于信义路以北的延伸，动保人十分记得她在《古都》写作时期踏查连云街，也都还是个老房子遍地的区域，如今老房子已不多，剩下的几栋渐受重视并得保护。第二雾里薛支线河岸的两栋老房子，大榕树下的临沂街65巷11号有人居住维护，除了一道宣示现代化的突兀雨棚外，保存得完好；属于"铁路局"宿舍的临沂街63巷19号则加入台北市政府"文化局"主持的老房子文化运动，正公告招标中。老房子文化运动目的在"结合民间经营团队资金与创造力，协助修复屋主提供之老房子，并减免部分使用费，以作为文化创意工作者创作、展演、营运之空间，再现城市历史的记忆与风华"，以再利用使老房子不致闲置朽坏，如同在焕民新村获保留后，好蟾蜍工作室的发起人鼎杰一心想推动的"以住代护"方式，无非是如同我们走过的油杉社区与梅门德艺天地，人的气息与活力，就是老房子得以存续下去的灵魂。

老房子文化运动自二〇一三年推行，至今已有多个文创团队接手老房子并成功活化的案例，如杭州南路的锦町日式宿舍、临沂街的幸町日式宿舍，然而此计划也引来质疑，认为接手的文创团队皆非平民之流，背后多有财团撑腰，甚至根本是财团的幌子，仍是个有钱人才玩得起的游戏，况且上述媒合案例中，许多以高价、预约制等理由拒大多数人于门外，理应属于所有市民的文化资产，却非所有人皆得亲近接触……至此，我不免想到外曾祖父在苗栗铜锣火车站前的重光诊所，两层楼的木造日式房子，如今已攀升至上亿元的地价，上千万的桧木建材，这栋老房子的去留在亲族内部争论多年，多数人尤以对家族情感逐渐稀薄的第三代甚至第四代，大多主张拆了卖了分了散伙了从此再也不用往来。光是说服各家子孙放弃上述眼前的巨大利益，已是属保留派的我们家所能做到的极限，而今不仅得不到卖房的利益，甚至还得花钱修缮维持、雇人洒扫看顾，若是有文创团队或民间经营者愿意接手，我们当然乐见其成，恐怕也是让已指定为历史建筑的重光诊所存续下去的唯一办法。

因此对老房子文化运动，暂不论公有的建筑，我想光是要老房子的私人拥有者放弃拆房卖地的利益，已是最难能可贵的了，一旦改建为豪宅，那才真是少数人、有钱人才得享有。老房子与文创团队的媒合方式、再造与经营手段，当然可以也该检讨改进，但不应尾巴摇狗，反过来全盘否定此计划的原初精神和价值。

我们浏览贴在那些斑驳外墙的老房子文化运动公告，71巷19弄底的梯形街廓稍稍阻断第二雾里薛支线流向，此河在街廓后方的仁爱路二段98巷再度浮现，这巷弄几不可见，看着更像仁爱路二段98号杏林大厦与停车场间的水沟盖。第二雾里薛支线以此过仁爱路离开东门町，流入济南路二段62巷，一望到底乍看是个死胡同的此巷，位在两侧建筑背向，其中一侧更是餐厅厨房时有油烟，热风吹得一旁矮竹墙娑动不止，是条不讨喜不会吸引人走的路，所幸往内没几步，62巷就往一旁转向去了，第二雾里薛支线则继续笔直北走，穿越62巷转角处的车库，在通过新生南路一段120巷时，路面处留下一丘近乎坡道的明显隆起，就在120巷6号与其对门的3号之间。河流通过3号斜后方的停车场，由临沂街33巷38号公寓旁的小径穿出，走临沂街33巷以北的一小段无编码巷弄，过济南路进入忠孝东路二段134巷，这条"く"字形的道路最终通过捷运忠孝新生站2号出口及其周遭绿地，在忠孝东路以北的延续是忠孝东路二段121巷，河边一排营养不良的落羽松衬托的几个大字，欢迎人来到光华3C商圈。

3C商圈因过去的光华商场聚集形成，光华商场依偎在跨越纵贯线铁路的光华陆桥下，本为二手书、古董摊商聚集地，及至电子器材流入市场，加以邻近的台北科技大学昔之台北工专有大量市场需求，方才转型为电子零件集散地。至二〇〇六年因铁路地下化，光华桥早没了实际功能，加以年久老旧而拆除，桥下的老光华商场一并消失，如今取而代之的光华数位新天地，是矗立在新生北路市民大道口的崭新大楼。到此好让电影人与我荒废踏查正业分神地东逛西逛，旁边跟个学3C其实颇上手但兴趣不高的动保人。电影人受她二手旧货商老爸影响，尤其对此类地方流连忘返，我们不免提醒她二手商思维"我花几十块买了这个修好后可以转手卖个几百块"，即放任屋子给破烂淹没却从没修过没卖过。

第二雾里薛支线就流贯在 3C 商圈中。121 巷底是一串相连的铁皮屋小吃摊，第二雾里薛支线初为铁皮屋旁小径，此径愈行愈窄，到末了竟是两店铺间暗不见天的摸乳巷，它在八德路上的穿出点不好找，却倒也还可见，就夹在话题墨水匣与尖视公司监视器两家店面之间，有时更受桃子烧的小摊遮挡。穿出后，走落羽松遮道的八德路一段 43 巷，入新近完工开幕的三创园区。

仁爱路以北的第二雾里薛支线极易与特一号排水沟混淆，两者接近且流向相同，但若以它们今日化作的道路，新生南北路比之忠孝东路二段 134 巷、121 巷与八德路一段 43 巷等，不难看出两者区隔，第二雾里薛支线始终在特一号排水沟西侧数十公尺处，规模也小得多。至于光华玉市面临的新生南路八德路口，那更是有三条水系流通，东侧者是上埤尽头，远从六张犁深山到此的河水汇入特一号排水沟，居中的特一号排水沟邃然转西北，造成新生南路与松江路相通、却与新生北路不连贯的现象，最西边的第二雾里薛支线则以几乎一样的形状转往西北流，穿越金山北路市民大道口。于是我赞赏北科大外围的水圳复原绿化做得十分精彩之余，也不得不对解说牌上的说明有点微词，通过北科大的这三条河流，没有一条是解说牌上的瑠公圳。

第二雾里薛支线来到市民大道以北的街巷内后，仍走新生北路以西，约是长安东路一段 56 巷 7 弄与市民大道二段 67 巷间的两排房屋宽缝。特一号排水沟与第二雾里薛圳在此拐了个超大弯，昔日的大竹围埤便在此弯处，此埤记载极少，我仅有的资料来源就是师大地理系教授洪致文的部落格，是个一七五八年即存在、"开口向东北之弯月状"的老埤塘，长安东路在通过新生北路时那个略显突兀的弯角是排水道遗留，是因大竹围埤在一九一〇年收归瑠公水利组合，与其他埤塘一般，放水填平为农地，仅留圳道与排水路。

离开长安东路一段56弄7巷与市民大道二段67巷的夹缝后，第二雾里薛支线流入正守公园西南侧的畸零地，这处畸零地在正守公园的后方的榕树荫下，有红砖墙与工程围篱区隔，过去多雨棚违建搭在河道上，今已拆除，但仍留下了室内的磨石子地砖。第二雾里薛支线斜斜出至长安东路上后，流通在日据时代属官员住宅区的大正町，向西北贯串昔日的四至九条通，分别是长安东路、林森北路85巷、林森北路107巷、林森北路119巷、林森133巷与林森北路145巷，这些地名至今因观光之故仍保留在街巷中，加以处处居酒屋与日式料亭，路面为石坪而非柏油，恍然顿生异国之感。长安东路77巷4弄4号的三角形铁皮屋、林森北路85巷91号旁的车库、林森北路107巷88号与90号两楼房相接处的奇怪转折、林森北路119巷75号左右楼房纷杂的地基形状、南京东路一段132巷20号在"都更"盖起新楼前的后侧斜边、林森北路159巷45与47号旁搭着棚顶的停车位……皆是大正町内的蛛丝马迹，是一个一个的锚点，把町内河流完整连贯出来。

第二雾里薛支线由国王大饭店与新落成的豪宅顶高豪景间流过南京东路，纵贯十四号林森公园中部。河道往东几步为设置于公园内的长安抽水站，排水入新生北路特一号排水沟，特一号排水沟自此起打开箱涵见天日，北到基隆河为止都可见其河面，可惜臭不可闻难引人驻足，深阔河面在高架路阴影下幽暗难见。因这些年来水圳研究者们大力推行的特一号排水沟正名（许多找寻水圳的前辈已达每闻"新生南北路的瑠公圳"必抓狂的境界），通过特一号排水沟的各桥面上的解说牌已不见"瑠公圳"三字，但内容仍以灌溉面的水利知识为主，不符特一号排水沟的排水性质。

过了十四号公园，第二雾里薛支线由欣欣百货流入林森北路西侧的街区，河畔是氤氲着粉味的温柔乡，教此绿化良好的道路，路边树荫下总添一抹艳谲色彩（动保人又要叮我一个人时别走这边）。在与排水小沟渠中山北路二段77巷（这条小排水沟的上半段为中山北路二段84巷，就是最受舒国治喜欢，很"电影"的那条巷子）交叉后，于汇丰商银分作西新庄子支线与牛埔支线，一向东北，一向西。

西新庄子支线流过林森北路383巷、台湾手艺学园旁树木蓁莽的荒地，向东北接上构树与停车场夹道的林森北路399巷30弄，由399巷底北行新生北路二段直至基隆河边，但并未结束于该处，反倒绕至新生北路东侧（这一弯角在新生北路的特一号排水沟筑成后应就此截断不通），走滨江街，经"花博"时期超级热门需天亮前就排队卡位的梦想馆，经新生公园、新生棒球场，走德惠街193巷，一路平行松江路至行天宫附近，西新庄子支线末端的排水门约莫便是松江路西侧的行天宫站公车站牌。无论林森北路399巷与其西侧延伸的民生东路一段23巷，还是新生北路以东的西新庄子支线河道，过去皆属五常街，五常街虽不似舒兰街那般彻底消失，也是柔肠寸断，如今只剩建国北路以东的八百余公尺，且分作三截，中山区与松山区的五常街门牌各自独立编码，因此混乱不连贯。

牛埔支线西走民生东路与西路、民生西路45巷3弄、万全街8巷、双连街1巷、承德路155巷至承德路往北，再由归绥街与兴城街口的铁皮屋群圆滑的北缘向西北流，经此日据时代流传至今的打铁街、经蒋渭水纪念公园，走锦西街、锦西街53巷，整体呈现出如阶梯向西北拾级而上的形状，末了由民权西路160巷穿越民权西路，结束于民权西路185巷与兰州街61巷的直角转弯处，这一带已是曾经的人字形大埤塘双连埤的地界。

我追踏第二雾里薛支线，大都到十四、十五号公园即止，此地旧名三板桥，日据时代属三桥町，町内设有日人公墓，大约就是这两座公园的位置，墓区坐落为东北西南斜向，并未涵盖两座公园完整的范围，其中较小的十五号康乐公园，其西侧边缘不平直，有一小小突出，应就是墓区西隅了，周遭多是与墓葬相关的设施，如位于两公园入口处的台北市役所葬仪堂（光复后成为民营极乐殡仪馆，沿用至一九六五年一殡设立后方才废止），如相隔特一号排水沟的舒兰街火葬场。正因为这一区的丧葬性质如此强烈，乃在日据时代有"去三板桥"一说，中性意涵如今日之"往生"，当然更可用作骂人话"去死"。

日人墓地长居着第三任台湾总督乃木希典的母亲寿子，与第七任台湾总督明石元二郎。乃木寿子为安定人心，以近七旬高龄随子来台赴任，抵台不及两个月即染疟疾去世，遗言葬于台湾；明石元二郎于总督任上病逝于日本福冈家乡，一样遗言要还葬台湾"能成为护国之魂，亦可镇护吾台民"，是唯一埋骨台湾的总督。墓前有大小鸟居两座，属于明石元二郎与其秘书官镰田正威所有，两鸟居曾迁至二二八纪念公园安置，如今又回到了十四号公园的草坪上。明石元二郎墓地则迁葬三芝，至今仍有日人祭祀；乃木寿子之墓迁回东京六本木青山灵园，二〇一五年四月初，我们在漫空如吹雪的染井吉野樱之下，见过她一次。

鸟居迁走又迁回，乃因为十四、十五号公园的建设。曾是高级墓地的三板桥，在一九四九年国民党退守台湾后，成为舟山、海南岛军民的临时安置所，后也加入自中南部北上都市的谋生者，是一连眷村都算不上的违建区，称作康乐里。居民们生活困窘，加以彼时仍坚信有朝一日将"反攻大陆"，故建材极其简陋，没有任何整体规划，甚至以墓碑为墙，墓石作阶，明石元二郎的鸟居就淹没在大量的临时建材中，甚至是现成的晾衣架，直到多年后康乐里拆迁，才又浮现出完整的鸟居模样，那是人鬼交杂、诡异又有说不上的自然而然的一幅画面。

这些居住在墓区的人，只因随国民党来台，有人称他们为

昔日的日人墓地，今之林森公园内，草地上一大一小的鸟居，属于第七任台湾总督明石元二郎与其秘书官镰田正威，曾埋没在康乐里的杂乱违建中，也曾迁至二二八公园暂时安置，如今回到第二雾里薛河岸边。

"既得利益者""统治阶级",更有那热爱且拥抱殖民母国甚深者谴责他们"亵渎日人墓地",我实在以为,应当谴责的,是何以让他们必须以墓地为居的政府吧!会沦落到此自行搭盖违建居住的居民,是连眷村或者芳兰山退舍及如意新村之属的单身退休士官宿舍都住不起的,他们很多甚至不具军人身份,连"荣民"都算不上,仅只是随国民党撤离的难民而已,对于将他们身陷于此的国民党当局,却总是宽容而感激,没有任何怨怼,他们仍相信集体先于个人利益,相信当局已经对他们够好够照顾他们了。

就好像多年来定期来到我们家门口替邻里修鞋的退休老士官,年迈之人仍腰杆子直挺,中气十足,洪亮嗓音一喊整条街都听得到:"修理皮鞋呃——!"修鞋既是他的谋生之道,也是他活一天工作一天不言退休的尊严。我们怜惜这位修鞋匠老士官,但晓得以其人自尊心之强,绝不接受工作酬劳之外的任何馈赠。于是抱着淑世精神老想以一人之力撑起他人生计的编剧(对象如好几位定期来收破烂的退休老士官、住家巷弄中连店面都没有的小杂货店、家后方社区乏人问津的福客多加盟店、每周四到巷口卖红糖饼杠子头的小摊、偶尔出现的卖蜜苹果的年轻小夫妻)每闻老士官修皮鞋的呼喊,便抱了一段日子积累成山的破鞋夺门而出,更满屋子搜刮哪怕只稍微损坏的鞋伞让他一次修足,甚至犹不满意的,目露凶光逡视人人脚上鞋,我们还真怕她要强脱了我们的鞋打个洞给老士官修去。

老士官就住在如今成为国际艺术村而十分精彩、有些精彩太过仿佛与眷村不甚有关的宝藏岩，彼时宝藏岩正面临拆除，老士官眼看将流离失所，面对我们的关切猛问他日后的落脚处，却是坦然一笑："没办法，城市要发展进步。"

若是搜寻十四、十五号公园的历史，大概不脱"一九五六年，台北市政府进行第一次'都市计划通盘检讨'，将康乐里之地依照日据时代的都市计划用地编订为公园预定地。一九七五年，台北市政府着手规划十四、十五号公园，并与当地住户协调，但无结果。一九九七年三月四日，经数度抗争波折之后正式拆除"这段官方文字，平和而无痛感的叙述，然而此为台北市长"民选"后的第一桩拆迁案，以今日标准来看，是个推土机式的拆迁。

康乐里拆迁案之时，我上小学三年级，不知世事，能深入了解，要待十年后的苦劳网铁马影展播出记叙这一段事实的纪录片《我们家在康乐里》，是通过此片，我也才得见那片早已从现代都会中消失的地面，一睹那些如今不知流离何处，甚至我不太愿意去想的，是否还在世的人。

那样的康乐里，从空照图看是片黑蒙蒙、屋顶密麻如鱼鳞的聚落，更老一点的照片中，能见前景还衬着极乐殡仪馆气派的屋顶。有聚落中的居民说，康乐里一住半世纪，不曾踏出过其地界一步。是因为四面八方那个太繁华的天地，无他们的立锥之地吧？康乐里南临南京东路，台北的华尔街；西侧是延续了日据时代北接洁白优美的明治桥（今之中山桥）、直通剑潭山台湾神社、相思树夹道的敕使街道之繁华的中山北路，无论何者，都是他们根本无法消费，甚至稍堪想象的世界。于是我们看到一九九七年三月三日开拆前夕，他们彻夜坚守家园，不是不愿离去，而是这一方贫民窟是他们在这座城市这个海岛这颗星球上仅有的安身立命之地，他们根本无处可去。

违建不是不能拆，市容不是不能更新，若问我如何看待康乐里的拆迁，我认为康乐里并非牢不可动，不是所有古老之物都具历史价值应被保留，如今日台北市仍遍地都是的，一九七〇、八〇年代的混凝土二丁挂无滋无味四层楼公寓，如今也近半世纪都是老东西了，在人口老化、居民也都同意的状况下，要"都更"为崭新的电梯大楼，我认为并无不妥。至于康乐里的贫民窟，是中产阶级眼中的都市毒瘤，也有消防安全顾虑，更重要者，是任何人都不应过着如此贫穷线下如此狼狈的生活，是可以拆迁，但要如何拆迁。康乐里这类的聚落，因为贫困，居民间相互扶持形成的人际脉络，非一般中产阶级"远仇不如恶邻"的淡漠邻里关系能比拟。欧美国家对拆迁的安置计划之慎重其来有自，是经历过无数惨痛教训而成（如一九六〇、七〇年代美国都市高速发展期，发生于芝加哥等大城市的推土机式迫迁案例），安置计划须对居民再再访视，以其意愿为安置首要考量，对许多年迈居民而言，在意的往往不是我们眼中现代化而舒适的新居，而是拆迁后仍能与老邻里相依而居，如纪录片中访问的一位八十多岁老者，半瘫痪行动不便，是由同样八十多岁的邻舍定期背去理发的，相信对这位老者而言，在安置后能不与其邻舍拆散，比电梯比暖气都还更重要。这也是当年声援康乐里拆迁的学者们如台大城乡所师生所一再疾呼的。

最终台北市府对康乐里违建户的拆迁，违反自身"先建后拆"的承诺在先，也不理会学界提出应以就地安置为优先的建议，当初的做法，便是将老"荣民"扔进安养院，其余居民领了补偿金便草草驱散（且抗争者一概不发补偿金），粗暴打断居民间的人际网络。官方资料所说的"数度抗争波折"包括老"荣民"翟所祥之死，翟所祥七十六岁，单身无亲，因车祸行动不便，眼见拆迁在即，邻里一一离去，自己则因借住在此、非康乐里原居民，可能因此无安置资格也没任何积蓄租屋，眼看将要无家可归，遂上吊死谏。

翟所祥之死是当时学界、市府决裂点，一周后，康乐里如期拆除，彼时十四、十五号公园仅有水池等零星设施的初步规划，台北市府如此急于拆除之因好让人费解。当时的"都发局长"，与声援的学生教授们同样出身台大城乡所的张景森说："老人不搬也会死。"市长陈水扁逢人抱怨："（翟所祥）别的地方不死，死在这里，我真够衰，而且也没证据是因市府要拆迁才自杀的。"副市长陈师孟与市府发言人罗文嘉同声对城乡所学生喊话："学生应努力念书，不应搞运动。"

都是二十年前的事了，时代流转，也许在"都更"为脏名词、拆迁是万恶、学生应努力搞运动不应念书的今日，能得更多人的注目与声援；当然更可能是一再重复的悲剧，以中产阶级利益为优先的市长大人们，总是或强硬粗暴或温和规劝的，

132　　寻找河神

将这些他们认为不合时宜的破旧东西清理出干净美丽的现代都市，这倒是二十年来的哪一任市长皆然。

"为了下届市长选举获取更多的选票，市府于是迎合中产阶级的生活品位，透过一连串的强势措施，要将台北市塑造成为干净而充满秩序的城市。"台大城乡所原所长毕恒达在康乐里拆迁时，便批评过此类"净化"的城市政策。

如今的康乐里故地，大公园十四号林森公园，小公园十五号康乐公园，隔林森北路相望，绿树扶疏，草坪茵然，早已看不出违建群落的丁点痕迹，遛狗遛小孩的、掷飞盘跳国标舞打拳的、匆匆途经显然要去往别处的、与光影一块斜倚着凉亭小眠的，形色各样的都市居民，是否还记得此一现代都市中绿意盎然的天地，是经历何等历史悲剧才得于此。林森公园东北角，遍植阳桃、西印度樱桃、金橘，浑然若果园，看得同行两位摘果狂心痒难耐。由果园处可望见回到故地的两座鸟居，一大一小，明石元二郎的大鸟居堪称完整，镰田正威的小鸟居则略有损坏，矗立在光斑点点的绿草地，擎举夏日透着碧绿的晴空，已经看不见的河从他们脚下流过，侵略与殖民是无可辩驳、没得美化的深罪，但也许这样的罪该由执政当局而非个人承担，他们在此活过一遭，选择了埋骨斯土，这是我所见的真实。

"三与三"

让我们再一次回到温州街九汴头,最后一次,我们向西追寻第三雾里薛支线,这条河是三条雾里薛支线中流域最小的,恐怕也消失得最早,在光复后的市街图上已看不到,因此本该是记录第三雾里薛支线的本篇,我得偷渡另一位河神进来,被称作"赤江""无尾港溪"或者"特三号排水沟"的河神。也因为两河相连,我很习惯了把它们列入同一条踏查行脚路,及我戏称的"三与三"(第三雾里薛与特三号)行程,写作时也难将之拆成两个篇章分别记叙。

在九汴头的公寓分水后,第三雾里薛支线由"路上捡到一只猫"咖啡馆的南缘通过,走在温州街52巷1、3、5号的日式宿舍后方,那些在52巷口的日式宿舍群,从一九四五年的美军空照图看去,规模是今日的五六倍有余,散布在田野阡陌间,台大以西、罗斯福路南北两侧直到水源路的平野大抵皆是如此风貌,自不是今日繁华的大学商圈可想象。

公馆这一带的水田间，有过一栋日本房屋，庭院中青色的飞石一块一块整齐排出门外。过去这栋房屋的女主人，一位战死在南洋的骑兵中佐的遗孀，她轻盈的身影与一双白袜跳在一块一块飞石上。在门口，她将比河边的芦条还要柔弱的身子徐徐向前弯下来道别，九十度的鞠躬，将这栋房子交给即将成为新娘的文惠。

日本房子前门是条碎石子的巷道，走起来碴碴有声的一截路，人们出了门的身影总是会消失在巷口的冷杉里。巷子出去，过了马路的小教堂，阁楼上有铁敏一伙左翼知识分子装设的电台。房子后院，一畦菜圃翻起油亮滋润的泥块，墙角下丢着萤火虫的笼子，有二二八事件时埋藏慌张的日本军刀，墙外那丛密密层层的蒲葵之后，便是平平铺向新店溪的一片旷地，那时的天地一望无际，一眼就能望见溪水向夕阳的方向缓缓流去，水到了石墩就戛然收煞，被一丛苍郁郁的常青树掩没了，远处的山脊，绿荫款款描绘着山的轮廓，鸟从头顶上掠过，然后飞过新店溪，返回后山。

包围着日本房子的田野，绿色的稻子在风中低头，大部分时间的田野是阒静无声的，有的是黄昏时远处几声牛哞，与兵营里的雄壮的喇叭声。纵横在那片田野间的渠道，尽管在居民们，如文惠与铁敏眼中，它们更像是水沟，却应皆是来自于雾里薛水系的河流，河边生着面包树，落下肥肥的树叶擦在泥地上；墙根下的河里刚刚孵出来一群大肚鱼，文惠是如何地赤着脚，撩起裙子，走进河里去捞这些小鱼；春天里，铁敏每天匆匆忙忙，早出晚归，将文惠整个人忘在一边，寂寞慢慢包围了她，她才哭出声来，就赶忙下了院子。进来时手里满满一束河边的小野花。她把小花插在银花瓶上，然后自己这边看看、那边看看。

身畔长着面包树与小野花，怀中孵有一群大肚鱼，河神陪伴了他们的这一段生活。祂与写下这段故事的郭松棻一块儿，目睹过他们搬进这栋日本房子，那时的铁敏病重咯着血；目睹过华发风美的蔡医生进出这栋房子；目睹过文惠与铁敏共骑着脚踏车，驶向碧潭去钓鱼，傍晚背着一天的阳光与满满一篓闪着鳞芒的香鱼回来；目睹过响午骄阳下的杨大姐，亭亭站在门口，偏着头微笑起来；当然祂也目睹过下雨的那日，一同躲在有着桐油香气的板栗色油伞下的铁敏与杨大姐，碴碴走着碎石子路，两个人的背影消失在风雨中、在巷口的冷杉里，文惠急急跟着跑了出去，在雨中奔跑，一直奔到了派出所；目睹过派出所来了人带走铁敏，两个壮汉，一边一个把瘦小的铁敏夹在中间，同样走得碴碴响的碎石子路，背影消失在冷杉里……

如今田野已是屋舍栉比的地面，遥遥的新店溪与山峦再难以望见，日本房子剩下52巷1到8号寥寥几栋，南洋风情叶片肥肥的面包树倒还是温州街一带常见的树种，河渠则成为地下伏流，由邻接日本房子的19号公寓背后车道穿出，向西直贯辛亥路，于泰顺街62巷口流入龙泉街93巷，便是那古亭小学后方，紧邻着小学圆洞红砖墙的幽森小径，通往古风公园与龙泉市场。古风公园只比路间槽化岛大上一点点，龙泉市场亦不算大，色彩艳丽的蔬果摊在公园北侧的龙泉街上沿边摆开，早市应是热闹的，到了我踏查的过午，往往人迹已稀，烂菜烂果成篓地堆置路旁等待收走，一地的树影光斑迷离满目。

第三雾里薛支线通过龙泉市场后，是师大路左右侧的师大路117巷、102巷，在走读水圳活动中，特别标示此区曾为低湿的茭白笋田地。茭白笋田接邻古庄公园，公园西南缘实则已近罗斯福路，可见大马路上的高楼大房，那些高楼却仿佛一个壳子，包裹住它们后侧到古庄公园之间的杂乱铁皮屋区，这一大区铁皮屋中暗藏小径，不少可直接通往罗斯福路，唯要抄捷径得当地人带路，外人是看不出任何端倪来的。

那层外壳似的高楼，其中之一是土地银行古亭分行。一九八二年四月十四日，河神必定察觉了走在河岸上的那位老兵的异样，老兵戴鸭舌帽与假发，口罩蒙面。河神晓得老兵意欲何往，唯祂静默陪着老兵走过河边最后一段路，目送老兵闯入古亭分行，老兵亮枪高呼"钱是公家的，命是你们自己的，我只要一千万元，你们不要过来"，跳上柜台洗劫了五百余万台币。警方于案发几分钟内赶到现场，依当地里民的指路，由铁皮屋区的一条防火巷抄捷径往古庄公园追捕，然而老兵已逃逸无踪。

那是台湾治安史上首件银行抢案，彼时之社会不似今日对抢银行习惯到近乎麻痹，当时就是路边抢案都属大事，何况此大方挑战公权力之举！此案于后世，则仿佛打开潘多拉魔盒般，人们从此才知有抢银行这一生财途径。举岛震动下，警方顶着高层限期破案压力，逮捕一身形口音皆相似、也是计程车司机的退休老兵，屈打成招，老兵在借口领警方起出赃款的途中投河明志，数日后，真正犯案的老兵落网。

老兵李师科，声称自己是"看不惯社会上许多暴发户，经济犯罪一再发生，早就想抢银行"，"军事法庭"速审速决，于案发一个多月后将其枪毙。当年李敖是这么地形容他的："当他看到银行千千万万的钞票放给特权、成为呆账的时候，当他看到他牺牲青春、牺牲自己与家庭来捍卫的政党竟这样对待他的时候，当他看到这个政党如此缺乏公平与正义、公理与正道的时候，他涌起抢劫银行的念头。"这篇文章写于李师科枪毙之前几日，不无为其人喊话的意味，当然没能留下李师科一命。我虽无意正当化其人抢银行以及更早先杀警夺枪以预谋行抢之罪行，但说实在的我无法苛责。

李师科确有痛恨台湾当局的理由，他念小学时抗战爆发，因此辍学入山打游击，抗战胜利却没能等到解甲归田之日，便因继踵而来的国共内战，随国民党撤退来台。来台后，碍于当年军令无法成家，也因此在伤病退伍后得不到眷村的居住资格，他只能栖身在三坪大的斗室陋巷，开计程车维生，有时开车稍一不慎，一张罚单便让几天的工作辛劳全数化为乌有。这样的他却纪录清白没有前科，除了孑然单身有必须解决的需求而上绿灯户之外，没有任何赌博酗酒的习性，是邻里眼中的大好人，老实、客气、和善，喜欢也疼爱小孩子，他抢来的赃款中，绝大多数的四百万是要留给友人的两岁女儿的，供其小学至大学的学费，也因为这笔钱受友人检举，才会罪行曝光。

李师科是山东人，我对山东人一直多带着一份同情，是同乡之故，也是山东人实在傻，是种憨直不会变通的很可爱的傻，纵看历史，种种起义革命，往往主事者并非山东人，山东人却总是死伤最惨重的一群，山东人直头直脑冲在最前面，为他人两肋插刀，殊不知主事者早已逃到天涯海角不知何方去了；再看看自家，动保人仍保持着一日数犯傻的习性，我们为此屡屡吐槽："不必为了证明自己是山东人而这样自我牺牲吧？"山东省简称鲁，鲁在甲骨文中是为盛装在器皿中的美味鲜鱼，如今却作愚钝笨拙之意，我们便怀疑，是山东人太傻，傻到连累了鲁字转为今日字义。于是我们一家子山东人皆爱波兰人笑话（波兰人、金发妞、律师，实为洋人三大笑柄也），波兰人之于欧洲，就好像山东人之于中国，傻头傻脑成为其他人群乐此不疲的取笑对象，我们每每以之自嘲。

李师科这样的外省老兵，被称作"既得利益者"的一群，人们刻板印象地总认为他们必定忠心耿耿，我想反问的是，他们究竟得了什么样的利？他们为何得要忠心耿耿？他们应该比任何人都有资格痛恨将他们带到异乡陌土便弃之不顾的当局，他们大多教育程度不高，甚至未曾受过教育，更有许多人是遭拉夫，不明不白地被迫加入军队，被迫离乡背井来到这个岛上，他们之中好一点的，有幸在台成家者能分配到眷村；单身士官就只有住在芳兰山退社或如意新村之属的大杂院宿舍；凄惨沦落到康乐里的墓区贫民窟者亦有之。他们历经了维系着他们返乡希望的"战士授田证"化作废纸的种种冲击，他们能感受到今日社会对他们日益升温的隔膜与敌视，他们之中不少人至今仍抱持着困惑，莫不是他们的枪杆，才保护了这座岛？（这难道不是事实？）

东海大学社会系教授赵刚在著作《四海困穷》之《"四大族群"提法之商榷》一篇中提及："李师科与蒋中正都是'外省（汉）人'吗？罗美文和吴伯雄都是'客家（汉）人'？颜坤泉和王永庆都是'福佬（汉）人'吗？"提醒了我们如此分类法的荒谬不堪与解释现实的无效，经历了六十年，各色各样活生生的人走过眼前，难道我们还要继续坚持外省人与本省人这样铁板二分法？

一九八二年至今，我们已历经一次又一次银行抢案，其中包括犯下七起抢案、最出名的银行抢匪雨衣大盗，抢银行的始祖李师科则渐渐退出一代之人的记忆，如今剩得新店深山里立着李师科金身的李师科庙，与当年里民指点警察追捕李师科的小防火巷，这条巷子由当地人命名为"李师科巷"，也只有当地人找得到且会走，就在第三雾里薛支线河岸边的古庄公园。第三雾里薛支线约在离李师科巷不远、浦城街口的"钱都涮涮锅"处通过罗斯福路，于台新银行旁的店面抵罗斯福路西侧，过金门街。金门街与晋江街口处圈起来的大片工地应属"都更"案，几乎占了三分之一个街区大小，在谷歌地图中，尚可见这片地面是个绿树环绕、有着青瓦的老屋，周遭则是较杂乱的矮屋区，第三雾里薛支线在这些屋舍间通过，接上南昌路二段236巷，这也是台北市的一条隐藏版巷道，几如后巷般难以发觉，然而巷道本身倒是有规划地铺设了徒步区地砖，也有植栽夹道，虽不若后巷文化发达的民生社区那般精彩，倒也不显阴暗潮湿，难以通行之因纯粹是停满了机车。

由南昌路二段 202 巷开始，第三雾里薛支线平行于南昌路，走在路面以南的建筑群中，如此直到南昌路上的真心素食店，从上空可见其不规则形的地基，是过去第三雾里薛支线的排水门，第三雾里薛支线在此衔接上特三号排水沟的支流，此支流即今日同安街 8 巷口到长庆庙之间的晋江街，呈现圆弧形，并由长庆庙后方绕行至侧面，汇入牯岭街 95 巷的特三号排水沟主流。

特三号排水沟是一拉直拓宽后用于排水的自然河流，过去在地人称无尾港溪，日人则唤它赤江。特三号排水沟上游或可追溯到辛亥路底的军事机构替代役中心，与林口支线极近但不确定是否相连。林口支线是灌溉体系，约蜿蜒在台大水源校区与汀州路三段，末端至晋江街 124 巷 8 弄止，其水系归属仍有争议，一说是由瑠公圳第二干线分出来，故应属于雾里薛水系；另一说根据《淡水厅志》卷三有关瑠公圳记载"到公馆街后拳山麓内埔分为三条：其一由小木枧至林口庄及古亭仓顶等田，与雾里薛圳为界；其一由大湾庄至周厝仑等田，水尾归下陂头小港仔沟；其一由大加蜡东畔之六张犁、三张犁口过见直至车罾、五分埔、中仑前后上搭攸等田"，彼时瑠公圳与雾里薛圳未整并，两者区隔仍明显，记载中的三条分支之一——由小木枧至林口庄及古亭仓顶的，该就是林口支线了（另两条推测则是大安支线与后来的瑠公圳第一干线），故应归属瑠公圳水系。

唯特三号排水沟较明显的河迹要从师大路上的金门街11巷口找起。特三号排水沟沿金门街11巷、12巷通过河堤小学，出至小学西北侧之汀州路二段178巷，178巷上的同安街69巷口，极有可能是特三号排水沟至今仅有的露头之处。巷口转角处的石砌墙根下，有个铁架子笼着的小洞，一旁更有通风管相连，臭水沟味透过铁架方格扑出来，往内看去便是特三号排水沟极其污浊的水面了。

特三号排水沟向北通过汀州路，汀州路二段189号是栋簇新楼房，楼房旁木条墙后就是填埋过的水路，由此隐约可见楼房后方的树木幽森，想看清楚得绕远路由同安街43巷与43巷6弄逼近。43巷6弄底的停车场，是编号三十九的台北市受保护树木，那么大的樟树着实罕见，早先我在汀州路大街上窥望见仿佛如林的绿意，原是全然来自于它一树。这些年间，动保人几乎成了万物有灵论者，见此不免上前去拜祈一番，相信如此大树必然会庇荫往来街猫。一神信仰的我站远了，看着她的背影。

大樟树约莫就生长在特三号排水沟的转弯处，树下庇荫的成排青瓦屋舍随之转向朝西，穿出至同安街上，小巷口两树，春是羊蹄甲的粉紫，入夏则有凤凰木的艳红。特三号排水沟由树下经过同安街进入牯岭街95巷，从此开始是板溪里地界。此地于日据时代是川端町的一部分，光复后改置板溪里，不论哪个名字，都有强烈的河川印象。牯岭街95巷往内没几步就是长庆庙正门，长庆庙主祀福德正神，算是很大型的土地庙。与第三雾里薛支线排水门相接的特三号排水沟小支流由庙旁汇入，相对位置的庙另一侧则立有"鼓亭庄旧址"的黑底金字石碑。

牯岭街95巷还保有河的模样，蜿蜒横贯板溪里。很多在地人都还称它为小溪，而非水沟或者大排，可想见它野生野长的模样应到相当晚近都还如此，溪上小木桥，曾有那约莫八岁的小男生，走下水泥阶陛，经过乱草芜衍的废地，步上小木桥，过了小桥他行过竹林子、行过一家农房，他走入田间仄道，各方传来的蛙声"宏苗扬抑不同"，突然一股阴风渡传，他大惧起来，拔脚向后飞离掉。

小男生范晔，父母唤他毛毛，他们的居处离小溪较远，更近那河水发出苍色的大河边，从他们家穿出巷子朝右便登上河堤，堤路的西末有一横长桥架往对岸，十二号公共汽车经过堤路，在他们家窗之外立个车牌，河堤之上有一些着蓝裳白碗帽的小女学生。他们家是座三层楼的日式宿舍，矩形，在毛毛的第一印象中像是火车长车厢，两间寝室与廊道，玻璃活门与玻璃正窗，古旧的木板颜色变成暗黑，屋前一口堆放消防沙的洋灰槽，庭园生满稗子草穗。

其实这栋房，比一般的日式宿舍还更有来头些，舒国治在《水城台北》中记叙过它：

> 君不见前几年才因火焚而毁的同安街底（紧贴水源路）

长庆庙，庙前有着弧度的牯岭街 95 巷即特三号排水沟。

那一两幢二层黑色木造日式楼阁房子，显然六七十年前建之于此，何尝不畏于水淹，实是为了凭临河岸眺赏水景之怡心悦目也。

它是一九一七年由日本纪州平松家族开设在川端町的料亭纪州庵支店，初为富野趣的茅草顶建筑，后才改为日式青瓦，以料理与庭园植栽并重。当时的纪州庵突出于河堤，西望可见跑马场（今之马场町公园），东眺则是水源地（今之公馆），那是河堤巨伟接天的今日所无法想见的风光。纪州庵因此繁盛，甚至在艋舺的本店停业后，成为平松家族经营的重心，如此直到太平洋战争白热化的二战后期方才停业，停业后做过战时的伤员安置所，与战后待遣返日人的暂居处，或许也是入住纪州庵的毛毛一家会认为它是日式宿舍的原因。

然而即便纪州庵，也还是太过狭湫的日式房子，比之精求孝道的往日士大夫们屋敞厅恢的房屋，无法不让居住其中的一家人相相互互妨碍，无法眼不见为净。多年后已成年是为C大历史系助教的毛毛如此在日记簿上愤愤涂画。

曾经的毛毛，在他走过溪上小木桥的那个年纪，对父母仍是深深孺慕的。父母是年幼的孩子认识世界唯一的途径，父亲告诉毛毛法国那些可洗衣可烫衣可擦皮鞋可洗脸的机器，美国有一种让人想去哪里就立刻到那处的机器，新近刚造好让所有的人类都要死个光光的死光。毛毛吃香蕉像父亲，会将香蕉皮一股儿却去下，手拿着光光的香蕉肉；他相信母亲所相信，吃李子会激起痢疾；他因为父母亲所教而惧怕汽车，走在路上会远远躲避汽车；治蚊叮用指甲在蚊包上揿个半月痕；打嗝时用筷子交叉搁在水杯口喝下去；每顿饭后用热毛巾蒙住满脸活血；大热天回来用凉水漱漱嘴却暑……

当孩子长大，一步步走向外面的世界，每一步对他们来说都是正向的，都是凭自己所见所闻重新认识这个世界，而父母却衰老腐朽在那个家里。奇士劳斯基（亦译作基耶斯洛夫斯基）说，父母最盛年美好的时候，小孩看不见，看见了也不知道；等小孩长大看见时，他只看到父母的衰颓，而对之充满了不耐烦。纪州庵青瓦屋顶下的那一家人便是如此，他们的处境绝非特殊，是传统社会家庭迈入现代必经的不堪一途，久病床前无孝子，并非取之不尽用之不竭而会磨损会消耗的亲情，狭屋中互相折磨的亲子……家是因此而变，然而能够真诚面对此无时无刻无地不在发生如无间地狱的家变，甚或将之昭彰于世的，又有几稀？这是毛毛——或者该说王文兴——前无古人的勇气。

于是那个多风的下午，愁容满面的父亲将篱门轻轻掩上后，"向篱后的屋宅投了最后一眼，便转身放步离去，他直未再转头，直走到巷底后转弯不见。"

小河与大河之间的纪州庵，两度火警毁了本馆与别馆，纪州庵如今整修已成，仅剩的古迹部分为离屋，与之相对的是纪州庵新馆，浪板的崭新建筑因为原木色而有质感，是复合文艺空间，有舞台、展览区、书店、讲堂，围绕两栋建筑的城南文学公园，几株大榕树环绕，树龄有百余岁，也是一桩以树保屋的案例。

牯岭街95巷，大约到强恕中学为止，强恕中学砖红的后墙坐落河畔，随着河呈现平缓圆弧形，墙后绿竹探出头来。过了牯岭街口的特三号排水沟为牯岭街84巷、厦门街25巷，两者一体，宽而鲜少人迹的像是停车场。便是在厦门街25巷与厦门街口，是一低阔平地，画满几乎是河川地标准配备的黄色网格状禁止停车线，此处的溪流上曾有一座小桥"萤桥"，是这一地名由来。和平西路上的萤桥公园尚有解说牌一面，要观览者稍作想象清溪上的小木桥、夏夜流萤的风景。同名的两所中小学，萤桥小学在此地西南百余公尺处，萤桥中学却相距甚远在两公里外，几乎就是特三号排水沟的滥觞之地，是否在那河流与萤火虫皆不罕见的年代里，萤桥亦非独一无二的地名？

特三号排水沟在通过萤桥后，走在和平西路南侧的路边，直到重庆南路三段的路口后微微偏移，绕行美丽华大厦后方的福州街43巷，黑白横纹的美丽华大厦因此在临河处有了个转折的形状。从美丽华大厦后方探出头的特三号排水沟，河面豁然开朗，流入以街为名但宽度更像是路的三元街（依"台北市道路命名暨门牌编钉自治条例"，路与街的宽度以十五米上下为界）。三元街起始于这个复杂的六路交会口，可看出三元街地势明显低于邻近的和平西路，三元街弧状向西延，微斜西北，以汀州路口与西藏路为界；西藏路则向西延略略偏西南，规模、弧度与三元街相仿，两者实为一体，几乎无法区分，临河者也多是四五层老公寓，骑楼下是汽机车行或小吃店，唯有看见墨绿配以赭红枝干的茄苳行道树换作树干质感仿佛涂敷上一层水泥的黄绿色刺桐时，便知已来到西藏路地界。特三号排水沟，比之始终不远的新店溪，是条涓细水流，但在台北市的诸河神中，已是数一数二的大河了，今日的它便以此柏油路的姿态蜿蜒而过台北市西南部。

特三号排水沟以西藏路之姿流经的双园区（今已并入万华区），双园之名系日据时代的东园町与西园町合并而来，东园与西园，是花园以东与花园以西之意，透露此地曾有过的、依附于制茶业之下的香花产业。北面平直的特三号排水沟与东南西三面绕了个大弯的新店溪，勾勒出此一区域如舌头的形状，马场町较东园町更东边，是舌状地带最东缘的临河处，日据时代操练军队与跑马的练兵场在此，一九四一年启用为军用机场，相较于遥遥北方的松山机场，故有了南机场之名。

南机场历经数度变迁，一九四九年国民党退守台湾，南机场关闭，国民党于此地大量兴建眷村以安置大量军人及其眷属，一九六三年龙冠海教授率台大社会系师生田野调查绘制的"台北市古亭区南机场社区图"中，标示的眷村数量有二十九个之多，加以区内同年落成的南机场公寓，并有部队、康乐厅、联勤幼稚园、军事部门停车场、装甲兵食宿供应站种种设施，军眷社区的色彩浓厚，包围在大片地图上标明为贫民住宅区的区域间。也因人口暴增之故，连带特三号排水沟受到严重污染，

特三号排水沟通过艋舺大道与其上的华翠大桥后，万板大桥由西藏路路面拔地升起，大理高中背侧与环南综合市场隔一桥相望。

特三号排水沟河口，汇入新店溪，河面十数米宽，低矮白色拱桥架在水上。

由一条栖着鱼虾可戏水可亲近的河流，成为影响居民生活质量的恶臭之源，终在一九七〇年代实施的万大计划中，被列为重点对象加盖为路面，从此不见天日。

特三号排水沟的照片，我目前只见过一帧，来自万华中学实验二班的网页，介绍其校史。不甚清晰的黑白相片中，空心砖栅栏所夹的河道，河水深陷在石砌的护岸之下，流向远方。栅栏外马路，探着头的路灯，疏长影子落在反光的河面。

西藏路往西荒凉，路树渐稀，我向来不喜批评任何都市景观难看，毕竟都市景观之形成自有其纹理在。然而当特三号排水沟通过艋舺大道与其上的华翠大桥后，万板大桥由西藏路路面拔地升起，此河岸风光已是瘀陋不堪，大理高中背侧与环南综合市场隔一桥相望，桥下的物流车群纷忙卸货。环南综合市场是草绿箍着棕线的连栋建筑，连接到河堤边的家禽批发市场与双园抽水站。西藏路底，万板大桥横越上方天空，小庙三条路福德宫傍着桥，福德宫后方空地，一伙不知为何给暂置于此的篮球架在围墙内探头探脑的。

特三号排水沟的河口，在新店溪畔，双园河滨公园与华中河滨公园之间，万板大桥下，家禽批发市场背侧。河面十多米宽，低矮白色拱桥架在水上，而我是见过这条河在墙根下局促一隅的模样的。水波拍上河滨步道，河面离人特别地近，本应极其污浊的河水受新店溪净化，倒也清透能见尺深的水下，沿岸钓客一摊摊相连，他们钓起来暂养在路边水坑的大胡子土虱一个翻身，大动静惊得我双脚离地。

寻找河神

我们每每在特三号排水沟行脚，总觉得西藏路人踪稀少，车辆刷过亮堂堂的大马路而绝少停留。如此直到某次远远给一户人家院落中的新品种植物吸引走入街区（那柔紫唇形花开在叶片绿黑油亮的树上的新品种植物，原来是蒜香藤附生在正榕上），方知腾腾的人气原来皆藏在街区里。倚附着当年设计新颖、有着别致回旋状楼梯的南机场公寓的南机场夜市，与西藏路125巷至万大路间的黄昏市场，有当地众多人口的生活需求支撑，两市场区的人流从没少过。街区内的二十九个眷村，如今皆已改建为"国宅"，"国宅"幢幢耸立如喀斯特石灰岩地形成丛的峰林，坚持要当我大舅的张大春曾是其中居民，唯他总是描述得不清不楚，让我们煞费心思地去猜测他的旧居何在；奇女子小苗来台的结婚对象李伯伯，至今也还住在这一区"国宅"内。

我们习惯顺着"国宅"区来到万大计划中，由高尔夫球场改建成的青年公园，穿越公园与河堤去至马场町纪念公园，让行脚的终点落在已是河滨公园的昔日刑场。河堤外的绿草地，日光明烈，河风旷远，各类马场町纪念公园的旅游导览皆曰，此地"已不复昔日肃杀与森严"，实则金风秋决的森森之寒，时至今日仍是那么地锐利且明晰，即便仲夏正午，河景亦入眼苍白。纪念公园中央的土丘，据说是以土覆盖枪决者鲜血，反反复复，堆积隆起成了千人冢，而青年公园正门花钟前骑着马的独裁者铜像，仍高高在上地俯望那一丘黄土，何其讽刺。

小小的一脉河水，流过遥遥之途来到大河滨岸，我总忍不

雾里薛圳

住想到，曾在河边住过的文惠与铁敏，他们的故事就结束在这河边的旷地。战前，他们曾一起来看过马戏团，吃着棉花糖。而那枪决的一日，刑场外围起草绳，穿着麻衣的家属在草绳外烧起线香与冥纸，河风吹散线香的蓝烟。他们一哄而上，泪眼争看驶进来的卡车上的亲人，文惠在那卡车上看到了铁敏，看到了杨大姐，看到了蔡医生还有那几个朋友，"就像绑好的一串毛蟹，一串七只，只要从绳头一拉，一只也逃不了"，区长日后是如此形容的。

"这就叫大义灭亲了。这是很难做到的……太太真伟大，换平常的人可就……"区长同时这么告诉文惠的母亲。

天地不仁，以万物为刍狗。我想如河神这样的神灵，是必须强迫自己不仁的，如此方能静默旁观人们重复相同的愚行，看着悲剧一再上演而不痛心。我若有河神的寿命与见识，或许也能练就一颗淡然看待一切、不悲不喜的不仁之心，而非像是丰子恺形容其三岁儿子的瞻瞻的心，连一层纱布都不包，常是赤裸裸而鲜红的，如此方才不会总为历史长河中不会有人认识、也不会有人记得的、芥子般的小人物，掬上一把泪。

上埠

浮水莲花

这些年我所结识的河神们，所有蛰居在都市柏油路之下的大小河流，瑠公圳——或该说长久以来被一代代台北人误为瑠公圳的"堀川"特一号排水沟，这段故事容后详述——无疑是名气最大者，然而我最熟悉、最是交情深挚的一位河神，则是上埤。

原因之一，是上埤流域涵盖台北精华的东区，是我日日的生活动线，有林荫大道有良好治安（动保人因此较不会唠叨我）便于行脚；另外便是，我的启蒙书与启蒙篇章《水城台北》之《水城台北之河迹》记叙最详的一条河也是上埤。

上埤曾是一座湖，也是数条水圳，也是几座长条绿地公园与斜斜的柏油路以及扭曲的楼房间隙，端看由哪个时间点着眼罢了。

且说湖泊的上埤。那曾为郁永河所记叙的台北大湖（一说是盆地塌陷、海水涌入的湾澳），水退后留下处处小水洼，便是早年台北湖泊遍地的原因，上埤是一系列水洼中最大者，正是水域广泛，又是自然湖泊人人皆可引水不需向修筑者或管理人缴交水租，故灌溉面积广泛，牵涉各方利益，成为日本殖民政府最早收归公有的埤圳之一，于瑠公水利组合之下，冠以"瑠公"之名，时至今日，上埤亦是最常被误称为瑠公圳的水路之一。

湖泊的上埤约莫涵盖忠孝敦化至忠孝复兴这一段商业精华区，追溯上埤的水源，是两条源自六张犁浅山的自然河流；跟随上埤的流向，则会途经台北科技大学背后，一路去至渭水路、八德路与新生南路相交处，光华商场一带。计上埤这座大湖，由东而西一共跨越瑠公圳第一干线、第一雾里薛支线、第二雾里薛支线这三条水系。

上埤形如鸟爪，爪背拱着市民大道，三根脚爪——即前文提及，源自六张犁山中的河——向南延伸跨越仁爱路与信义路，最东边的趾爪微微弯起抵着延吉街，此爪与居中的一爪实是同一河分支而来，因此由东中两爪切划出来、位在鸟爪的掌心处的"陂心"或可视为湖中一岛。陂心，与延吉街以西的"车层"（一说原作"车罾"，定置渔网；另一说是"层层的水车"，无论何者，皆不离大湖水圳的意象）；加以一路往西，建国啤酒厂与渭水路一带的"上埤头"，种种古地名，依稀尚能勾勒出大湖的轮廓来。

陂心位于忠孝东路四段216巷一带、介于忠孝东路四段与仁爱路四段间的街巷，今日多称"坡心"，凡有"坡"字的地名大多都是这么转化来的，如南港的中坡南北路，如位在通化街临江夜市，亦归属上埤流域的另一处坡心皆然。行政区划分归属建伦里，一般以地标指称法会惯称为"明曜百货后头"，再不然就是"二一六巷餐饮激战区"，各国各式餐厅菜色在此汇集，且恕我不多着墨，好吃成性如我，亦自觉吃是一件如此返祖而生物性、可做不可说、更不便大书特书之事。

建伦里街巷密直、不分假日常日皆人群熙攘的这一段土地，我想细述的是财团法人林三胜公厅。由忠孝东路的大马路起步，沿明曜百货旁的仁爱路四段一五一巷往街区内走，遇上的第二条横路即敦化南路一段233巷，林三胜公厅坐落在此转角，一排上是垂柳下为金露花的植物墙后，横跨四到五个店面、石材暗灰沉厚如庙宇的建筑，有香火袅然有灯烛张举，厅内主祀观音像，是两百年前由艋舺龙山寺迎请来的，分灵自福建安海龙山寺。林三胜公厅也是建伦里办公室，由饮食激战区那些落地窗敞净的庭园式餐厅环绕，尤其醒目。植物墙前一面立牌，背面是寻常的里讯，正面说明陂心林家、上埤乃至整个大安庄的历史，其中大安庄本作"大湾庄"，一说此大湾之名便是来自上埤在今日大安、信义区交界处形成的那个大大的弯角地形，唯此一说法尚未定调为所有人接受。

是的陂心林家，其家族史几乎便是东区历史，亦与上埤有过一段紧密相依。林家开台祖，十五世的林式霁，未及而立之年由福建泉州的家乡来台闯荡，发迹艋舺一带，后因"顶下郊拼"分类械斗烧光店面。林式霁虽属械斗胜方"顶郊"三邑人，然畏惧械斗再毁产业而决心转移，不似落败的"下郊"同安人就近迁至大稻埕，反倒选择远远东去当时人迹杳然、唯有农田湖沼的陂心，却也因此独占所有产业，成为陂心一方地主。

林家祖厝为林式霁所建"陂心厝"，建材远从福建家乡运来，初为三合院，后扩建为四合院，于一九七一年左右因拓宽仁爱路遭拆，原址位于今日富邦金控大楼处（虽然以叠图来看，陂心厝的位置似乎更南，在仁爱路的另一侧，许是旧地图不尽精确之故），为风水宝地"浮水莲花穴"，是前清时期台北四大人家致富的宝穴"一鸟、二关刀、三蛇、四莲花"之一。"一鸟"是乌鸦孵蛋，城中周百万的宅邸，今齐东街、济南路一带；"二关刀"，中仑举人李文元家族的三栋房屋坐落处；"三蛇"南蛇环北斗穴，蛇头向七星，大安区林荣泰家族；"四莲花"即陂心林家的浮水莲花穴。由大安区迁至新生公园、现为民俗博物馆的林安泰古厝，一说就是浮水莲花穴的陂心厝，此是讹传，原址四维路141号的林安泰古厝，应属"三蛇"的林荣泰家族，险遭拆除的原因，则是敦化南路而非仁爱路的拓宽工程。

林式霁后代，大房林瑞香、二房林攀桂、三房林清富，子孙开枝散叶，大房居住陂心厝内，二、三房因陂心厝不敷居住而觅地另建三合院，二房选定今日东区粉圆处，三房则落脚三普名人巷D区现址。唯比照陂心厝由家乡载运建材来台时，二房建材遇船难沉没，连带二房从此没落，如今上千人的林家人，大部分是大房子孙，亦有致力当地文化传承的三房后代。

林家三房的三合院祖厝迟至一九八七年被拆，三房子孙在原址对面建立林三胜公厅，林三胜是林清富商号，而今厅内还供奉有林式霁、林清富父子的丹青画像，由三房子孙轮值祭祀，现任建伦里里长亦为三房子孙，故以林三胜公厅作里长办公室。

林家这朵浮水莲花，盛开在上埤的水光潋滟处，湖泊上埤却没能与林家一同延续至今，终结在日据时代。当上埤随瑠公圳、雾里薛圳一同收归瑠公水利组合为公有埤圳，日人决议放光埤水只留圳道灌溉。以农业观点，埤塘的重要性本不若水圳，《淡水厅志》记曰："凡曰陂，一作埤，在高处凿洼，潴蓄雨水，宽狭无定，留以备旱。凡曰圳，在水源所出处，屈曲引导，或十里或二三十里，灌溉田甲，此水田之利也。"并表明"埤必有圳，圳不必有埤"，水圳水源不必全赖埤塘，凡稳定的泉水或河流都可引作水源；埤塘的优点则是储水备旱，可调节水圳水量，然而埤塘灌溉就非依靠水圳引水不可。故以当年的殖民者看法，留下最重要的水圳即可，可有可无的埤塘，不如填平为田地更为划算，更何况湖泊淤浅后会产生污染、蚊虫滋生、传播疟疾等卫生问题，留它何用？

于是上埤遂成空有埤塘之名的水圳，其余埤塘如双连埤、大竹围埤、鸭寮埔埤、牛车埔埤、下埤、上土地公埤、下土地公埤、三板桥埤皆然，台北市的湖泊已一个不剩，盆地边缘的内湖、南港尚存几处埤塘如新庄仔埤（今之东新埤，是台北市现存的最大埤塘），现反倒成为房产商售屋的广告，标榜在城市里开窗便可赏湖景。

自古以来，湖泊命运大抵如此，旅人爱之，骚人墨客爱之，鱼虾鳞族爱之，渡鸟爱之，浮萍青荇爱之，找河的我尤其爱得不得了，独独上位治理者不爱，而这些人却是唯能决定湖泊命运的，于是我们目睹，八百里洞庭在围垦之下破碎成六七小湖，湖面剩不及清时的一半。今日我们由京都乘车前往宇治，当京阪鸭东线通过那一串站名美得可耻动保人形容如水墨画轴的深草、藤森、墨染，于中书岛换乘宇治线，宇治线大致沿宇治川绕了个圆弧，仿佛要躲开某处地面，由右侧车窗能远望那片地面，那真是土地平旷，屋舍俨然，绵延至天际的农地，深浅不同一方方的绿如拼布，散落着黑瓦平房与比房顶还高得多的电杆。这片农地本不该是这般风貌，事实上，到相当晚近仍非如此，此地曾是名为"巨椋池"的湖泊，是宇治川排水不顺形成的，面积八百公顷，是上埤的四倍以上，飞鸟时代歌人柿本人麻吕曾歌曰"巨椋乃入江响奈理射目人乃伏见何田井尔雁渡良之"。到了黑白照片为证的近代，尚且留下莲叶田田、渔歌向晚的美景。

如今，我们只能在电车刷过那片平野时，凭吊巨椋池。因家庭农业废水排入巨椋池、湖水水质恶化造成疟疾横行（唉，毕竟还是人类造的孽啊！），日本政府于一九三〇年代开始对巨椋池干拓，水浅面广的巨椋池短短十年内便消失了，现在它称作"巨椋池干拓地"，与上埤一般，剩得通衢似的条条圳道，与奔流西去的宇治川，宇治川深碧色如宇治茶的河涛汹涌，胜过京都的所有河流如鸭川、桂川，让人相信此丰沛水量确曾供养得起一座大湖。

上埤由湖泊而为河流，多出来的良田不似巨椋池干拓地那般绵延接天，倒亦有百余甲之多。林式霁家族的土地，约莫就是完整的上埠流域，此一南信义路、东延吉街、西复兴南路、北市民大道围绕的地界，直到土地改革——我们在小学社会课、中学的历史课朗朗上口的三七五减租、耕者有其田——开始流失，加以早年地价混乱，子孙贱卖土地不罕见，比照如今东区黄金地段的地价动辄比当时卖价多出两三个零来，为此捶心肝者必不在少数。尤以国泰蔡家在一九七〇年代开始收购林家土地，其起家厝敦南诚品大楼本是块无以耕稼的烂田，乃至陂心厝原址的富邦金控大楼，在地人信誓旦旦说，蔡家是得了浮水莲花穴，自此大发特发一路发到今天。

林家大房算得此中受惠者，本来在子孙中便最占优的大房林瑞香，其曾孙林礼仁身为代书而熟悉土地买卖，在日据时代时便多将二、三房嫌弃不要的埤塘与沼地登记在自己名下，族人请他代书，也常以土地抵偿代书费，如此厚植大房实力，到如今的忠孝东路四段与以之为中心辐散的大街小巷，其精华店面不是大房资产，也多经由大房子孙之手售出，今日的大房子孙几乎人皆地主。高耸踞坐在忠孝敦化路口那两栋黑紫厚重的礼仁通商大楼，便是子孙们为感念林礼仁的卓越远见而命名的。

我仍常在富邦金控大楼周遭活动，大楼湖绿色的玻璃帷幕外墙饰着缤纷彩绘，煞是可爱，围绕大楼下方的公共空间，一方棚架下是池水幽静，池中一蓬修竹，池面半是大萍半是粉绿狐尾藻，此二者皆有害于生态，眼下却闲静随水，若有几分浮水莲花的意象。每年四五月的藤花季，串串藤花瀑泄下棚架，仰观透着阳光的棚架顶，烟紫如雾霭的藤花并着淡绿淡绿的藤叶,方知时常饰在质感极好的和纸或日式信笺一角,不突兀亦不卑微的淡彩藤花图样原是写实画,并未经过粉彩修饰。那是都市赏花人的私房一景,是每年晚春时节会秘密口耳相传的小小盛事。

一场华美大梦

化为圳道的上埤,鸟爪形状犹在,唯从一只胖胖的、有蹼的鹅掌变成干瘦鸡爪,那三根一路北流的鸟爪,在同动保人与电影人解释时,我图省事遂称之以东河、中河、西河,中河的河迹依然鲜明,与排干埤水的圳道——瑠公公园、瑠公圳公园、宁馨公园这一头尾相衔的水路——一脉相承;至于东河与西河,在上埤的湖泊初期本该不是河,是上埤随岁月淤积,湖中的埤心逐渐扩大,压迫其南方的水域为细长水道,在上埤放光埤水由湖为河后,则成了排水路,如今更仅剩得残迹杳然,与穿凿的风水之说。

东河几无残迹让我着墨,我甚至不晓得它是否真确存在,毕竟我只在一张耆老随手一挥的简易地图中看过它的存在,而就我的踏查经验,耆老之言并非百分之百准确可信,水路错连的状况堪称普遍,而在这片地面中,有不少属于延吉街瑠公圳第一干线的小给水路流通,我不排除画图的耆老是错连了这些小给水路，故本段就容我姑妄言之姑听之吧！如前所述，东边这条河流是中河分支而出的，两河分道扬镳处约在信义路四段265巷20弄口的哈肯铺面包店，微向东北斜行一小段后遂北流，由仁爱路四段300巷35弄两侧的住宅区的庭院与车道间过，经信义路四段265巷34号之1那个大王椰子成排、窄而深的院落，由台北市延吉综合福利大楼下穿出，走延吉社区绿地，这一长条绿地倚着同样长条状的老"国宅"，共跨越延吉街246、242、236三条巷道，由窄而宽，临236巷的绿地宽如公园，一方石碑上书"延吉社区"四大金字，树荫下立着片片画布，白净画布上，或为棕黑枝干纠缠，或为朵朵朱黄木棉花，笔触朦胧，有围网隔离的这片树荫外，几张石桌石凳，暖澄澄不燠热的下午，总有老杯杯们丛聚着下棋，皱着眉对弈的两人身旁是七嘴八舌指导声不绝的群众，莫怪叔辈友人杜至伟曰："观棋不语好难受，起手无回大傻瓜。"

东河一路北行，经火圣庙旁——此庙主祀火德真君，历经清时矿工、日本殖民者与台湾当局消防队的奉祀，至今香火仍盛，时不时有台北市长前往主祭——斜向西北，约是在深红的仁爱双星大厦与米黄的仁爱名宫处通过仁爱路，流入忠孝东路216巷饮食激战区。在雄狮画班背面，仁爱路四段345巷与345巷4弄的交口处，朝鲜味韩国料理对面的狭挤停车场还十分像河。东河渐渐斜近216巷，于216巷口过忠孝东路，至于比东河还更东侧的那片水域，是已极其接近瑠公圳第一干线的上埤东缘了，大约是今之延吉街70巷5弄与70巷6弄，70巷

6弄尽头的不规则状街区，其形状仍与上埤的东北端吻合，那是一片停车场，越过一栋看似新完工还未启用的红白洞洞高楼与众居酒屋，邻接市民大道的槽化岛种植金露花与蕉科植物，有一扣握着的双手铜像。当然紧邻市民大道这一区的河迹，也有可能是瑠公圳第一干线分出来、向西横流的中仑派线留下的，我得再一次说，东河，是一条我不确定是否存在的河。

西河的存在则较笃定，它在一九五七年的"台北市市街图"上仍然存在，到了一九七四年的空照图就完全不见了。它约莫发源自今日信义安和路口，河岸两座高楼，西侧赭红者是早期豪宅侨福花园广场，逾三十年的屋龄而外观如新好教人讶异，并未让冷气机或者岛民酷爱的铁窗外推阳台破坏门面；东侧黑色玻璃帷幕的是芝麻酒店，或者说，曾经的芝麻酒店，如今唯是顶着满墙涂鸦的废弃大楼，外墙因售屋广告反复地拆挂而卷起一蓬蓬铁丝，若霉菌菌丝若杂草丛生，黑色玻璃后隐约可见杂物如山，白絮状窗帘鬼影子似的飘动，十分适合爱试胆的学生们，骑楼顶有壁癌白华垂挂下来，一楼围上印着凡·高《隆河上的星夜》大型布幕，作垂垂无力的美化，在破烂褪色的这幅名画缝隙间，依稀能见碎裂玻璃窗上合作金库银行的金绿横条，透露酒店歇业后曾经一度的用途。

合作金库银行与二楼的好乐迪KTV撤离这座大楼已约二十年，芝麻酒店歇业更是我出生前几年之事，已逾三十年，当年兴建并经营芝麻酒店的华美建设，如今安在哉？首创台湾预售屋制度的华美建设负责人张克东尽管下场凄凉，却也曾是房产市场的一枝奇芳异草,空军出身的他,总爱一袭白西装示人,他在仁爱路上接近圆环的华美大厦,是台湾第一栋预售屋。在一九七〇年代的当时,华美建设此崭新的销售手法异军突起于一般"先建后售"行销市场,让其实资本不够雄厚的华美建设很快就闯出名号来。时至今日,动保人还清楚记得她学生时代的那时候,华美建设几乎就是豪宅美厦的同义词。而预售制本还不是太大问题,是张克东进一步,在预售这一概念的基础上,打出"你买我的,我租你的,五年后统统是你的"的口号向大众集资,拐小市民花点小钱(可怜的退休金啊!)便可获得酒店的持分,如此在短时间内获得大量资金,芝麻酒店就是这样一股风潮下的产物,此外尚有石门芝麻大酒店与芝麻百货,标示华美建设王朝的巅峰时期。

后来便又如何了?我与动保人、电影人躲在侨福花园广场的阴影下,远离危楼模样的芝麻酒店。我们仨讲古,永远是由我主讲,动保人身兼听众与记忆史料的提供者,电影人则是乖乖听、猛点头的好学生。

再来便是王朝的覆灭了,张克东的大众集资手法毕竟无法长久瞒过股东,酒店复杂的持分引发官司,加以华美建设的预售建案并非个个吸引人,资金逐渐短缺,加以华美建设底子不够雄厚的体质始终在着,迫华美建设走向倒闭终局,张克东一九八二年潜逃海外,十年后因肺癌病逝。芝麻百货几经易主,先后改名为兴来百货、中兴百货,如今已歇业,有KTV、茶餐厅、牛排馆个别进驻;石门芝麻酒店由员工自治组织苦撑经营,直到二〇〇八年石门水库抽水站乌龙放水事件，导致饭店被黄泥水淹没，就此歇业，成为青山绿水间一爿白森森的废墟；至于眼前的台北芝麻酒店，一九八二年歇业，历经合作金库与好乐迪 KTV 进驻，一把火烧后就是如此模样迄今。

以三成贱价处置的华美建设最后资产林肯大厦，如今仍安稳坐落敦化南路边，唯当年创新的十字形外观变得破败蒙尘，一楼是妇产科诊所，仰看大厦十字形的直角间，成串悬挂的冷气机宛若稻叶间粉红粉红的福寿螺卵。过去由四维路上拍摄，可让才落成的林肯大厦与垂垂老矣的"三蛇"林安泰古厝一块入镜，《水城台北》中就有这么一帧照片。如今，林安泰古厝遥遥北迁至基隆河边的特一号排水沟入河处，修整后焕然如新于河风中，独留林肯大厦在此日益衰败，也许有一日也要走上"都更"之途。

我们在芝麻酒店周遭走晃一番，瞧瞧其侧面砂色外墙尚存的张大千题字，绕到其后侧停车场，才知看起来正方厚重的大楼，其实是个两面朝向大马路、中空的 L 形建筑。也许是荒废无人之故，基地台全都选在此楼楼顶设置，密密匝匝如牙签的天线，看得让皆有密集恐惧症的我们头皮发麻跑人。

河神沉默注看华美王朝终结，紧接着，还有一场极其类似的兴衰大戏在祂辖下的河涛上搬演。西河一路流向西北，河道行走在信义路以北、信义路四段 199 巷左右两侧的街巷中。这一段河迹的寻觅，靠着以大加蚋堡古地图叠合今日市街图，放眼这一带实际地面，餐厅、安亲班、花艺店、装潢家具行间，

原址四维路141号的林安泰古厝,遥遥北迁至基隆河边的特一号排水沟入河处,修整后焕然如新于河风中。

仿佛并无一条河存在过，仅有可能的痕迹，是此河斜向仁爱中学并进入其校园处，紧邻仁爱中学后侧的敦化南路一段295巷30号左右的马路明显隆起，带起仁爱中学线条平直的外墙一道平缓如小桥的起伏，更早一步，相邻295巷的安和路一段78巷，相对位置的20号门前亦有类似隆起。在我过去的踏查经验里，一些经耆老指点明确为河道贯流的巷道皆可见隆起地面，成因于原有桥梁通过，或者填平后的圳道反而高过左右地面。

西河通过仁爱中学西南隅，穿出中学西侧外墙，过仁爱路四段122巷，经中山医院、台新金控大楼地下进入仁爱圆环，出圆环后经复兴中小学一带，于复兴南路一段135巷口与中河汇流，此一带街巷中曾有趣闻，不知哪户人家为风水之故，于人行道上置放两颗吨重巨石挡道，前后有十六年之久，不久前才由环保局派人清运走。

号称亚洲最大、世界第二大，仅次于巴黎凯旋门圆环的仁爱圆环，几经浮沉，老爷大厦、国泰世华大楼、旧远东百货、万代福大楼、环球企业大楼、台新金控大楼、润泰敦仁绕着圆环坐落，此一系列拔地而起的高楼由陈旧而崭新，将仁爱圆环的历史拉得悠长深邃。风水之人信誓旦旦言说，由圆环东南角斜往西北的河，滔滔水流留不住钱财，为坐落河上的建筑带来厄运；另一说，是建筑对面的国泰世华大楼，其上宽下窄一圈一圈的环状外观如牙关，风水人称之白虎嘴，咬杀了对面的建筑，那建筑今是台新金控大楼，过去则是财神酒店，于我而言，后者的印象反倒更鲜明些。

西河贯串起的这两幢废弃大楼,芝麻酒店与财神酒店,命运相同,一样依赖大众集资手法快速崛起,一样因建设公司其他建案周转不灵、挖东墙补西墙挪用饭店资金而倒闭,也一样因为太复杂的持分而无法改建,黑漆漆的废弃多年成为都市另类一景。事实上,兴建财神酒店的刘成懿,曾任职于华美建设,后自行创业,与张克东亦师徒亦好友亦竞争敌手,其人向大众集资的手法正是受张克东启发。与财神酒店相依偎的老爷大厦,洁白外墙满布圆拱洞洞窗,是圆环最老的建筑,即出自张克东手笔,两栋建筑也都由忠烈祠的设计者姚元中负责。

动保人第一次也唯一一次踏入财神酒店,是受当年刚返台投宿彼处的三毛邀约。对彼时之人津津乐道的中庭与透明电梯不太记得,印象深刻的反而是因产权分割之故,只差没像公寓般各自挂上门牌而为独立家户的饭店房间。那年动保人还是小鬼一名,不及现在的我甚至电影人年长,难免与一干少年友人满屋子笑语,三毛在一片花枝乱颤间,失神着,思绪似遥在她才经历了丧夫之痛的加那利群岛的天与海间。

财神酒店一九八二年歇业,到一九八九年鸿源机构由三百多名持有人手中逐一取得产权,这不是个容易的活儿,持有人看准鸿源机构亟欲整合饭店产权,定然是漫天开价。如此当鸿源机构成为财神酒店唯一所有人,却不及整修饭店重新开张,便因其集资方式在当时投资管道有限、远比今日封闭的社会里太明目张胆,震动当局引来查缉,翌年突然倒闭,好容易由三百人整合为一的财神酒店产权,一夕之间成了十五万人,鸿源机构的十五万名债权人!听众动保人电影人尖叫出来,默契地同声惨呼绝望绝望。

我们家险些也是这十五万债权人之一,鸿源机构以高利率吸引民间游资,短短三年内便得百亿元资金,其老鼠会结构时常利用军中人脉,军公教的退休金与棺材本往往是首要吸收对象,故当年外公也曾让退休老友老鼠会成员拉下线过,所幸外公两袖清风哪来的闲钱,也淡泊名利从不涉足投资,也许过往错失不少从此发达一飞冲天的时机,可也躲过这场悲惨又有几分荒谬几分闹剧的风暴。

十五万债权人,开会还得借用林口体育馆举行,多次举行协调会议未果下,财神酒店便如此荒废着、闲置着十多年。此番我搜罗财神酒店的资料却屡屡碰壁,也才惊觉这栋由繁华而废弃的大楼在台北人的记忆中,已如同耆老的口述般遥远得无以溯及。明明我记得,在不太久以前,它还那么黑沉沉地肃立在圆环一角,楼顶一排尖锐锯齿如下牙,因为是实施容积率以前的建筑物,故而胖胖地占满地基,不似日后受容积率限制的新一代建筑会比较瘦高。因鸿源机构当年初步的整修剥除其外墙,导致水泥裸露时不时剥落袭击下方路人,市民们称之危楼,称之都市毒瘤,看似废墟实则人气兴盛,早年有债权人占领之以示抗议,晚近则是大批海蟑螂霸占不去。

正是财神酒店都市毒瘤的问题如此之大,末了由前后两届台北市政府介入,历经两度拍卖流标,最终以近乎底标价格卖出，再经"都更"波折：市政府反对建商规划的大坪数豪宅建案，因地处金融区的仁爱圆环似不该兴建私人住宅，终是台新银行于二〇〇二年接手此建案，同年财神酒店拆除，翌年动土兴建台新金控大楼，二〇〇六年启用，结束近三十年纷扰。

今之台新金控大楼，取代财神酒店坐落在仁爱圆环，由贝聿铭建筑师事务所设计的这栋建筑，强调水滴、书卷、灯笼等等意象，从敦化南路上看它，是手中翻看着的一卷书；在仁爱路安和路上看，是一管直挺挺的烟囱；若打从圆环对面的国泰世华大楼遥望，则好似一张薄纸全无厚度；唯有卫星空照图能俯瞰其水滴形状，似有若无的，与通过下方的河流相呼应，大楼的玻璃帷幕映着四时晴雨的天色，便有那二〇一五年九月初的一天，玻璃帷幕上的天空是布满一粒粒高积云的"鱼鳞天"。那日的鱼鳞天太壮观，整整一下午笼罩着台北市，待傍晚时"鱼鳞"由洁白化作金属橘红，更引得市民们持手机拍个不休，动保人与我尽管抬头赞叹，也难免无奈今日脸书必然要遭受高积云打卡照洗版，仿佛一场指定题目摄影大赛。

那年人们讲求纾压、讲求疗愈，因此大家抬头看高积云，低头涂成人着色本，能靠云或着色本疗愈的烦忧，想必也不真太烦忧吧！若那些年有外星人观察研究此种族，必定会为此大大地困惑并被误导。

一九七〇年落成的仁爱圆环，也许不如河神的见多识广，却也见证楼起楼塌，有够多的人在圆环留下行脚足迹。

那年我与"魔兽世界"的公会战友们网聚，每晚花上数小时鏖战打上世界排名的我们，理当是熟到不能再熟，见面却还是头一遭。我们手机世代，仰仗随时随地皆可联络（张大春云："世事难料，打手机比较好。"），地点不好约个确实，哦哦哦，几点几分仁爱圆环见是吧？好到时候见面再聊啦！于是一个公会二十几人散落圆环各处，待约定时间已过方才惊觉慌张寻人，偏又有志一同顺向绕走，乃至彼此动如参商地走了数匝圆环也不得相见。我庆幸那晚无人一时起兴空拍仁爱圆环，不然肯定要让那些瞎绕的人头逗得大乐。

不见面不晓得，平时或威风凛凛或侠骨飘逸并肩杀敌的战友们，那些战士法师牧师盗贼猎人萨满术士圣骑士德鲁伊死亡骑士，全是歪瓜裂枣的中学生大学生、中小学老师、早婚生子中辍的小女生、家里蹲待业等兵单的宅男（我自行归类进这一组）……经过"原来你长这个样子！"的新奇见面，经过一顿烧烤吃到饱的海吃海喝，散伙之际，战友们吆喝着要我"开门"。哦，是了，每晚打完副本，分配好击杀BOSS掉出来的装备，总是由法师我开一道传送门，送大伙儿回城镇安歇。

此些年，圆环的新生是四棵加罗林鱼木，不知何时悄悄栽种于圆环外侧四处分隔岛上的四棵小鱼木，全是温州街台电工程处那株大鱼木的子嗣。加罗林鱼木在岛上属稀有树种，北台湾更是罕见，一度谣传台北的加罗林鱼木仅仅三棵，是没有稀少到那种地步，实则却也不超过二十棵。花友们形容鱼木花形如蝴蝶，开起来像炸弹，是此花花瓣下黄上白、舒绽如蝶翼，花蕊抽长如蝶须；鱼木一旦开花，是在一夜之间将花开满在枝头，于是那些黄黄白白的蝶们，长须细挺，在一树油绿软塌的叶片上栖得满满的。与浮水莲花穴的藤花架一般，都是万般风情却不为人注目。

我依然拜访仁爱圆环不辍，闲散个几圈，脚下上埤西河，头顶鲜明标示历史不输古迹的高楼大厦们，回忆圆环兜圈子的笨往事，那些曾朝夕相处的战友们，如今也离我好远好远了。至于年年阳春四月间，则必然一探如蝶怒放的加罗林鱼木。

安和路／顶好河

上埤如鸟爪,身为趾爪之一的中河汇集三条支流而成,也是一只鸟爪,这三条河是舒国治命名的安和路／顶好河、我仿照名之的成功"国宅"河与六张犁公墓河,我且尽可能详述之。

安和路／顶好河是台北市现存数一数二明晰的河迹,即舒国治在《水城台北》中《水城台北之河迹》一篇记叙的"今日的安和路,自南端(和平东路口)起,应当即有一条河,但即使四十年前,亦不甚明显宽阔,此河之上游想必来自南边六张犁的山麓。在立人小学前才比较有河的形状了,便斜向东北而行,约在今安和路二段59巷东走,微斜,在通化街36号之1(如今的'美体小铺')穿出。是为一桥。或许仍有人记得通化街上的这座桥。十多年前'赵时机担仔面'(通化街34号)夜晚生意兴隆,演员陈松勇时常坐在矮凳上吃消夜;奇怪我有一种印象,他身旁不远处便是那座洗石子的桥。若此印象属实,那这座桥才拆了不过十几年吗?这条河往东北穿过通化街,走在通化街19巷6弄的东缘，便这么曲曲折折在这些背巷中流窜，终于从文昌街280巷穿出，在'信义路八号桥'下流过（文昌街即早年的信义路）。再北穿信义路，便立然西北斜行，在信义路四段315号背后（即老'太和殿'与新'太和殿'之间）通过，继续斜穿过信义路四段265巷（即通化街之北面延伸），入7-Eleven旁的265巷12弄，再沿安和路一段127巷29弄，出至安和路大路上，西北行，穿仁爱路，在'诚品'与'胜利大厦'（不久前才拆）之间再穿敦化南路（今有安全岛隔断），在右有'安乐''龙门'，左有'一品''爱群'等大厦中穿过，穿忠孝东路经'顶好'，西北穿复兴南路，再西行。"

安和路／顶好河是我寻觅的第一条河，是我初入此行的第一道练习题。当然这条河应当不自安和路和平东路口发源，它还能往更南延伸至和平东路二段70巷，甚至跨过了基隆路，嘉兴街403巷应是它更上游处，短窄一条不过十公尺左右的嘉兴街403巷，比邻传统市场与全联福利中心，采购叫卖之声却仿佛相隔甚远。巷道一侧是暗红铁皮围篱，圈起小小一片野地，在那些高出围篱的构树、木瓜与朱槿的树梢，矗立着连栋黄色外墙的五层楼老旧公寓，然而拨开由铁皮锈蚀孔洞探头的雀榕，向内窥望，依稀能见荒烟蔓草下尚且流着一条小河，这条河未免清浅，不经细察，太容易就给当成雨天树底的积水忽略过去，此滥觞之水，有大半个台北东区尚待它流贯。

而我仍决定按图索骥，捧着《水城台北》，由和平东路安和路口找起，顺水流北走。安和路是我顶喜欢的一条台北道路，不宽不窄的中等规模，三排枝干赭红的茄苳树顶着郁绿树荫，路两侧餐厅与酒窖、服饰店与寝具行，消费不俗，然店面节制不浮夸。综观河左右岸，左岸因邻近敦化南路而坐落较多巨伟高楼如远企中心，河右岸的住宅大楼虽非庶民之流，亏得老一代的楼房多不高，即便豪宅亦鲜少高过十层，不会给予路面太多压迫感。这样的安和路尽管弥漫浓厚中产氛围，却闲适悠然，有种慢吞吞让人放缓步伐的宁静。

安和路二段171巷口，卡奈基餐厅处，河流略有转折，成功"国宅"河在此处汇入。此河苦恼我已久，即便下笔写作的此刻，我仍不确定要将它归入哪一个河流或埤塘的水系中。成功"国宅"河源自台大校园内，十分接近大安支线与雾里薛圳水系，台湾堡图中，它的源头为九汴头，同于那三条雾里薛支线，可在稍晚的美军地图与空照图内，它显然自大安支线分出。当然，人工水圳是说改道就改道的，推测成功"国宅"河修筑时间较大安支线为早（一九〇四年的台湾堡图中已有成功"国宅"河存在，却仍不见大安支线踪迹），当大安支线筑成，拦截成功"国宅"河来自九汴头的源头，便教此河改道与大安支线同源。无论如何，当成功"国宅"河北流离开台大校园，曾与第一雾里薛支线、大安支线平行好一段路，是这三条河走最东侧者，它斜穿过和平东路二段118巷，在圣约翰幼稚园南边一点处过复兴南路二段。

圣约翰幼稚园，我险些成为校友之地，五岁那年我原本就读的小蜜蜂幼稚园（位于辛亥路三段157巷，瑠公圳之上）突歇业，动保人拎了我满街寻觅新落脚处，亚斯伯格儿童完全无法忍受如此遽改，编了首烂歌诋毁包括圣约翰、小汉家在内的所有幼稚园："小汉家小汉家，小朋友都穿白衣服，还有个孙主任，常常发神经，因为有次感冒四十度，大头烧坏了……"我曾问动保人，在我们一家子最窘迫的那些年，何以要花上大笔学费让我既不快乐也不甘愿地去读并非义务教育的幼稚园？动保人快快答以，这样你才不会完全不社会化只把猫狗当朋友，我尚不及回望满屋子二十几只的猫、掏出手机展示仅有"家、动保人、电影人、编剧、侯导"的通讯录，动保人迅即改口，这样你才不会打扰公公写东西。是了，这理由我无以反驳，外公自述家族史的未完之作《华太平家传》，也许当真因我打扰少了十几万字吧？但也让他的晚年在生活和感情上无与伦比地丰润，动保人如是说。

回到河上，成功"国宅"河沿着台北教育大学外墙过了和平东路二段，走和平东路二段265巷，向西转入复兴南路二段151巷、四维路170巷，过敦化南路，汇入安和路／顶好河。当它由和平东路二段265巷转进复兴南路二段151巷时，河不似马路走的是直角，于是在两条路的交角内走了个圆弧，此圆弧时至今日仍可见，约莫就在过去的成功新村如今的成功"国宅"西北角，"国宅"停车场偏隅，那排以旧式理发厅为首、底部围着一圈矮房的老公寓，旁侧茄苳树荫下的弯曲水泥步道应当是河，步道入口处盖着厚实铁板，铁板下仿佛是深邃坑洞。步道旁插着各色酒瓶破片的墙头尤其矮得惊人，甚至不及人高，是因填平圳道时顺便填高了地势，才让这段墙显得这么矮吧？我目不敢斜视，唯恐稍一抬头便张望进院落人家里。

这一西南弧向东北的河道，末了在阿不拉肉圆与敦南富星之间流过，流入复兴南路二段151巷，有这条河绕在西、北两面的成功"国宅"，曾是陆军的眷村，由孙立人将军于一九五一年建立，一九八〇年代改建为今日的"国宅"模样，有四区三十八栋四千户一万余居民的成功"国宅"是个庞大社区，家户密集的连栋砂色高楼环绕宽广中庭，中庭的天空横亘数道连结两侧大楼的粉色天桥，那片天空中并矗立有远企中心，双子星大楼圆弧的玻璃帷幕映着远方夕照，金属色泽焕然，与成功"国宅"仅仅隔着一区低矮铁皮屋与一条敦化南路，却极其遥远仿佛另一个时空。

我将视线收回"国宅"中庭，中庭一圈圈绿树拥挤的园圃，立起圆滚滚一黄一白两色的路灯，木桌长椅张举欧式阳伞，水池应是风水之故砌成八角形，"国宅"活动中心穿堂凉凉的阴影下是练羽毛球的中学生。围绕中庭的"国宅"一楼店面，有早餐店有邮局有超市有补习班甚至有生技公司，种种生活机能不缺外，尚有外劳人力中介直接设办公室在此，其原因，傍晚时分走过"国宅"中庭便知。

那真是壮观景象，我同动保人欲抄捷径却逛入成功"国宅"的那个晴而热的傍晚，大过篮球场的中庭让推着老人放风的外籍看护工占得满满的，一名看护工、一架轮椅、一位老人家的组合，绕着八角水池密密匝匝。同样景象亦可见诸大安森林公园与忠孝复兴地下街,唯规模皆不及此,也许成功"国宅"继承自眷村的人口结构使之提早步向暮年,然而只怕这幅黄昏图像将是未来十年二十年最寻常的道途风景。邻近的全联福利中心,便是与捷运科技大楼站共构大楼地下室的那一间,其电扶梯龟速奇慢无比堪称全台北仅有,应也是考虑到来自成功"国宅"的大量老年客源。

那日复一日的放风时间,我们说,应当是看护工女孩们的放风,唯有此刻,她们是生命力盎然的,与同乡聊上几句,略纾乡愁,我想这就是她们每天最期盼的短短时光。我们随兴立足中庭,入耳的笑语莺莺燕燕,竟无一句听得懂。那些外籍看护工,不再是早年清一色的"玛丽亚",眼下反倒以包着头巾的印尼女孩为多。

与我们家有数日之缘的看护工女孩莉莉,是印尼的硕士生,会在脸书上分享她收藏的美丽头巾,动保人问及"莉莉你是个穆斯林"时,她是极度惊恐的,当动保人连忙以"我女儿也是个穆斯林"安抚之,她简直讶异透顶,当动保人秀了秀那句我教她的"As-Salāmu `Alaykum"(全世界通用的穆斯林问候语),她迷离的眼睛如梦似幻。

相较看护工女孩们花枝乱颤,时不时笑得前仰后合,老人家们神色木然,一尊尊如偶陷坐轮椅中,一张张毫无表情、亦对周遭动静之物全无反应的脸孔,看着竟是一模一样,甚而分辨不出那是一张老杯杯还是老太太的脸,即便不是隆冬深寒,那些脸孔也时常埋盖在肥厚的毛线帽与一圈圈围巾之中。到底每天收风时，聊得忘情的看护工会不会推错了老人家回去啊？我有感而发这么问，动保人认真寻思答以，说不准真的有推错过，反正隔日放风再推出来换就好了，也许、应该、八成不会有任何人包括家属察觉吧？

那一张张木然、非常相似的脸孔，是否还记得昔日流过眷村外的河流？我镇日在外踏查，秉持着亚斯伯格人绝不找人攀谈的原则，自愿放弃田野调查中十分方便的耆老这一线索，唯有的例外便是在此，成功"国宅"。那是个与中庭轮椅群年岁相仿、然而硬朗还能健步如飞的老杯杯，对我又拍门牌又研究路面的疑似"抓耙仔"行径十分戒备，待我搪塞以"我在写暑假作业啦"（说完方才想起此间不过五月中而已），杯杯才放了心地闲聊起来，我抓紧机会问杯杯水圳，杯杯显然不知水圳是哪两字；我问河流，杯杯冒出满头问号；到末了，我无奈问之，杯杯啊，以前这有没有过一条水沟？

是了，水沟，杯杯抓住关键词侃侃谈起，告诉我他记忆中的水沟在哪里、长啥样子，那条眷村外围的水沟不宽不窄，恰好是成年人能提起小孩的手跳过去的宽度。水沟位置呢？杯杯记不真确也说不清楚了，唯遥指北边大安路一带，我姑且相信"和平东路二段265巷／复兴南路二段151巷／四维路170巷"这一推论是正确的，跟着这串相连的巷道离开成功"国宅"，暗自希望跟随的是一条河而非旱路。

这是我与耆老们谈话的共同经验，他们目睹过这条河而不知其名，只当它是水沟；我如何钻研水圳知识，却总是在脑内空转着，无缘亲睹河神真实面貌，我与耆老们的经验恰是交错而过的。成功"国宅"的这些老居民，日日目睹这条水沟，拽着小孩在沟上跳过来跃过去，不会想到有一天，这条水沟就此不见、给填埋起来，于他们而言，也许是代表了他们的生活变得更好更便利，更现代化更文明了些，故此，他们不会想要记住这条水沟、记住河神的面貌，现下反倒是找河的人百般盘问他们，想办法要从他们模糊的记忆边角挖掘出那条河来。

我随成功"国宅"河走四维路170巷，接近敦化南路时，河流微微南偏至平行的四维路176巷，以此过敦化南路。我提防分隔岛上的台湾栾树当头撒下大把大把鲜红饱满似枸杞的红姬缘椿象，此些小虫成团落了满地，迫得我当自己是不践生草、不履生虫的麒麟，踮起脚尖一一绕过。由两河汇流的安和路二段171巷口回到安和路／顶好河上，过乐利路口不远便是立人中小学，或许是有了成功"国宅"河的水源，这条河"在立人小学前才比较有河的形状了"，它流过艋舺热海海鲜店，流过临江街口的夜市路标，流过那栋拉皮拉了好久的大楼，当它离开安和路，原本斜行的安和路顿时转直而去。

河流转向东走的安和路二段59巷口，丛聚了一伙在中产氛围的安和路上分外醒目的铁皮屋，它们围绕着大榕树错落，庇荫在树下。在我踏查的经验中，此等在高楼林立间忽地塌陷下去的铁皮屋，几乎无一例外地是河，也无一例外地只会是小吃店或美甲铺。安和路／顶好河约莫斜在59巷以北几步之遥的距离，直至穿出通化街上。河岸边尚且有些黑瓦的老房子，藏身在乱糟糟的老社区里，唯有邻屋拆除时会不经意让它们现身。

此一带街区与《水城台北之河迹》描述的二〇〇五年时风貌，又稍变迁了。那座曾经的洗石子桥周遭，陈松勇坐着吃消夜的34号赵时机担仔面今是王子牛排，美体小铺略略南移至40号，36号之1现为黛安芬内衣店（我们戏称的"馒头店"），土地空置着由一道铁门拦住的36号之2该就是河流穿出街区过通化街之处了，一旁木造矮房浑然的水上人家，风化的木条乌黑如烟熏，卖好吃羊肉、卖槟榔、卖芒果冰雪花冰、卖双胞胎炸甜甜圈的项目琳琅。东北斜过通化街的河，一头扎进屈臣氏旁的楼房间杳无踪迹，"走在通化街19巷6弄的东缘，便这么曲曲折折在这些背巷中流窜"，我试图把这段叙述更深入细究些。这条河即便流在二丁挂破损水泥墙斑驳皆有年岁的老住宅区间，仍留下几处河迹，一是通化街19巷6弄的直角转弯处，约是屈臣氏与通化福德宫背侧，几栋楼房间的空隙异常地斜而宽；再来便是，19巷6弄最东侧是栋被斜斜后巷削成不规则地基的房子，那条该是河流的后巷化作遮着一袭破雨棚的私人停车位，出至通化街39巷49弄的路面，经三圣宫侧面，接上短短一条亦如后巷却仍有门牌编码的文昌街278巷2弄，末了，来到信义路八号桥下。

此处，六张犁公墓河由东汇入，两河便是在桥下成一河。两条河汇流前，东西分别刻画出形如一粒瓜子的土地，是一九六四年时的通化新村，今日的夜市商圈，通化街贯穿其中，此地亦名坡心，过去应有埤塘存在。

在光复后的市街图上，南来的六张犁公墓河已是一条远比不上西侧河流的涓涓细流，然它源远流长是上埤的真正源头，来自崇德街山中的公墓区，源头处近慈恩园生命纪念馆，此后约莫沿和平东路三段631巷、和平东路三段627巷、和平东路三段575巷、和平东路三段531巷、和平东路三段509巷这一系列的山间小径（邻近的和平东路三段632巷卧龙新村处尚有一小段明渠，或为支流）下得山来，经文湖线麟光站对面的黎忠公园，如今是一段不算短、衔接和平东路三段509巷与崇德街146巷的无名巷弄。河右岸是长而窄的绿地，樟树、马拉巴栗与榄仁树浓绿凶猛地直欺路面，绿地后方见山，有着蒋渭水墓的山头；河左岸老旧公寓，门牌编码皆从与它垂直的数条巷弄如和平东路三段391巷20弄与8弄……此河西北行，接上崇德街146巷，在与崇德街交会处汇入一条已经不剩丁点痕迹的河流，发源于和平东路另一侧，富阳生态公园一带的山麓，留下还算不上公园的三角畸零地黎平绿地，与三两扁房子。河流在崇德街157巷口让山壁压迫，不得不绕了个圆弧，以至今日细细窄窄藏身民宅群后方的157巷仍是如此歪扭形状。

无论崇德街、崇德街146巷或157巷，尚且存留许多红砖老房，有人居住、仍使用着的这些老房不会招来胆小畏人却又成群哗动的宫崎骏"小黑煤球"，不显破败唯是衰颓而已，然而在我踏查的当儿，这些老房子正一一赶工拆除中，157巷与崇德街口处处工程围篱得一一绕过，被拆后的老房子，往往会在邻屋外墙留下鲜明的屋脊痕迹，甚而会有一层红砖外皮与附生薜荔沾黏其上，看着好生触目，仿佛命案现场那一圈标示陈尸的白线，又好似日本《孤独死》摄影集中，老人们的尸水在榻榻米上留下各式各样人形污渍，那真是老房子的孤独死啊！

157巷尽头，河流离开姑婆芋蓁莽的山壁，走157巷22弄，过信安街，与瑠公圳第一干线交叉而过。早些时候，我对水道与水道的交叉十分好奇，不明白水要如何通过水而不交融，此一困惑在拜读过洪致文的部落格方得解答，在灌排分离的原则之下，灌溉的水圳会走在排水的大排之上通过，以信安街的这个河道交叉为例，灌溉的瑠公圳应会走在排水的上埤支流之上，两者相安无事通过彼此，瑠公圳续往东北边的陆军保养厂旧址去，六张犁公墓河往西北走了一小段巷道，这段约莫十来公尺的巷道很有意思，它与西南—东北斜行的嘉兴街垂直，然而在街道命名上属嘉兴街，而非嘉兴街几巷几弄。这一短短的嘉兴街口有半圈不及人高的水泥墙，太像了，以至我非常笃定当我绕过这圈水泥墙，必定是河。

结果当然没河，有的是个贴满瓷砖的迷你院落，六张犁公墓河走完短嘉兴街，转入长嘉兴街与之并行一小段，在信义区清洁队六张犁分队资源回收场北侧左转西北，随即再次转向东北，由众高楼间一低矮下去的美甲铺穿出，入嘉兴街216巷16弄与基隆路平行，经仁康医院，过嘉兴街175巷。在175巷路边、约莫就是河岸处，有一段脚踝高、不算短的水泥基座痕迹，是昔日桥迹吗？

六张犁公墓河于175巷口的7-Eleven后方斜过基隆路，汇流一条我称为市调处河的小支流。顾名思义由"法务部"台北市调查处而来的这条小河，经乔治商职背后，平行通化街183巷22弄、通化街175巷10弄，流过临江公园西侧，临江公园三边工整、唯独西侧徐徐波浪状的奇特形状或许由此而来。市调处河由画着卡通虎鲸图案的惠真幼稚园旁进入建筑丛，于馥临港式火锅店后方的地下停车场入六张犁公墓河。

六张犁公墓河由龙涎居与大德参药行间的那爿矮店铺入临江夜市，过窄窄的临江街，打紫牛牛排、利达鞋店间的窄巷穿出，在此又汇入一条支流，此支流上游是吴兴街106巷，与瑠公圳水系的小给水路相衔，它向西偏南来到三兴小学前，与瑠公圳第一干线交会，瑠公圳的第三排水门即在此交会点上。它过临江街福景宫侧面，流入六张犁公墓河，汇流后的河走在通化街39巷62弄与光复南路692巷之间的住宅区，又是成片铁皮屋，末了，在通过光复南路676巷之后，露出头来了。

我是在二〇一五年五月十六日发现这条河的。

我早先踏查过的河迹，多多少少皆赖前人指引，如信义路八号桥，如罗斯福路边的雾里薛圳，如温州街53巷的第二雾里薛支线，只有这一段六张犁公墓河，真是蓦然回首，见它就在灯火阑珊处——就在两栋公寓夹缝处。

先是光复南路676巷10弄的深院，院中樟树有着巨型黄金葛绕生，乍看仿佛一树生着深碧浅绿大小悬殊的两种叶片，外水泥内红砖的两重院墙外，依稀可闻潺潺水声，我十分肯定河就在那院落里，想方设法由四面八方逼近它。院落旁的676巷10弄7号，也是栋地基受限河道而歪斜的公寓，我思索着按门铃央请屋主让我爬上屋顶一窥河道而不被报警处理的可能性。绕至通化街39巷61弄上7号之3的院落前门，依稀看得出院中的是栋已然半毁圮的日式老屋，砖石压着塑料布覆盖的屋顶露出几方日式黑瓦来。由此方向也告接近失败，我绕回与河垂直的光复南路676巷，先研究了一番上游侧两栋房屋间覆盖雨棚堆置杂物的后巷，凭踏查经验判断了一番这必是河道云云，回首一望下游侧，河就在那里。

那两栋公寓，左边的676巷16号是举目最簇新的一栋高楼，右侧的14号则是无滋无味的老公寓，流过其间的河流，河水看似清澈却仍腐臭扑鼻，也难怪16号高楼要筑起半圈木墙嫌恶地将其阻隔在外，浅浅河底灰白的丝絮随水浮动，红虫在丝絮间蠕动钻爬，即便脏污，砌着红砖长有铁线蕨的河岸仍深具质感。我不免热泪盈眶，探身河道上持手机猛拍一通，险些手滑要送给上埤河神第二部手机——这段故事我稍后提及。

于是六张犁公墓河过了这片院落，走文昌街280巷与安和路／顶好河汇流，到信义路八号桥下又露出头来。首次寻觅信义路八号桥，稍一不慎便错过了。文昌街280巷口的这座桥，桥的一边已加盖为停车场，两排低矮的桥栏重漆上砖红色（不算太老的老照片中，这座桥的桥栏桥柱皆是灰扑扑的石子原色），摆放花草植栽，高高悬挂粉色调彩旗，看着雅致颇有几分欧风，更像是横越过瑞士琉森湖面或法国安锡运河上的小桥，

文昌街 280 巷口的信义路八号桥，两排低矮的桥栏重漆上砖红色，放花草植栽，高高悬挂粉色调彩旗，看着雅致颇有几分欧风，更像是横越过瑞士琉森湖面或法国安锡运河上的小桥。

不小心很可能会将之看作路边装饰的扶手。我端着手机看谷歌地图定位，十分肯定自己该要找到桥了，却是在桥上傻走了几遭才算看到桥（桥下河神是否忍不住要高呼："我在这儿哪！"），是我刚刚踏入水圳这一行犯过的几件傻事之一。

这座桥透露信义路发展史。信义路是清领时已存在的田间小路，在日据时代的都市计划中拓宽拉直，名为三张犁道路，也因通往三张犁靶场而称陆军路。文昌街便是早年的信义路四段，直到一九七〇年打通敦化南路以东的现今信义路路段，才改称旧信义路为文昌街，故文昌街上的这座老桥，仍称为信义路八号桥。

以现在道路的标准来看文昌街，委实觉得旧信义路窄得小得不可思议，老一辈居民包括舒国治，对旧信义路最深的印象便是那来来去去的二十路公交车。如今的文昌街是著名家具街，第一间家具行大家具成立于一九六四年，此后始终是五间家具行左右的小小规模，直至一九九〇年代兴建大安森林公园拆除该地眷村与违建群落，导致周遭家具业者大举迁入文昌街，群聚效应加以市政府有意推展，于是形成今日家具街规模。若趁车来车往空隙，立足文昌街街心举目上看，不难见色彩鲜杂颇欠质感的家具行招牌之上，那些悬挂冷气机、紫鸭跖草如垂帘的二楼阳台，都还是一九六〇年代初期的样式，虽不若迪化街那些依然保有《南街殷赈》图古趣的红砖老房，却也都是很老很老的房子。

汇流三道支流的安和路／顶好河，打信义路八号桥下出发，却是才流过一小段距离便钻进箱涵，没入大叶雀榕枝叶掩映处的隧道中，箱涵上方则是华固的"都更"办事处，内缩进停车场一座正面圆弧形的扁扁四层楼房。这段河道的水质大致如同先前在光复南路676巷的院落中，清澈却也漂着灰白丝缕，散发闷闷臭味，我好奇这条河仍保有自然水源或者已全然是家户排污之用，多次在台风天死抓着被吹开花要拄扶摇而去的伞走访信义路八号桥，如此踏查得出的结果极有可能是后者，无论晴雨，台风天或者连日大旱，河水总是没多没少地就脚踝那么深。

安和路／顶好河过信义路，由东北向骤转西北向，由新旧太和殿麻辣火锅店之间通过，这段巷道是个往内几步便封起的死巷子，巷尾是一小堵圈着瓜藤瓜叶的红砖墙，与簇生酒瓶椰子桂树与大花咸丰草的迷你畸零地，想要回到河上，还得呼吸着麻辣锅的辛芳，左转走上一小段路，由信丰利大楼旁的信义路四段305巷切入。斜而宽、少有车行的305巷更像两排楼房间的停车场，河流在305巷尾切过楼房间，穿越与通化街实为一脉的信义路四段265巷，入信义路四段265巷12弄。265巷12弄旁的敦安公园是典型的河边三角公园，然而这段河道，更精确地说，应是走在265巷12弄一侧的两排楼房间，即由7-Eleven与哈肯小铺面包店之间的后巷进入，这段后巷在仁爱路四段300巷穿出，衔接上安和路一段127巷29弄，在那个后巷穿出的三岔路口，路边尚有一截极其古旧的水泥墩，形似颈部日益风化的野柳女王头，粗砾的表面苔绿斑斑，并仍留有栏杆穿过的圆孔。动保人笃定这是当年桥柱,我秉持向来的谨慎保守不与她打赌,但也想不出此女王头还能有他用。

河流走安和路一段127巷29弄,大约是道路左侧一排安亲班英语班的位置,过LALOS面包店和店外大榕树,流入与安和路平行的仁爱路四段222巷,在那里,我又一次吸了吸麻辣锅香气,这次是来自仁爱路口河右岸的满堂红火锅店。跟着河过仁爱路走安和路,一旦河流回到路上,安和路再度转斜,斜斜的安和路敦化南路口,左右岸矗立着敦南诚品与元大栢悦,舒国治文中提及二〇〇五年刚拆不久的胜利大厦就是那座元大栢悦,在敦化南路一带的上坤流域行走,难能不去注意樟树绿海之上的这座玻璃帷幕的白色高楼。

安和路／顶好河边五座最早的电梯大厦,河畔的胜利、幸福、安乐,与稍远处相依偎的敦化、共和,《水城台北》中有一帧自复旦桥(今敦化市民大道口)向南拍摄,平旷无树的敦化南路周遭,突兀矗立着的就是当年仍簇新的这五座高楼,它们是台北市最早的一批豪宅,太早了,以至用今日的豪宅标准看待,着实简朴得不可思议,我带电影人一一走过幸福、安乐、敦化、共和四厦,告诉她这是台北市最早的豪宅,八年级生(九〇后)电影人打死不相信。

率先离去的胜利大厦,坐落在独立街区,一面朝向敦化南路,两面接小巷,自有闹中取静之感。胜利大厦于九二一、三三一两场巨震后成了危楼,由市政府强制拆除,也不知是幸或不幸,因此加速"都更"成功的胜利大厦如今是"元大栢悦",

信义路八号桥下的河,流过一小段距离便钻进箱涵,没入大叶雀榕枝叶掩映的隧道中。

台北市最受欢迎的豪宅。

剩下的四座电梯大厦，幸福大厦位于敦南诚品大楼后方，大楼正中青绿宽阔的鼻梁（应是楼梯间）相当好认；方正矮胖的敦化大厦、外观保存最为良好的红白色共和大厦相偕藏身在忠孝东路与敦化南路交叉口的街区内；安乐大厦矗立在敦化南路边，右侧倚着安和路／顶好河，是众大厦之中最易亲近者，也是我接触最深的。安乐大厦二楼的Lavazza咖啡馆是我的工作间，本书半数文字在此写就，半数在第二雾里薛支线边的永康街2号咖啡馆完成。今之安乐大厦，外墙斑驳着日久经年的冷气水污渍，琳琅挂满各色招牌与成串冷气机，家家户户阳台外推加盖，二楼那一道游泳圈环腰似的Lavazza咖啡馆与港式茶楼，更是无中生有。很难想象建成之初的安乐大厦，外表素净整洁，环以白漆高雅的铁栅，有庭园树木，有上坤河道依偎着流过。即便矗立在东区精华地带，安乐大厦已是掩不去的破败，震毁了胜利大厦的三三一地震，据说也使安乐大厦楼板倾斜，也许几年间，安乐大厦亦将随着都市更新而去，成为台北市又一往昔记忆。

长年以来，我们一家三口以咖啡馆为工作间、日日不辍的写作习惯早就不是秘密了，这在外人看来好风雅好贵族的生活出自万般不得已。试想，三个大人挤在十二坪大小的顶楼（当年盖起顶楼的年轻夫妻没料到脚边的小娃竟是如此生长飞速），顶楼考量通风的结果既西晒也东晒，没有一张书桌，而较宽敞荫凉的一楼，则有成打的猫族飞逐、人血永远喂不饱的跳蚤飞蚊、一下午不间断的挂号快递、年老失智以滋扰人为职志的外婆……

能怎么办？我们只能日日蹲咖啡馆，花钱买一份早餐或一杯咖啡，也是买一早上的工作桌，故而非得在这一个早上或多或少挤出点成绩"回本"，当天没有成绩，回不了本，便镇日心惶惶无所依托……

二〇一四年底，安乐大厦面对的敦化南路安全岛，时不时有喜鹊收起翅膀仿佛人反剪双手漫步（鸟儿真的不爱飞！）的樟树绿荫下，插满披头士展的旗帜，旗帜上的黑白照片，那四个笑得好灿然的男孩子比我比电影人都还年轻，难想象其中两人早已离世，另二人年逾古稀如珍贵孑遗生物。早已朝圣过该展览的电影人与我，窃窃私语商量着如何趁月黑风高之时偷拔个一两支旗回去，同时出了个"说说看谁是谁"的随堂考给动保人，动保人辨认四人永远是消去法，去掉小眼睛方下巴约翰、去掉娃娃脸保罗、去掉大鼻子林哥，剩下正常人长相的就是乔治了。

我们立下"总有一天带你们回家"的悲愿，贪馋地再望旗子上的披头士们一眼，走安乐大厦旁的龙门广场，这段曾经的河道右是安乐、龙门大厦，左有一品、爱群等厦，耸立两岸若瞿塘峡夔门，如今是整理得十分光洁的市民休闲空间，有东区地下街出入口，有YouBike租借站，有圆环形层层石阶供人憩坐。与龙门广场相隔一条忠孝东路的顶好广场也是差不多配置，唯木莲树更密集些,有一兼具时钟与喷泉的公共艺术"平安钟"，故也称平安钟广场。在上埤的湖泊年代，这里是成片宽广水域，与顶好广场相隔一条大安路的瑠公公园则接近那个湖中浮岛的位置，许多找河同好皆对"瑠公公园"此一名称颇有微词，主张应当正名为"上埤公园"。公园角落那类似抽水设备的圆筒状公共设施，从花卉博览会期间开始流行的植生墙覆盖其上，天气热，植生墙欠妥善照顾而焦黄一片。

龙门广场、顶好广场、瑠公公园与"SOGO忠孝馆"后方种满阿勃勒的长条绿地，这一段河道作为公共空间，反而得以完整保留下河的形状，度过复兴南路后，成为横跨复兴南路与建国南路间的狭长形公园瑠公圳公园，又一个该叫作上埤公园的所在。

瑠公圳公园是上埤西端水道的遗址，这一水道通向遥遥远方的双连埤水系，新生南北路的特一号排水沟筑成后则汇入其中。此段水道要与瑠公圳沾上边，约莫便是通过公园东段的安东街，安东街以北有舒兰街，南接瑞安街，是一完整的水路，即来自温州街九汴头的第一雾里薛支线，因被整并入瑠公圳系统而勉强能算得瑠公圳的水路之一。

瑠公圳公园幅度广，每一段自有风格。由复兴南路绿树森森的公园口踏入，经一系列质感欠佳的仿古凉亭与菇蕈状水泥小凉亭来到安东街口，福佑宫旁四条巷道交会的宽阔路口常年铺张着蔬果摊，由其中的安东街35巷往内走不到几步，左手边可见应是日据时代遗留至今的红砖古厝。过了安东街后的瑠公圳公园成为一大片榔榆树林，榔榆枝叶细密，灰白橙红呈云纹相杂的树皮美得像画,树下铺着步道。忠孝东路三段237巷以西的瑠公圳公园则是龙眼树包围的大批游乐设施,仲夏的龙眼成串结实,远远便能见绿树上这一球球几乎成块的黄褐色,看得超爱龙眼的电影人发馋。

说起我的台北市水圳地图,本就隐藏着另一幅摘果地图,这幅摘果地图中包含有西印度樱桃、杨梅、蓝莓、无花果、咖啡、枇杷、桑葚等等,散布台北市各角落,我们趁踏查水圳之便,度量着季节一路采收过去。

不过高踞树头的龙眼自然是只能远观了,龙眼树林过了忠孝东路三段217巷后是第伦桃树林与九重葛花架,第伦桃叶脉如锯齿如三宅一生褶皱的大叶子美则美矣,步行树下却要分外小心,毕竟谁都不想给包着厚厚萼片的果子砸个脑袋开花是吧?攀缘的九重葛远看几分似欧式庭园的玫瑰花架,实则老九重葛粗壮如乔木,这一段花架与第伦桃直抵忠孝东路三段193巷后化作"鸡油木"台湾榉树林与步道,如此直抵建国南路,北侧有着如火如荼盖着的连栋高楼,南侧是慈济分会的静思堂与北科大学生宿舍。

因我与上埤的情感,瑠公圳公园是我早就走烂了的地方,却是很久很久以后才想起要带动保人到此一游,动保人一走惊为天人,从此也成了瑠公圳公园日复一日的拜访者,唯就事后回想,此日复一日未免短暂。

二〇一三年下半年,公园处以一千五百万预算整修年久失修的瑠公圳公园(尽管我们不怎么看得出年久失修何在),除却公园后半段的第伦桃林、九重葛花架与台湾榉树步道较少更动外,前半段的凉亭区、槟榆树林与龙眼树围绕的游乐设备区,虽未完全封闭,全是工程器材堆放,时有围篱拦路,晴时黄沙飞扬雨则泥泞遍地,一一绕行很费工夫。瑠公圳公园落成于一九八〇年代,树木颇有年岁不适合移植,虽有以草秆包覆树干以为保护,但看一树的绿叶在飞沙走石间纷飞散尽,简直要听到树们的哀号了。

真正促使我们完全不再踏上瑠公圳公园的,是那一个深冬日子向晚,墨水蓝的天光是拍电影者都知道一闪即逝千万要把握好的 magic hour(魔幻时刻)。我们照例在大堆工程物品间费力跋涉,却猛然地,有清亮的奶猫娇啼传来,那点声音对我们简直如雷轰顶,轰得我们惊慌失措,我们在那一大堆无章法堆放的工程器材间疯找,奶猫呼唤时远时近,回响四下仿佛来自前后左右各方难以循声,我俩急得一头汗却找不着,又听奶猫声声揪心,到末了,是捂着耳朵逃离瑠公圳公园的。我俩只得安慰自己,也许母猫就伺伏在某处,不动声色待我们离开方才上前叼走奶猫(这是它面对人族这可怕巨怪时,仅有保全子女的方式);安慰自己,河两岸人家对街猫堪称友善,从家户檐下皆放置的成碗猫粮可见一斑;安慰自己,慈济分会的静思堂就坐镇河边,佛祖慈悲,不会坐视其下生灵受苦,尽管尽管,早先动保人与动保圈战友们前往游说争取慈济支持时,慈济那方给的答案是:"这些流浪动物都是上辈子做了坏事的人,这辈子才会受到这样的惩罚,你们帮助它们,就是干涉轮回。"

于是整整一个冬天的整修，待到二〇一四年春，瑠公圳公园再度开放，我们如候鸟飞回公园，却是当场气傻了在当场。但见公园入口的那些茄苳、樟树、枫香、第伦桃郁绿不再，是有移植走部分之故，也是因为给折腾得奄奄一息几无一片绿叶，总之光秃秃的不似以往，草地焦黄，少了草根固着泥土，一下雨就是黄泥水横流。仿古凉亭还在，蕈菇小凉亭更换成游乐设施，公园入口处的小片草地变成了个突兀的设施，四支手动打水帮浦环绕着的圆形会喷水的台座，喷出的水由V字形水道引向后方月弯形的造景水池。这个设施，老实说很丑，除了翠绿的打水帮浦古意盎然，台座与引水道则棱角生硬，木木的褐色并无质感，在不知水圳文化的大部分人眼中，更不能理解此大型障碍物何用，在我看来，这个设施应是模仿引瑠公圳之水渡过景美溪的木枧，然而是郭元芬的菜刀枧，而非郭锡瑠的平底木枧。

这便要说起郭锡瑠、郭元芬父子与景美溪水桥的一段搏斗史，我讲起郭锡瑠修筑瑠公圳，动保人每每惊叹其人之执着乃至执拗，总要高呼这郭锡瑠一定是个摩羯座O型血的（其夫？）。瑠公圳从新店溪支流青潭溪引水并横越新店地区，然而要进入大台北，必得通过景美溪，郭锡瑠最初设计平底木枧的水桥，平底木枧是"凵"字形水槽，深过一米，内侧涂上油灰以防漏水，水桥旁并设枧寮，有工人随时维修木枧，台风或暴雨时，则要收木枧入枧寮，待风雨平息方才架设回去。然而此种平底木枧既引水，也引人懒心，从此居民通行景美溪两岸，皆舍摆渡而走水桥，木枧不出几年便给踩坏，郭锡瑠遂发想以大水缸去底连接，埋设景美溪床作为暗渠引水，如此直到一七六七年台北暴雨成灾，山洪暴发冲毁景美溪暗渠，当时年逾六十的郭锡瑠思及一切又要从头来过，乃一病不起于来年去世……动保人难免又高呼，这个郭锡瑠一定是个亚斯伯格人！（还是其夫？）

郭元芬承父遗志重修瑠公圳，在与工程师陈菊司研究后，仍以水桥引水过景美溪，然而为防止水桥再被懒人们踩坏，改平底木枧为"V"字形尖底，这种改良型的木枧便称作菜刀枧，即瑠公圳公园入口这座新设施的灵感来源。

落成没几天，菜刀枧意象的设施招来不少市民投诉，如生硬棱角会害小孩撞到受伤、台座高高的喷水柱遇上大风甚至会给吹越了文湖线捷运吹到复兴南路对岸去喷湿行人、造景水池没有任何围栏迟早害人踩空跌进去……迫得公园处不得不将这一大块设施围起重修。我与动保人则愤怒，愤怒树木被恣意凌虐，一赌气又是大半年不走瑠公圳公园，当然也是害怕，怕的是小奶猫声声呼唤揪人心头，如此又是将近一年，才因生活动线之故而不知不觉回到瑠公圳公园。

整修半年、休生养息快一年，瑠公圳公园的绿树总算看着又像树了，台座的喷水柱高度与方向应是有过调整，被指为坑人陷阱的水池亦围上围栏，令人惊喜的是安东街通过公园处，地上那些个老有鸽子前往淋浴的喷水孔，竟镶上了第一雾里薛支线的字样。台北市近年来力推水圳文化，在一大堆标明瑠公圳其实皆非的水圳遗址中，我还是头一次看到"雾里薛"三个字。

复兴南路瑠公圳公园入口处的大型设施，落成之初颇惹民怨，应是模仿引瑠公圳之水渡过景美溪的木枧，然而是儿子郭元芬的菜刀枧，而非老爸郭锡瑠的平底木枧。

安东街通过瑠公圳公园处，地上有鸽子淋浴的喷水孔，镶上了第一雾里薛支线的字样。台北市近年来力推水圳文化，在一大堆标明瑠公圳其实皆非的水圳遗址中，头一次出现"雾里薛"三个字。

娇滴滴的奶猫呼唤再也没听过，奶猫如同我们前院年年夏天落下的马拉巴栗树籽，几滴雨水便得抽长出嫩黄好逗胃口的三两条根，然而来得快去得快，那一点根若没能及时沾到土壤，不出几日便默默萎了，小巧一点生息短暂来世一场简直不知为何，即便那点根得了泥土迅速长起，街猫的天年不过三五岁，死于车祸狗咬，死于不明就里的人族捕捉、以为送进收容所让其安享天年殊不知十二天无人认养即安乐死，死于恶意的捕兽夹、老鼠药，死于一生中喝不上几口干净水导致肾衰竭……

我们如今走在瑠公圳公园，最常干的是拔菟丝子，菟丝子没有叶绿体，纤韧金黄的茎乍看如蓬蓬米线散落在花丛中，实则紧紧缠勒吸附宿主致其死，公园处会定期遣人清除菟丝子，唯清除速度永远追不上菟丝子见风长，菟丝子爱吃菊科植物，总是牢牢攀附着公园中的蟛蜞菊不放。我俩拔菟丝子拔得满手黏汁，不时对给缠勒得太厉害的蟛蜞菊说声抱歉后将之断头。心想着几步路外、隔一重九重葛花架举目可及的静思堂，总不会再当我们这是干涉世间轮回了吧？

瑠公圳公园过建国南路，成为台北科技大学背后的宁馨公园，宁馨公园较瑠公圳公园为窄，绿树更为深邃，紧挨着北科大为其后门。北科大前身台北工专，是电影人老妈的母校，我们常借旧地重游之名带电影人来逛逛。北科大的校园绿化与水道活化很是诚意所以精彩，校园面对新生南路的几栋大楼盖在绿厚如绒毯的爬墙虎下。环绕学校北、西、南三面的水道，南面水道流过幽森树荫下，北、西两面水道丛生着垂花水竹芋、野姜花、香蒲、纸莎草，有穗花棋盘脚挂下长串粉扑花，夜里看着尤其像是夏日烟花，水面点点睡莲、大萍、铜钱草间，偶有"饲料鱼"朱文锦的一点点鲜红闪过，每隔几步路就是一面的解说牌说明此水道是取自瑠公圳意象。事实上，北科大一带曾经水网绵密，却都不是瑠公圳，校园西边者属早年的第二雾里薛支线及日据时代修筑的特一号排水沟，特一号排水沟北边水道则与上埤尾端重合，宁馨公园便是接上这一段水道，两条河相交处约在公园内的八德路二段 10 巷边，宁馨公园再往西就是特一号排水沟的范围了，台科大北面的水道属于此列，唯此处水质清澈，水源应与臭水沟的那些昔日水圳截然不同。

宁馨公园尾端的北科大后门，是复旧的"工专桥"，桥墩与桥栏应是刻意采取旧日的简约（甚至简陋？）形式，桥在火焰木与蒲葵的婆娑树影下，总有三两北科大学生桥上划着手机等人，桥头亦有解说牌，牌上的工专桥老照片跨越特一号排水沟河水，似比今日工专桥宽阔平直得多，没有树荫，曝晒在白热日头下。

跟随上埤走了这么远的一趟路，从六张犁山中一路下到市区，走过大半繁华东区，到此该是分别了，我目送上埤将水流交付与特一号排水沟，看着这段河水在垂花水竹芋细而高挺、挂下碎乱紫花的花茎掩映下，一路西行。

我踏查台北水圳的这几年间，不论行走得多远，远到了大稻埕甚至社子岛，最后仍会循着上埤的水道走回家，由宁馨公园、瑠公圳公园，到顶好广场一路上溯安和路、通化街、临江夜市、嘉兴街、崇德街，一路追到和平东路底撞上了山，才不得不上捷运麟光站回家，几乎走成了一种磁极方位般的生物本能，是我与上坤的深厚友谊，是亚斯伯格人对日常行为的执拗不妥协，也是上坤的种种，那河流本身的与河流过处的种种，早已融入生活之中。

所谓融入生活，不是那些天大了不起的东西，采购路线吧，比较像是如此，一屋子人总想方设法要压榨我在外头行脚的价值，开长长一条采购清单给我。顶好广场的顶好超市、龙门广场的全联福利中心，拣便宜打折的生鲜或罐头（人罐头与猫罐头）；过敦化南路至诚品捞当期《印刻》杂志（或遮着脸捞自家新书）；沿途逢面包店买一个两个面包好隔日夹带进Lavazza，因为他们的早餐太不耐饿；安和路立人小学对面的全联顶好补齐前两家超商没买到的品项（或这期间家里电话追加之物）；临江夜市口宠物店是这段路最昂贵的一个点，（咬咬牙）买精致食品或补充营养品给家中每一时期总有一两只重症密集照护中的猫族；六张犁捷运站口碰碰运气能否买到大陆新娘推着成叠保丽龙餐盒出来卖的韭菜盒；其间遇上小七或者全家进去买一两个三十九元早餐组合权充晚餐，动保人与编剧一再叮咛，早餐组合千万要买满七十五元好拿集点贴纸，贴满一整张的点数可兑换免费猫粮，至于那三十九元的早餐组合，切记要选最贵的饮料搭配最贵的三明治或三角饭团，曾有不明所以的侯导碰巧拿了最便宜的饮料搭配最便宜的饭团招致编剧臭骂（"你这就是贵族！贵！族！"）……

瑠公圳公园过建国南路，成为台北科技大学背后的宁馨公园与公园沿线的八德路二段 10 巷，两公园是完整的上埤西端水路，往新生南路的特一号排水沟去。

还有就是，向来物欲淡如水、不贪嘴不挑食（茄子、胡萝卜除外）的动保人夫，唯一迷恋乃至时不时请托我踏查时顺手买回的，是其宛若童年铭记的大肠包小肠，指定购买处则是临江夜市口的那一摊大肠包小肠，偏偏年迈老板烤起香肠慢手慢脚煞费等待，我每每趁此晃悠一小段路至信义路八号桥上，桥上站定，吹吹向晚的风，陪河神聊聊，探看河神是否又让左右邻人倒得一身肥皂泡泡，时间到了回去领预订的大肠包小肠，这便是我与上埤相处的日常了。

是故日复一日的溯河回家路，往往便是两膀子挂着东市买骏马、西市买鞍鞯逐渐增生的大包小包，在麟光站与河神互道一声明天见。明天见，这太重要了，因为我实在无法笃定我们是否还能明天见，那寥寥几处河迹，嘉兴街 403 巷、光复南路 676 巷、信义路八号桥，很可能哪天有哪个热心社区美化的家伙一搅和，就给当臭水沟盖掉，再也见不到了。

动保人写有两本街猫专书《猎人们》《我的街猫朋友》，两本书调性差异极大，相较《我的街猫朋友》沉重、残酷写实的氛围，《猎人们》是明亮、欢快奔放的（尽管动保人自云在创作之时，已自觉悲伤惨淡到不行），我问动保人此间差异，动保人思索答以，入行之初，不知其中险恶。

是故我对上埤，几分像是动保人写作《猎人们》，那是种初始未经琢磨（或该说未经损耗）的情感，是有悲伤与不舍，但相较对于其他河流，这样的悲伤不舍是很淡很淡的。上埤是我结识的第一条河，那时只管捧着舒国治的书找河，只管兴高采烈着能在森森的现代水泥都市中找出一条河来，对河的记忆、河的故事一概不知。不过也罢了，在水圳被毁弃填埋、遭人遗忘、为人嫌恶的今日，我是十分愿意与一条河保有如此粉彩童梦的。

前年冬末一日，我惯例前往安乐大厦的 Lavazza 咖啡馆，下车时一个碰撞，手机就这么滑出背包一跃进了下水道，我眼睁睁目睹，无从抢救起。智能型手机是踏查水圳不可或缺的好东西，能开谷歌地图找路，能在线索迷失时上网求证现有资料如洪致文的部落格，能时时拍下河神的面貌，能召唤出披头士随我同行（其实动保人严禁我边走路边听音乐的）……我当然无法忍受，速速办了新手机顺带换机升级，当时侯导的《刺客聂隐娘》正拍得如火如荼，这事自然纸包不住火地成了剧组笑柄（"想换机就换机，干吗来这套啊？""你要我对得那么准丢下去，我还做不到咧！""唉我也想换机了，下次帮我丢看看好了！"），唯有我的忘年之交、侯导多年的剪接师廖庆松廖桑，试着以剪接师的方式安慰我。

"然后接下来就好像 slow motion 对不对？"廖桑以十足专业电影人的语法描述，"你看着手机一格一格滑进铁盖缝隙，一格一格掉进黑水中，一格一格溅起水花……"

不过这部失去的手机是我与上埤河神意外的联结，手机 SIM 卡连同一切资料（大半是我拍摄的歪斜马路与巷道，那些都市河神如今的模样）全沉在上埤的河底，我亦不愿多做处置，毕竟除却河神，我想不出那些资料还能落到谁人手中。

寻找河神

于是接下来一段时日，侯导每每来电必要搬演一遍玩不烂的此哏，用他认为的上海话说："喂喂，请问是河神吗？"

确实当手机铃声欢快响起，或 Line 通讯软件那一声清亮的叮咚，我摸索出手机划开屏幕的同时，总要想着，在车辆呼啸往来的柏油路下，腐臭扑鼻、滴水声时断时续的下水道，污水静潺潺流过，那一小方手机屏幕在影深处刺眼亮起，孤身的河神掏出手机，凝视着那段远方捎来，只属于我俩的信息。

东西神大排

信义区松隆路，起自基隆路一段，正对松山高中与那条市民们喊打喊拆已久的电扶梯天桥，自此斜向东北，过东西向的永吉路与南北向的松信路，永吉中学及与之相对的五常公园是它最北端顶点，松隆路自此转作东西横向略为南斜，过松山路、松山火车站前，止于中坡（陂）北路上。若是找惯了河的人如我，或者给找河的人轰炸惯了的如动保人、电影人，不难看出松隆路是一条河，至少也是一条大排水沟。这条河一九八五年加盖，历史悠长，于台湾堡图、《瑠公水利组合图》到美军地图都清晰存在。这一类的排水沟时常利用天然溪流修筑而成，故而早年的松隆大排曲折蜿蜒，与其汇流为三张犁截流沟（也名锡口支沟）的中坡北路亦然。

是天然溪流，就会有天然源头，追溯松隆大排的源头，大约可一路追到吴兴街底的三张犁地区，倚着象山与拇指山的老社区，如今那里仍存在着东大排、西大排、神大排三条水路，

东西神大排

与种种带着埤字的地名,其中柴头埤,约在今日台北医学大学后方山脚、吴兴街284巷一带,是郭锡瑠举家北迁并落脚兴雅庄开垦时,所使用的水源,唯柴头埤日久淤积,方使郭锡瑠决心修筑水圳,又因地形高低之故无法使用深阔的基隆河水源,必须舍近求远遥遥自新店溪引水。

我对吴兴街底的水道踏查便是始自柴头埤,由信安街的瑠公圳边起步,沿"陆军保养厂"旧址间的吴兴街220巷59弄往台北医学院的方向走。"陆军保养厂"如今是成块的空地,或为篮球场,或为停车场,或为老旧废弃营房,有公告说此一带泥土污染,一大群黑白夹杂着宝石蓝的喜鹊倒是全不受影响地时时栖息在此,偶有人族至一旁单车站借还糖果橘的YouBike,它们桀桀怪笑着飞走了。

吴兴街220巷59弄走到了底的台北医学大学,沿大学外墙的吴兴街220巷、吴兴街284巷22弄走,经福兴宫、黎双公园至山边极易让人迷路的老社区,放眼便是昔年的柴头埤水域,如今唯有其中两户人家外墙,小花小草包围饰以纸风车的卡通字体"花炫柴头埤"与"花现柴头埤",提醒此一古地名及其背后意义。再来就是,吴兴街284巷、吴兴街284巷18弄、吴兴街284巷24弄交接处,是一五路相交的复杂街口,宽阔如池塘,其中美廉社旁的无名巷弄通往松山寺,唯往内几步会先遇上一小庙,小庙名叫柴头埤福德宫。

柴头埤在此,其他山麓地带的埤塘如旧埤与新埤,两者标示出灌溉年代差异,但也都因山区煤矿开采(今日两埤所在山区尚存作为观光资源的德兴、和兴二矿坑)、矿渣淤积而消失，从旧埤一带浅山发源的东大排与西大排，新埤地区发源的神大排，这些小小河神共同支撑起偌大的松隆大排水系，虽名为大排，这三条河尤其是保育最完好的西大排，有相当一段河道都还是溪流的模样。

要找这三条河还得往内深入，沿柴头埤遗迹的吴兴街284巷直走，走到了底是个四岔路口，右手边的两条巷道是吴兴街与吴兴街281巷，吴兴街281巷商店林立人来车往，唯并无人行道规划乃至行走其间必须与车争道很是惊险；吴兴街却是窄小如后巷，街两侧低矮平房间的天空横亘着粗细电线，彼此平行如五线谱，胖麻雀高高低低停栖其上权充音符。吴兴街经过吴兴街320巷的那道陡坡后，由今已迁走的全家便利商店旁侧回到大马路上，经吴兴小学，那是神大排与西大排的汇流处，稍后提及。吴兴小学斜对面的浸会神学院，红砖墙后绿竹参天简直要破墙而出，神学院本身陷在深邃郁绿中由墙外并不见，神大排流经于此。上游名为新埤溪下游正式名称为惠安排水沟的这条小河，之所以有点土地被称为神大排，便是得名自浸会神学院。

神大排源于吴兴街600巷底，旧名新埤的浅山区，今日的600巷98弄与100弄底各有一条小溪，从生长着笔筒树与相思林的山中来，100弄底、经"信义香堤"前门的小溪得橐米古道登山口之助，随登山木栈道拾级而上，溪床以生态工法整治一绝土石流之患，并特别命名以"新埤溪"。相较之下，98弄底的小溪就是个普通山沟，隔绝在人高的水泥墙后。此二溪离开山区即加盖为路面，汇流后在泰和公园流入松仁路最尾端的部分，沿山行走至吴兴街583巷后向东转入吴兴街600巷，此后沿着山脚下的600巷蜿蜒，过吴兴街尽头后转进吴兴街524巷、吴兴街432巷，经过我们即将行走的那片巧致的绿地，来到浸会神学院。

沿神学院外墙人行道绕上大半圈，从神学院后方的吴兴街432巷往内没几步，左手边就是吴兴公园，吴兴公园是沿着神大排规划的绿地，是一位都市河神仍能受人珍视的明证。早年，举目便可眺望台北一〇一大楼惠安里面临脏乱老旧、欠缺规划等种种老社区常见问题，蜿蜒过惠安里的神大排从可捉鱼虾的小溪变成脏臭排水沟，进一步地，便会有当地居民要求将排水沟加盖，如此多几个停车位也强过没有。这是都市河神毁灭的进程，一旦启动，往往便是到河流被填埋成道路为止。而令人感佩的，惠安里里长（我至今仍时常打这位里长家门口走过）打断了这个毁灭进程，与锡瑠环境绿化基金会携手规划，并得当局与台北市补助，自二〇〇六年起打造神大排沿线的亲水绿地，如今已是老社区美化与水圳活化的典范。

神大排将惠安里一分为二，河左岸地势高的边坡是"沟仔顶"，河右岸低矮的是"沟仔脚"，在当地人回忆中，是小孩子们游戏乃至争执时分边站的依据。如今沟仔顶是吴兴公园，垂须的老榕格外幽森带点妖气，让人好生信服它真是长舌吸人精气的姥姥。沟仔脚则是水与绿生活廊道，有长椅有复古木杆灯柱，有生态池有小水车。生态池的水源直接取自神大排，虽有些混浊但已养得起朱文锦鱼与莎草，一旁水车不疾不缓地转着，一圈一圈辘辘有声，听着单调而催眠，却也总让人心安宁静。

神大排的水质比之西大排与东大排，仍不算非常干净，绿浊浊散发着闷闷臭味，水流平缓处便会积得一大片浮沫与油膜，受得了并能生存其中的便是指甲盖大的吴郭鱼苗，以河里时不时会出现的浅色垃圾包为衬，成群深黑的鱼苗尤其明显。日报地方版上，一年总有个一两遭神大排又让缺德鬼乱倒废水染色的新闻，就说近来两次，一回是不明人士倒了洗涤废水变成半黑半白阴阳河，另一回是花卉业者倒了鲜红花材染料乃至神大排很恐怖地"血流成河"。

电影人被我拽去神大排拍照的那天，九月里连日大旱，神大排水少而臭味更烈，电影人秉着摄影师敬业精神，不嫌臭地由便桥上倒挂下去，往河面猛拍，途经的惠安里里民无不惊喜又并着歉然地对我俩猛笑，倒没有我早司空见惯了的、逮到"抓耙仔"检举达人的敌意。我们长时间找河拍河，拍的多半是些脏乱巷道或臭水沟，更有时追求定位精确而很难不去直接拍摄附近人家门牌，因此遭到质问的状况很多，对此，动保人、电影人一致采用装傻装天真装无辜法，乃至对方实在问无可问只得摸摸鼻子离去，而我秉持着对人类的高度厌恶，绝对是口角到底。

"你到现在没被人揍过真是祖上积德！"他俩同声一气如是说。

东西神大排

吴兴街 100 弄底新埤溪，应是神大排上游，曾是土石流潜势溪流，而今整治得宜，上方源头处为崍米古道入口与德兴炭坑。

惠安里的水与绿生活廊道,水源直接取自神大排的生态池,虽有些混浊但已养得起朱文锦鱼与莎草,一旁水车不疾不缓的转着,一圈一圈辘辘有声。

流贯惠安里的神大排,沿岸多樱树,电影人由便桥上倒挂下去,往河面猛拍。

不过那天电影人为防晒,穿戴着钟形帽与长裙,加以颈挂一台单眼相机(那是她与她老爸网上巧遇不识货卖家以市价十分之一卖与他们的二手相机,父女俩整整有一个月高呼捡到宝了!),十足日本观光客状,莫怪里民们一脸"不好意思让你们拍这个难看东西"的表情。

怎么会是难看东西?即便不及完美,我真想告诉他们,这一切都是多亏了你们,你们愿意不嫌麻烦善待这条河,愿意牺牲些许生活上的便利,你们可能少了一条填平大排之后的马路可走,你们可能因此没了家门口的停车格,你们可能得在这样的大热天忍受河里蒸散出的阵阵臭味……河神不语,但我相信祂对惠安里里民们的感念,我愿替祂向这些人道一声谢。

"日本观光客"电影人拍照讫,由桥上直起身来,日本腔道:"ㄟ(音欸),你们台湾不错ㄋㄟ(音内)!"

是了日本腔,或曰"北村老板腔",来自乐利路上的北村家居酒屋,电影人在二〇一五年下半年申请过一生一次的日本打工度假签证即将赴日壮游一年,姑且不论这些年日本是我地表上最痛恶的国家(极右翼的军国主义、南京大屠杀、慰安妇、二战侵略、屠杀鲸豚、"让停经妇女活着是一种罪恶"……),在异地实际生活一年本就与几天的旅游截然不同,我们唯一只担心现实生活的困顿会毁去她对一个国家的无限美好印象。对于此我们认为近乎莽撞的决定,电影人笑称"没有脑袋着火还真的不可能"。为了学基础日语并累积与日本上司相处经验,乃在打工度假前辈们推荐下前往北村家面试,却在面试当天就给极缺人手的老板拎着上工了，这一打工算算不过四个月，但有谁像电影人这般人长得好看又认真加以能力超强？上工不及一周，已能替老板训练新进员工，四个月下来，放眼满店的徒子徒孙，更有日本客专程为她光顾，人称"Maggie桑"，不过我们比较爱喊她"村花"（动保人夫冷笑话地开始吟诵"村花秋月何时了……"），北村家之花是也。

北村老板身兼导演，胖大个子，加以爱好裤裙之类宽松穿着与十足喜感的肢体动作，电影人等一干员工私底下封其为神灯精灵，每每打烊后逐个擦拭店内茶壶总要心生恐惧："唉，这样擦着擦着老板会不会从里头冒出来啊？"北村老板虽然旅居台湾近二十年即将领到身份证，与本地人沟通无碍，其日本腔仍浓厚，且此腔调传染性极强，电影人日日下工后，老是一口改不掉的北村老板腔，她与同事们也曾互相斥止："谁再学老板讲话就罚钱！"此罚则却无真正实施过，毕竟谁也没把握不会被罚到钱是吧？就是动保人曾去北村家捧场几遭，回家来也是满嘴北村老板腔。

我们在惠安里逗留够了，溯着神大排向上游去，在吴兴街432巷底，神大排一拐弯到成排老公寓后方，与吴兴街524巷平行，我们必须走出两排房屋所夹的524巷，走出与神大排和谐相处的惠安里，出至与之相连但开阔得多的吴兴街600巷，这里已是泰和里地界，走上右手边略高于路面、有着缤纷多彩栏杆的木栈道，方能再次遇上神大排。

一老莲雾树盘踞木栈道入口处，有标示牌提醒行人小心踩着其稀烂落果摔跤。我唯是看着那似华盖如云朵的树冠，有些明白动保人或是侯导这样的树痴是从何而来的，可惜的是这棵树在二〇一五年夏天毁树无数的苏迪勒台风中被刮成重伤，虽未连根拔起但那些伸向四面八方的粗壮枝干悉数俱断，保住一命但恐怕要个几年恢复元气，神大排河面为此难看地敞亮不少。

这一段神大排右岸是木栈道，左岸是边坡山林，斜攀着边坡的雀榕们巨大得将粗枝横越了神大排伸展到木栈道上方，斑驳的树影投在木栈道的解说牌上，解说牌字迹渗水日益模糊眼看不知其上所以然，我秉着早几年在此地走动的记忆，清楚记得那是讲述整治神大排河床的各种生态工法。这段木栈道有数十公尺长，在通过内文完全一般的第二面解说牌后，神大排潜入地下，我们走下木栈道。紧接着的这段吴兴街600巷沿山曲折，约莫至新坡福德宫与泰和公园为止，路边一丛紫红紫红的野牡丹，旁有标示野牡丹是为台北市信义区区花，并注明野牡丹别名王不留行，至此动保人与我恍然大悟哦出声，原来王不留行是这四个字！小学时我曾在学校社团练明视气功，练气功之余，还须以透气胶带贴着小粒小粒跳蚤屎似的黑砂于双耳穴道，天哪那黑砂坚硬如小石子压着穴道还真痛煞人，气功老师管这黑砂叫作"ㄨㄤˊㄅㄨˋㄌㄧㄡˊㄒㄧㄥˊ籽"（王不留行籽），当年动保人与我一头雾水完全不晓得这是哪四字，又觉仿佛亲切好像我俩读透烂熟的《西游记》四十六回，孙猴子将那山河社稷袄、乾坤地理裙变作的"破烂流丢一口钟"。

（当然又更后来我们得知，当年我们用过的王不留行籽，并非来自野牡丹，而是中药会使用的石竹科麦蓝菜，可通经、发奶、利尿，与野牡丹一样别名王不留行。）

泰和公园是河边常见的三角公园；新坡福德宫倚着山壁略高于路面，小巧精致，就是门楣一条电子屏幕跑马灯太煞风景，我强烈怀疑新坡之"坡"字应作"陂"，毕竟溯神大排上山，就是过去的新埤地区，有着前述那两条神大排支流，我们沿着尚能跟随的100弄底新埤溪上山走个一小段，看着下方整治得宜既有观光价值又免土石流之患的新埤溪，唯独溪床偶有成包家庭垃圾，在离溪床约一层楼高的栈道上只能看不能捡教人心烦。

新埤溪一路向上，末了来到槺米古道口，入口处有当年槺米者扁担肩着两筐米的形象，这让走一小段山路便气喘吁吁的我俩好生佩服。槺米古道如今在一整夏天的台风后封闭整修，一旁的德兴炭坑也是大修状态，一座小桥在炭坑前跨越新埤溪，桥下溪流自成一泓潭水，水面有睡莲幽静深紫。

至于神大排不再跟随的吴兴街600巷，过了松青超市（如今已成全联福利中心），地势拔地而起，若是于此上山走个数十公尺，左手边一矮房有停车场的铁皮顶偎着，白色二丁挂的外墙蒙上风霜与酸雨而转灰，若有留意稍稍后方、在风静时刻垂挂如伞的旗子，依稀便可知这是个公家机关。

那是台北市动保处，前身家畜疾病防治所，隶属"建设局"，于一九六八年设置，先后更名为台北市家畜卫生试验所、台北市动物卫生检验所，二〇一〇年升格改制为动保处并隶属"产业发展局",原本的动物卫生维护、畜产品卫生检验、人畜共通传染病控制、动物卫生试验乃至最恶名昭彰的捕犬大队等业务,转型为动物救援与动物保护,这便得说起纠缠动保人与其编剧大姊逾十年的动保漫漫长路了,让两姊妹几乎荒废写作本行而招致"大教练"(我们给动保人夫偷偷起的绰号)严厉鞭策。台北市于二〇〇六年开始的街猫TNR政策,原因无他,世纪初那几年,台北市的流浪狗几乎捕捉殆尽,街猫因为这一天敌消失而猛烈繁殖起来,我们称"战后婴儿潮",那几年台北市猫仔遍地,简直到外出散步一圈都可以两手各拎一奶猫回来(我个人真实经验)。而TNR正是先进国家行之有年、证明唯一有效且人道控制流浪动物数量的办法,初始试行龙渊、锦安两里;二〇〇七年正式实施,纳入另外三个里包括我们家住的兴昌里,如此至今,台北市已有半数的里加入TNR计划。

TNR是T(trap,诱捕)、N(neuter,结扎)、R(release,回置)的缩写,近年来有时会更多强调一点:V(vaccinate,接种疫苗),而称TNVR,大致流程便是,每日由原本就负责喂食的爱妈或志工定点定时喂食街猫,混熟了之后用诱捕笼捉,亲人些的猫甚至能直接揪颈入笼,送至兽医院公告一星期方可结扎,以免误捕有主之猫则贸然结扎剪耳恐怕触犯毁损罪(由此可知台湾"规章"仍视动物为私人物品)。结扎后注射预防针并点长效除蚤药,公猫剪左耳、母猫剪右耳作标记,代表此猫绝育并注射疫苗了,是市府财物并有动保处训练合格领有志工证的志工照顾,即便市民通报捕捉,清洁队亦不能借猫笼诱捕并负责将此业务转交动保处,至此方可回置。也许不知情者会大大欢呼,大功告成喽！殊不知回置的街猫仍须定时定点喂食一如结扎前,若是亲人些能接近的街猫还可定期补点除蚤药。二〇一三年山区鼬獾检验出狂犬病,引爆都市人们对流浪动物盲目恐慌,又得工程浩大将已结扎回置的街猫再次诱捕回兽医院打狂犬病疫苗,一方面还要对里民狂潮说破了嘴皮的倡导,注射过狂犬病疫苗的街猫是人类与染病的鼬獾之间最好的天然防火墙,待等我们诱捕到最胆小不亲人每每喂食时只有一抹鬼影子闪过的街猫、完成全面注射时,岛民们早已过回拍照打卡小确幸兼骂当局的老日子……

再是胆小难近的街猫,T 与 N 多能在数月内完工,而 R 是一辈子的事,街猫的一辈子或长或短,大约不会过三五岁(约莫人类的二三十岁),但也有历经生存考验存活至今的"老江湖",辛亥小学的白小孩、后山社区的六灰灰、车库的白多多,都是我们刚开始做 TNR 时,第一批结扎的街猫,至今都有十岁上下步入街猫根本无以想望的老年(唯此三位皆在二〇一六、二〇一七年之交的那个冬天分别辞世)。

在此必须费点笔墨解释 TNR 政策,我这里先把"人有尊重一切生灵之义务"(欧盟 125 号条约)、"一个国家道德进步与伟大程度可用他们对待动物的方式衡量"(圣雄甘地语)等等进步观念搁一搁,是因为这些年的台湾社会,尤其是我这一代的七八年级生,已虚无到无法再与他们谈论任何价值,似乎再怎么理所当然的正面价值都会崩解都可以被质疑被讪笑,简直像是，哪天若听到"你不喜欢杀人你就不要杀，你管人家喜欢杀人的干什么？"，我都不会太讶异。既然正面价值这么地没有存在必要，我想我也就不站在道德制高点指责他人了（近来反对者十分爱用以嘲讽动保人士的用语），单就非常功利地以如何解决问题来谈，何以放弃看似简单的捕捉扑杀政策而要采取麻烦许多的TNR政策？

首先捕捉扑杀，是国外早已证明无效的做法，即便短期内可将一地区的街猫捕捉扑杀殆尽，净空出来的这块地域与生存资源如真空效应，很快将吸引相邻地盘过剩的猫口迁入繁殖，于是再度捕杀净空、再度迁入繁殖……如此循环，既浪费公帑也残忍无效（等等，说好不提道德观与进步价值的），反对者们最喜欢指责爱妈们喂猫"越喂越多"，我实在忍无可忍得澄清一下，会不会越喂越多要看有无配套结扎，越杀越多这倒是十分肯定的。相较无谓的扑杀，TNR是自然而然产生的解决办法，是所有长期照护流浪动物者殊途同归的最后都会采取的做法，简而言之，爱妈（爱爸）们早在晓得有TNR之前，就都自行摸索在做TNR了，毕竟爱妈们喂猫自费、结扎猫自费，更怕猫多了惹人注目，没有比爱妈更害怕猫口增加的人了。台北市府在TNR政策中扮演的角色，说实在不用多少，就是全面接收民间的多年的TNR成果，收编爱妈们为志工，确保好不容易诱捕结扎的街猫不会被邻人一通电话报清洁队就捉走扑杀，也给爱妈们一张志工证如张开保护伞，能日日定时定点喂食街猫不受反对者恶言骚扰恐吓，母猫两千公猫一千五的结扎费由市政府负担,对经济状况不一的爱妈们不无小补,但绝不会是人人头一个会提起的好处。

当然,这是最理想的期望值,我们不敢奢望一切就照表操课,理所当然该要如此。TNR实施十年来成效斐然,阻力却也从来没少过。

阻力,来自极少的恶意与绝大多数的冷漠不理解,世间事物皆然。

也是因此,动保人远较我更早就在吴兴街一带走动,一开始是被训练的志工,到如今兴昌里都已功成身退,退出TNR里了(连续数年不再有新猫出现,结扎数都挂零,足见TNR功效),动保人也由年复一年的受训转为训练新志工的讲师。

"感谢你们,没有你们,街猫TNR也不会成功。"每每开场,动保处长总要对爱妈们一鞠躬这么说。

动保处长比动保人还年轻几岁,却早早花白了一头发丝,我们看他手腕上挂着的佛珠,能了解他何以不嫌麻烦地师法民间以TNR解决街猫,而非延续过往的捕捉扑杀办法,每隔一段时日就必须签署枪决令般签下文件扑杀成批健康无害的猫犬,与他的信仰是相悖的。

泰和公园小小的,几步路就是一圈,我总兜着仿佛无穷尽的圈子,等动保人从动保处出来,两人一块走完我们称之为"象山线"的下半行程。我们从泰和公园东北端走神大排流经的松仁路尾端,过吴兴街583巷后,沿山的松仁路是一段无河路,为的是要绕过右边的小山脊,不高的山脊有着标准低海拔林相

（牵牛花藤蔓如帘幕覆盖着的相思林、竹林，偶有笔筒树或香蕉树穿林而出），不需抬头便可望其巅峰，十分逼近路面与人的距离感，不似我们习惯了的山与人的关系。这道山脊是神大排与西大排两水系的分水岭，我们由山脊北缘的松仁路315巷来到信义路150巷431弄上，这是西大排的地界。

西大排约是源自祥云街、景云街一带，挹翠山庄旁的山洼，此后以山沟的模样沿着信义路五段150巷471弄、150巷、150巷445弄、150巷431弄、150巷401弄（此五者实为一气贯通的道路）一路下山，在401弄处的西大排很有意思，它是401弄旁的加盖路面，虽与401弄间只有一道不过两公尺的人行道作分隔，却有独自的街巷编码，是为松仁路281巷，当这条不到百公尺长、两侧停满汽机车、不时有洗车者将打满泡沫的车横在路中而难通行的昔日小河今之小径出至大马路上，在松仁路吴兴街交口处留下一个三角形大型槽化岛，再走吴兴街469巷2弄旁、前身是吴兴市场后又做过一阵子的停车场的六合绿地，将六合市场大楼的地基切划成不规则状，由大楼旁的吴兴街381巷抵吴兴街上，随即在吴兴小学与神大排汇流，两河交汇处如今约是小学游泳池，似乎怎生也摆脱不了水的意象，台湾堡图与《瑠公水利组合图》等古地图上，两条河的水路就到此为止了，但较晚近的美军城市地图或航照图上可见，西大排与神大排汇流的小河通过吴兴小学操场，曲折流过吴兴街361巷一带的小巷弄间，由85度C旁过庄敬路，在庄敬路325巷与庄敬路423巷间的地面持续西北流，庄敬路325巷与

325巷45弄口的大马肉骨茶，其店门旁的后巷是此河仅有的清晰痕迹，小河过景平公园与松平街后，在信义小学东侧的信义之星豪宅区流入松勤街河。

我们在150巷431弄口选择上山，在走过一排有庭院的可莳花草的老一代独栋别墅后，眼前便是信义路150巷445弄的西大排蓄洪池，西大排过此蓄洪池之后即加盖，再没见过天日，但至少在此之前，西大排始终是野生野长不驯服于人类文明的模样，也是当地人在介绍象山脚、吴兴街老社区的水路活化时，会誉为保育最良好的一条河。

蓄洪池围着木栏杆，沿河上山的木栈道亦由此起头，此水池其实不太有"池"的模样，充其量就是个河道中的水面宽缓处，那是因为水流总是清清浅浅的没多少吧！西大排水质洁净，早年尚有优养化的翠绿藻华，如今已换作象征山区水质洁净的苦草，苦草几乎覆盖整个蓄洪池面，远望简直如同草坪，细长叶片偶有空隙可窥水底沙砾，总有鹭鸶张着大黄脚涉水捕食我们从上方木栈道俯瞰不见的小鱼，大鱼则全都挤在河道加盖处、尚有阳光斜入的箱涵入口。

西大排蓄洪池最风光的一段日子，也许就是二〇〇九年上半年，作为日本艺术家中谷芙二子打造"雾雕"的场地，是建设公司推动"都更"的同时，回馈老社区的艺文活动。每日固定时段，白茫水雾弥漫整个蓄洪池乃至漫过木栏杆上了人行步道，吸引社区居民前往接受水雾洗礼，并自发性指挥受水雾影响的交通，热情向外地人介绍此一盛事。

那是二〇一〇年台北花卉博览会前后几年的事了，"花博"期间的"台北好好看"政策带动都市更新，也才有了许多类似西大排雾雕的建商回馈社区活动（当然多半是有着容积率的巨大奖赏悬在头顶）。"花博"让整个台北市忙得不得了，也只有第三世界国家和地区会这么热衷于国际活动，我们不免这么感叹，君不见二〇一二年，英国人边埋怨"反正我们就是救火队专收别人烂摊子"边筹办的伦敦夏季奥运，是评价最高的奥运会之一。

"花博"过后的西大排蓄洪池平静如昔，我们过蓄洪池，沿木栈道上山。栈道扶手停栖着黑翼似纱的豆娘与红艳艳的蜻蜓——这红蜻蜓是幼时的野地回忆中最机敏难以捕捉的——有蜻蜓有豆娘，两者皆是水质干净的指标。木栈道隔岸的边坡多竹林，一处水泥储水池自成林中平旷地，有两头瓷花豹给摆弄成嬉戏状，其大小体态酷似大橘猫，它俩在那已不知多少时日，却总让人次次错看，同行的动保人尤其激动要看俩橘猫可有剪耳？如前段所述，TNR已是我们这些年的生活重心，踏查河流也不免踏查猫况。

瓷花豹自然不须结扎剪耳，它们俯瞰下方拦河堰，西大排倾泻下拦河堰成一小瀑布，瀑布底小潭，若是连日阴雨便得十分澄净，然一旦晴朗个几天，潭面登时一片浮渣泡沫。拦河堰上游另成一潭，此潭深澈，绕潭而生的野姜花或因野生野长之故，是我闻过最香的。倏忽闪过潭面的荧光蓝是翠鸟，是否得见全凭运气，此潭的长期居民过去是一番鸭，如今换作一雌绿

作为花卉博览会期间雾雕场地的西大排蓄洪池。

西大排与沿线木栈道,往挹翠山庄上山,栈道扶手停栖着黑翼似纱的豆娘与红艳艳的蜻蜓,隔岸的边坡多竹林。

头鸭，雌鸭的日常生活充实忙碌，巡游水潭不说，边抖松羽毛洗浴还要边探头照料它在潭边草间那一大窝蛋，得闲时才于水浅处埋头入翅小盹一番。

水潭以中段的永安祠为界，下游水潭栖息灰黑吴郭鱼间杂着两三尾红尼罗的鱼群，拦河堰上每每可见浮挂的鱼尸，然这群鱼始终不见口数凋零；<u>上游则是各色溪鱼，往往成群黑压压丛聚在平静潭面下的水急处上溯</u>。永安祠旁公厕的山壁很有意思，小小岩洞布满起司孔般的壁面，那是海蚀洞，山中无甲子，给地壳运动抬升到深山里，也不知道多少寒暑了。

过永安祠之后，西大排的河道变得极其模糊，由淙淙水声大约还可追溯到福云宫旁的山洼，信义路 150 巷 471 弄再往山上去，过一发夹弯后即为祥云街，那是挹翠山庄的入口，算是最早的豪宅群落，很多年前我因长澍广告公司的尾牙去过一趟，早已记不真确了。

我们原路回到拦河堰处，与拦河堰一路之隔的一栋社区住宅，入口大厅有列柱挑高，十分华丽却已封死废弃，若非外墙冷气机高悬并有住户频频自侧门进出，简直让人怀疑是否已人去楼空。另一条 150 巷 471 弄由这栋住宅高楼与"陆军后勤训练中心"技训分部间岔出，一路去往山中，通过信义快速道路下方，途经石头公观音庙，路边始终有小溪紧紧相随，那是旧埤溪，或说是我们随后将遇上的东大排。

这条路到底是一险坡，坡脚下处处可见哀号的单车族——旧埤溪与和兴炭坑是"观光局"网页推荐的单车行程，然而此险坡并非寻常的YouBike所能攀登——据资深单车友的友人表示，那样的斜坡大概要十万以上的专业单车才骑得上去吧！

斜坡太陡，我要一穿平底鞋走路即头晕的动保人脱掉她上山下海都穿的高底凉鞋（天哪，那鞋简直是京剧的厚底靴！），光脚走路省得一滑脚就回坡底去了。我们随竖立着古趣木质电杆的斜坡蜿蜒上山，一路给登山的老人家们超赶过去。旧埤溪始终保持在左边的山林间，如新埤溪一般，溪床整治成阶梯状，枯水期的溪水一洼一洼积蓄着彼此并不相连。

坡顶的和兴炭坑是个不大的景点，矿坑本身封闭，只有入口处一小截轨道开放参观，两壁陈列种种矿坑杂知识，坑底是俩真人大小矿工塑像。矿坑外有成排罗汉塑像，矿车成了游客憩坐的长椅，并有卡通造型穿戴矿工装备的穿山甲。正前方一道山脊后可远眺台北一〇一大楼尖端，我们从直视一〇一大楼无碍的信义路150巷一路过来，仿佛没走多远的路，却已不知不觉地隔了一重山那么远。

我们由西大排蓄洪池对面的信义路150巷正式开始追逐东大排，150巷与通往和兴炭坑的150巷471弄之间隔着陆军后勤训练中心技训分部，往内走没几步，150巷就会给象山山麓压迫得转一直角，山脚与山坡是菜园，东大排由后勤训练中心后方来，由菜园中通过，菜园的便桥上矗立着两面告示排，写给某缺德邻里的"私人土地，请勿乱丢垃圾"与示警三寸仙子的"水深危险，小心通行"。我见私人土地便不愿再前一步（动保人常道我与其夫是"大事逾矩，小事或没事不逾矩"），电影人秉着要拍照就要什么都拍到的精神蹬蹬奔过便桥一溜烟进菜园去了。

东大排过了菜园，便随150巷往北走，始终流在150巷与象山间的老社区中，在一路下山、北流向信义路的这一途中，几乎没有加盖，是三条小河中露头最多却也最不起眼的，既无西大排的洁净水质，也少了神大排那般得社区居民疼惜，或许是因东大排还是一条正使用着的排水沟，太多的修饰亦糟蹋了。

我因着东大排将这一整片的老社区走得烂熟，却还是免不了闯入感，只为老社区是个太完整的生活圈了，不说散步的居民们彼此熟识，会对外人投以不至于敌意但明显区隔的注目，那注目简直像直升机上的探照灯照得外人无所遁形。社区有小庙神坛，有招牌极其不明显的推拿馆，有开计程车的那几位老先生，几户人家会蒸起一笼笼各色馒头寿桃或老式糕饼在家门口出售，然而看上去更像分赠邻里。旧时社会的古朴风气在此仍浓厚，吴兴街底老社区俨然桃花源（嗯，不那么赏心悦目的桃花源），任何像我们这样的外人出现，都是非常突兀的。

东大排始终走在老社区稍高的地方、浅浅的山坡处，一道一道小桥跨越河上连接坡上社区，小桥宽窄不一，有水泥柏油的路桥，有铁板便桥。有趣的是150巷342弄通往枫桥新邨的桥，那是跨越东大排最宽阔的一条桥了，桥头扁柏灌丛傍着村里公告栏，有简陋的打字列印告示要人别往东大排里丢垃圾。面对山坡的桥右侧是上游，桥下水势汹涌，然而过了桥后的下游河道就只剩涓滴细水（还有不理会一旁公告者顺手扔下的几

东大排始终走在老社区稍高的地方、浅浅的山坡处，一道一道小桥跨越河上连接坡上社区，小桥宽窄不一，有水泥柏油的路桥，有铁板便桥。

信义路五段150巷342弄处通往枫桥新邨的桥，桥栏圆孔中拍摄的东大排，旁侧的眷村建筑在书（台版，2017年）成前已拆。

包垃圾），对此我百思不得其解，水到哪里去了？

发觉此玄机的是电影人，电影人照例又从桥上倒挂下去拍摄，依稀看出桥下的东大排河水呈向下倾泻之势，我们依此推测，是桥下有引水道把大部分河水带往他处去了。回归本行的电影人提出专业建议，应悬吊摄影机至桥下，把桥下看不见的引水道给它狠狠拍个够。

然后水势骤减时有干枯的东大排流抵第一社会福利基金会，这两栋建筑物，南侧显得古旧者庇荫在大榕树下，建筑正面带锈的螺旋铁梯正好俯瞰东大排；北侧较新者是米白外墙不规则镶着红蓝绿橘灰色阳台的无滋无味建筑，东大排蜿蜒过两建筑间，由南北流向骤转为东西向，至此地一次潜入地底，通过信义路150巷往松仁路方向去，化作种花草盆栽的后巷与停车场让人追迹，如此到了信义路150巷315弄与松仁路215巷交接处、7-Eleven背后，才又露出头来。

这一段的东大排，其中有信义路150巷305弄的便桥，桥头标语警告便桥腐朽机车勿行。河水青翠碧绿——优养化的征兆，水流断续成好几处小潭，潭中吴郭鱼丛聚，乍看灰扑扑的吴郭鱼实则暗彩华丽。好几回的连日大旱后，我心怀忐忑踏上便桥，唯恐桥下剩得一摊摊咸鱼干，所幸惨剧不曾发生，东大排下游水源尽管不稳定，倒也未见断流过。

东大排再过一段加盖停车场，此停车场能轻易由松仁路上窥其貌并掌握东大排去向，最终是在通过停车场后、信义路150巷14弄的全家便利商店旁，东大排最后一次露头，这里的东大排局促一隅，几棵构树绿荫下，虽不致肮脏恶臭且依然比神大排要澄净些，仍显阴湿低卑，半干枯的河道也只剩得一洼洼黑水，绿藻油腻，两侧铁皮的违章建筑纷纷外推，架高脚立足大排之上成为吊脚楼，争取这一点点的空间也好。东大排至此，已是不堪。

走遍吴兴街底与象山山脚，到此我目送三条小河悉数化为柏油路与建筑，东大排再来的走向已是杳然无法追溯。根据相当晚近的一九七四年航照图，东大排跨越150巷14弄后，经大片豪宅区，至信义路五段路面上衔接西来的大排水沟，从此沿松勇路笔直北上，直至过忠孝东路五段236巷2弄，才又恢复天然溪流的曲折形态。

然而信义路五段与松勇路这一直角相接、呈现镜像"L"形的排水沟应是晚近产物，至少我在其他古地图中都不曾见过，反倒是给纵横的沟渠搅得晕头转向，如同六张犁地区有瑠公圳第一干线与上埤水系的自然溪流纠缠不清，三张犁也同时存在着属于瑠公圳五分埔支线的灌溉体系与松隆大排上游的排水体系，我想分辨出这样的灌排体系，几乎到了缘木求鱼的地步，例如西大排与神大排，在地图上标示为排水路，然而当两者在吴兴小学汇合后流往松勤街河的下游河道又属灌溉体系；神大排在信义路150巷14弄处与一小灌溉水路相交，小灌溉水路略朝西北斜，过松仁路、过信义中学东北隅的操场边有樟树的绿地、过信义基泰大楼与其北面尚待开发的荒地，约在松平街99巷口流入松勤街河（美军绘制用以轰炸的台北城市地图直接

第一社会福利基金会的两栋建筑物，南侧显得古旧者庇荫在大榕树下，建筑正面带锈的螺旋铁梯，东大排环绕在建筑物脚下，相当魔幻的格局被侯导视为理想的电影场景。

信义路150巷14弄的全家便利商店旁,东大排最后一次露头,已是排水沟状。

将此水路当作东大排下游）；松勤街河本身也是灌溉而非排水体系，却在中强公园汇入排水的松隆大排……当然这是找河人的执着，于今日也没有任何影响，在已无农作耕稼、只有排没有灌的现在，此一切又变得十分好懂了。

对东大排的追索告一段落，我们在150巷14弄口右转向象山，复行数步，右边较小的公园是三犁公园，左边一路之隔者为中强公园，两公园有不少河道遗迹留存着，中强公园西北角的各水路尤其如乱丝交缠难分辨。三犁公园由老公寓环绕，陷在一山脚凹处，地形倾斜呈山城状，有从象山披挂下来的山沟、有猫踪、有高人隐逸；中强公园是台北市唯一的平地树蛙保育区，位于公园东北角生长着野姜花的湿地，公园东侧步道旁侧的榕树不知何故生长得弯曲倾斜自成绿色隧道状，紧邻公园步道的山脊在冬春交际时有深红山樱散落，山脊上发现二战未爆弹的那个下午，我恰在中强公园踏查，吓死动保人了。

于我而言，中强公园的重点在西南角的那条干沟，干沟围绕在仿木材质的咖啡色塑胶栏杆后，早已断了源流，唯雨后能在沟底得些积水罢了。大部分的数据显示此沟是五分埔支线的遗留，然而以流向而言，它似乎更像松隆大排体系的水道，它沿中强公园西侧的黑板树绿荫北去，不久后入地下，成为每隔数步会有一水沟盖的水泥步道，不时亦有同样盖为水泥步道的小山沟打右方山脊汇流而来，步道终止处是三长庙，偶有酬神戏可观。三长庙约莫就坐落在松勤街河与松隆大排相接之处，松隆大排弯弯曲曲过中强公园北面，并由东北角有着树蛙塑像的小广场离开公园跨越信义路，与从基隆信义路口处分汴出来、一路东流在松勤街与信义路五段之间的瑠公圳五分埔支线交汇在信义路正中央。五分埔支线继续往东走，微斜东北途经蝴蝶埤（今之市立疗养院）、永春埤（今之松山家商）、中埤（今之瑠公中学），并分出一条支线虎林街，约莫走到南港福德街，止于中坡南路旁的忠孝东路五段790巷，靠近如今像是一片原始森林、都更案吵得沸沸扬扬的广慈博爱院；松隆大排则遽然转北，弯弯曲曲地流贯整个信义计划区。

在东大排接上松勇路的笔直大水沟、一路向北汇入松隆大排之后，似乎就此成为沿用至今的排水主干道，然而松隆大排原本的弯弯曲曲河道尚在，在一九七四年的空照图中，它蜿蜒在松勇路东侧，唯草木杂生不甚明显，但这是我较有兴趣去追索的河迹。老松隆大排流过"宝徕花园广场""冠德远见"等豪宅区，流经一片杂乱的回收场与洁白方正框着黑线的工寮，打从博爱小学的操场斜过，通过不久前荣登实价登录单价首位的"皇翔御琚"西面与北面豪宅区，在忠孝东路五段236巷与松高路交会的街区留下河迹，那栋茂联建设的粉红色楼房紧邻着停车场，两者之间区隔着一道后巷，芒果树成荫间杂着几株芭乐的后巷将粉红楼房背侧削平，后巷边侧尚有一条小得不得了、早非昔日河流的小水沟，那停车场似乎也因河道通过，而呈现西南工整、东北不规则的奇形怪状。

松隆大排继续蜿蜒北流，流贯台军"退辅会"旁的停车场，河的形状在过了忠孝东路五段后遽然浮现，先是永吉路120巷

中強公園內的三將廟，右側的步道即覆蓋的河流。

中强公园内的干沟,由仿木材质的咖啡色塑胶栏杆包围,是残留的河迹,大部份资料皆曰是五分埔支线遗迹。

来自象山浅麓山脊的小河汇入中强公园内的河流处。

口的信义区清洁队五分埔分队，工程围篱与围墙隔开的大片空地，往内部看去却似新近完工还未开放的公园，有石子步道有绿新新的草皮园圃。行过永吉路120巷后，河流始以一连串公园的模样出现，富生公园，富生二、富生三公园，以及分作两块的厚生广场，这五处公园彼此连接，形状各异，富生公园与二号公园较像是一般的社区小公园，从清洁队到富生公园此小小一方地面，竟密集坐落有吉安宫、万善堂、永吉福德宫三处香火；富生三公园是五处公园中最为狭挤的，简直就像是略为宽阔、绿化良好的人行道；由永吉路30巷18弄分隔成两块的厚生广场则以曲折步道——亦即河迹为中心的狭长绿地，河迹末了由全联福利中心旁入松隆路，正式展开它所以被称为松隆大排的一段长流。

松隆大排如本篇最前所述，先流向东北，后转东西向略略东南流，在五分埔成衣商圈旁与中坡北路汇流成三张犁截流沟，三张犁截流沟的加盖是近三五年的事了，如今是两侧马路中央、草木未丰的线形公园，能一睹其河面的，剩下公园末端近基隆河堤防处、宛若露天剧场白色半圆顶。三张犁截流沟水面广阔，那么大的水流，因汇集了台北市东南区的排水，水色绿浊不透，却也还不算臭——稍早我拦截当地人请教，说是"臭死了"是在地居民举双手双脚赞成截流沟加盖的主因。

"松隆路排水干线系统集水面积计1,018公顷，排水范围南起辛亥路，东至松山路，西以基隆路和光复南路为界，北迄纵贯铁路。其中山区集水面积约有470公顷，占本次排水系统集水面积的46%。本系统内主要排水干线有三张犁截流沟、西大排水沟和东大排水沟等，经信义路排水干线汇流后，沿着信义路五段转松仁路衔接松隆路排水主干线后，以六孔排水箱涵（2-□7.0m×4.8m, 2-□4.75m×4.55m及2-□4.5m×4.55m）穿越纵贯铁路，衔接24m/18m×7.6m梯形明沟排入基隆河。"如今南港玉成抽水站的简介这么告诉我们。

不过我们此刻立足中强公园，并不往北走这条路，只为信义计划区是我顶不爱行走的一段地面。信义计划区金融大楼与豪宅林立，遍植的树木多是也够多的了，可还未生长巨伟，加以各路口红绿灯皆耗时惊人（深受台北人喜爱甚至网络一度谣传其早上六点整会摔跤的"小绿人"行人红绿灯，一旦计时在百秒以上便不显示秒数，此现象在信义计划区非常普遍），错过一次便得在路口傻站老半天……种种理由，而主因仍是，信义计划区是硬生生长出来的东西，是人为规划的产物，少了人味，缺乏城市纹理，也许等待个三五十年能让它们自然生成吧！

我们沿着曾是河路的松勤街西去，走了一整下午，现在这么做着实不智，夕阳赤红而猛烈，扑打脸面教人睁不开眼。动保人电影人推唯有墨镜的我走在最前头挡光，笑称"这是三个人共用一副墨镜"。

松勤街与信义路五段间的地面，尽是新起的高楼豪宅，其中信义之星社区，便是西大排与神大排下游水路汇入松勤街处，豪宅中庭的步道特别标示了此为公地人人皆可通行，入秋的中庭有几株红叶可赏可拍照，我们尽一切所能将之拍得如林如漫山枫红状。此类豪宅间偶有突兀的空地，或停车场，或篮球场。"听说是台北市最贵的篮球场""还不是有钱人养地用的""至少养地归养地还肯拿出来造福大家算不错喽"，路边站个片刻，总能听到来往的小市民们大发愤懑之声。

过信义小学，就是四四南村。

四四南村兴建于一九四八年，是国民党退守台湾后的第一座眷村，当年居民皆是联勤第四十四兵工厂的厂工，不具军职身份，于一九九九年全数迁离，四四南村破败待拆。首先发现此眷村价值，并在保存案定调、其余学者纷纷退场后仍坚守四四南村至今的，是加拿大籍台北"荣誉市民"史康迪（Curtis Smith），在其奔走呼吁保存下，首先成功阻止信义小学南侧的十一公尺宽道路计划，又与叶乃齐、杨长镇成立"四四南村古迹促进联盟"向"文化局"递案，申请四四南村为古迹，全案于二〇〇一年拍板定案，四栋对称建筑列为历史建筑并保存，信义"公民"会馆与文化公园于两年后落成并开放，一切看来圆满落幕。

唯我并看不出圆满何在，四四南村离全区保存尚属遥远。四四南村可分为甲字号、乙字号、丙字号三区，其中庄敬路以西的甲字号早在一九八三年拆除，而在上述奔走协调期间，最东侧的丙字号也被拆除为信义小学操场，如今保存下来、被称为信义公民会馆的乙字号四栋建筑，只占原本的四四南村很小一部分。当年报纸上的那张照片是我永远记得的，被拆的四四南村丙字号断垣残壁间，长风衣与公事包（也许我记得的这造型与实情有所出入）的史康迪落寞垮坐着，作为背景的怪手张牙舞爪、不怀好意。

从当年的四四南村到如今的南港瓶盖工厂、北门三井旧仓库，最后的联勤眷村嘉禾新村，到我们实际参与、本以为已尘埃落定保存下来而今再度生变的蟾蜍山焕民新村，诸般古迹保存案例几乎完全走着相同模式，皆是市长公开宣示保存，紧接着进入实际保存划定范围作业时，往往只择其中三五栋建筑作历史建筑存留下来，其余一概拆毁用以开发。从我有记忆以来的台北市历届市长，政治倾向各异，此种古迹保留方式倒是一脉相承地完全不变，故我也不就市长个人挞伐以免陷入无聊的政治立场泥淖。

如此古迹保存方式，是市长们对"地景"概念一无所知所致，上述的这些老聚落之所以珍贵，除了构成聚落的建筑物，尚有整体的地景，地景是完整的历史风貌，是人与地相处的涓滴纪录，二者缺一不可。然而市长们对此并无所知，在精英阶层的他们心目中也从未真正觉得这些聚落可贵应当被保存，他们有粗浅的文化认知却无真正的人文关怀，不打心底重视那些古老、一去将不再复返的种种，对民间与文资团体的请愿，他们的想法是：好吧，既然你们喜欢这些破房子那留个三五栋给你们，你们也差不多该见好就收了吧？（勿道我小人之心度君子之腹。）

市长们必定想说，破房子留五十栋是留，留三栋也是留，那何不将那四十七栋充分利用，当作校地，或作公园，或辟为气派堂堂的十米道路……

四四南村是否为眷村保存的典范，我说到此为止。我们每每顶着夕阳而来，到四四南村时总是拍电影所说的 magic hour——"魔幻时刻"（我始终无以得知侯导怎会把此名词念作"没金凹"），我熟悉的四四南村便是浸泡在墨水蓝的天光下。临着庄敬路的公园部分是成排草坡，爬上草坡很有攀上眷村屋顶之感。保留下来的四栋建筑，墙上有着四四兵工厂厂徽，一个红色大圈圈里的四个小红圈，用红色叉叉区隔开。A栋是台北市"社会局"的"台北市信义亲子馆"；B栋是我们最熟悉最常逛的眷村文物中心，内部其中一面解说牌特别提到流过南村的大河沟（应是指五分埔支线）及更遥远处、被村中孩童当作探险目标的大埤塘（我猜是现为市立疗养院的蝴蝶埤）；C栋为总是热闹的但消费不俗的"好，丘"市集；D馆则是景新里里民活动中心，四栋建筑的中心广场每逢周末会有市集。干净漂亮，古朴质感太完美，完美得像是精心修饰而成，不少人说，四四南村今日风貌算是对得起史康迪，其人目睹南村繁荣，应该会心安满足了吧？但我不敢如此笃定，毕竟比之史康迪曾见过的四四南村，这四栋建筑只是极小的一部分，何况精致而昂贵的文创氛围，是否当真适合一个眷村予人的最后形象？

近些年听到史康迪，却是成了个照顾街犬街猫的爱爸，八只街犬、两只浪猫出没在四四南村附近，街犬是四四南村居民迁离后留下的，算算年纪非常大了。

魔幻时刻的台北一〇一大楼也非常魔幻，往往天色已然暗蓝，大楼却映着远方夕照而金澄辉煌，悬浮在淀淀的四四南村之上，两个世界的对照尤其成了游客最喜欢的取景角度。看着一〇一大楼，电影人与我罕见地起了争执，究竟一〇一大楼是什么颜色？我说是翠绿色（嘿嘿我有偷看一〇一大楼的设计理念是来自竹子），电影人坚持水蓝色，我俩相持不下找上动保人评理，动保人思索答以两方不得罪的"湖水绿"。

春去夏来，夏天是最无聊的季节，盛夏酷暑时节，我不得不打断踏查水圳的工作，在板南线忠孝复兴站与忠孝敦化站间的东区地下街来回走动，来回一趟二十分钟，一下午走上个十来趟，这就是现代都市人特有的运动方式了。

如此迟至初秋，我们重返象山山脚下的宁静老社区，一个夏天野草疯长，西大排边坡的瓷花豹渐渐给吞没，入秋后除草，竟只剩得一头花豹孤零零在蓄水池上，又几日，剩下的花豹也再没看见，我宁相信它们是有了灵性成了精，纵入山野过它们的逍遥日子去了。

吴兴街524巷16弄，神大排从山脚一个急转弯流入惠安里老社区处，转角几座红砖房，红砖褪色斑驳，古旧墙面繁衍起薜荔爬墙虎大至雀榕的寄生植物，缺憾是古朴质感的屋瓦已被换成铁皮顶，这样的小屋自非古迹，不是名门大厝，但总是百看不厌。这几栋红砖房没能活到二〇一五年，在二〇一四年底的某个冬日被夷平了，那堆陈尸一般的残砖迟至年中才被清运干净。

三百年前郭锡瑠目睹柴头埤淤积而发下宏愿修筑瑠公圳，

深山中的新旧两埤也因矿渣而消失，那三条小河，开垦先民赖其水源、殖民者测绘其地图、美军亦从轰炸机上俯瞰其貌，它们由山中野溪成为水圳又成为排水沟，如今在"绿化""亲水""社区再造"的关键字指导下又渐渐引人重视。

我们也还活在变迁之中，唯种种变迁未免无常，从初踏入动保处而与吴兴街底的老社区有了联系始，我们已经送往迎来了不知几代的街猫，也目送了瓷花豹还是红砖老房子，遂蓦地惊觉了，沧海与桑田，竟是正发生着的现在进行式，而我除了快快提笔记下这一切，似也别无他法。

黄金岁月

大安支线流贯过去的大湾庄（日据时改称大安庄），应是由此得名。如今此河前半段位在台大校园内，后半则流通过文湖线科技大楼站至大安站间的地面，流域不算特别宽广。虽是彻彻底底归属于瑠公圳水系，然其流向、流域与雾里薛水系的第一雾里薛支线的前半段非常接近，端从地图上看，其极相似的两者以一模一样的形状流过大安庄，相距至多百余公尺，第一雾里薛支线在西，河道弧度圆润；大安支线在东，河道较多棱角转折。正因为两者的灌溉范围如此相似，在历史上可能有过改道或合并。

　　于我，这条河代表着一段有过的黄金年岁。

　　大安支线在离焕民新村与基隆路圆环不远的罗斯福路四段123巷21弄与罗斯福路119巷口，自瑠公圳第一干线分出，曾有那么株大榕树傍着分水处的岸边，可惜此树已在二〇一五年夏天的苏迪勒台风中倒下，如今种植了瘦瘦小小的二代木。大安支线由这个路口向北通过罗斯福路派出所与民族中学之间，顺罗斯福路四段113巷行走至民族中学正门，二〇一五年十二月二十四日，"文化局"在此举行公听会，邀集居民、台科大、台大、军方、警方（蟾蜍山南麓、万盛街边那一连栋的警察单位）与殡葬处等所有涉及蟾蜍山范围内者，听取各方意见，以备明年初（实则就是几天后）文资会议审查、划定蟾蜍山文化景观的实际范围。公听会上，气氛堪称和谐但暗潮汹涌，从头到尾当透明人没意见的殡葬处、唯恐被划入文化景观而无法修缮因此反对的军方与警方（与会学者们立刻以使用中的古迹如地区领导人幕僚机构为例安抚之）、桌面上握手桌子底下互踹的台大与台科大、殷殷盼望保留但不悲情不狂暴的老居民们……这是蟾蜍山这一战的最后山头，翌年一月十三日，文资会议通过蟾蜍山全区保存，我们始终关注的焕民新村、有着大雷达的山头、军事与警政单位，全部划入文化景观。

大安支线流过民族中学，向东北流经台电公司台北区营业处与台北科技大学的国际大楼，由叠架着高架道路的基隆路通过，由造园馆旁进入台大校园，经台大农业试验场的农地西侧，从以复原意象为主的瑠公圳水源池与台大生命科学馆间的曲径过。

如今已是校园内道路的舟山路在瑠公圳水源池北侧成一桥，桥下即大安支线唯二的露头段之一。此河道水流不丰，大半时候是为干沟状态，沟底草叶茂盛，唯连日阴雨后方得些许水流。大安支线沿着水工试验所与森林系馆北上至图书馆前大草坪，其流向自此开始有争议，普遍说法是，大安支线直通通接上小椰林东侧、约莫是今日脚踏车道的水路，看过那条水路的校友动保人形容它"浅浅的，不太有水，反而比较像有点凹下去的花圃，感觉真要踩上去应该也没关系"；而水圳研究者如洪致文则相当驳斥此一说，认为小椰林是条排水沟，真正的大安支线要打森林系馆开始往西北，经化工系馆、电机一馆抵醉月湖边，再由醉月湖转东北经数学研究中心、女八舍离开台大校园，此一说有相当基础，是《瑠公水利组合图》中所标定的大安支线流向。

唯我稍感困惑的是，端看森林系馆旁的大安支线露头段流向，不免让人觉得直通通地衔接上小椰林道，远让往西北拐到醉月湖边要来得顺畅且可行，是否当水圳开始消亡、灌排不分之后，大安支线从灌溉用改作排水功能，遂直接利用了小椰林的排水道，教大安支线从此改道笔直北走，直到女八舍前才回归了旧河道？

大安支线出台大过辛亥路，起初流在和平东路二段96巷东侧，在辛亥路二段171巷6弄绕了个小小的转折进入96巷，那个转折处，就是大安支线第二次露头。此露头段挤在各方围墙包夹间，是171巷6弄与96巷口那栋二层楼高的白色二丁挂房拆除、改辟为简易绿地后才得浮现。如今这段河道就在绿地底部的木板墙后，构树由墙头探出，河边杂生芒草、姑婆芋与大叶雀榕，河的另一侧便是和平东路二段96巷35弄2号与4号的双拼公寓，这栋公寓的背面因河道而歪斜，临河的是一面红砖墙，墙上嵌着冷气机屁股与一扇封死的白门，门底河面不过三五公尺长，灰扑扑的河水堪称丰沛，比它在台大森林系馆旁的干沟要像是河流得多。打某年某月某日起，有热心人士在木板墙上贴了张护贝的标示，标示写着"瑠公圳"三个字，附上一个大大黑黑的箭头指向墙后河面，教这段河道易于发现也好亲近多了，这也是目前台北市众多标示着瑠公圳的河迹中，少数确实是瑠公圳的案例。

若路口白色二丁挂屋没拆，恐怕我是永无可能发现这段河道的，如此我难免怀疑，在我走踏过的无数河迹之中，是否也有不少类似的露头段藏在重重屋宅与围墙间狭处？人说蚂蚁是二维的生物，永远只能活动在平面上，我在找寻水圳时，亦深觉自己受困于二维，二维的地图、二维的地面，我老是认为，在能够长出一对翅膀飞上天之前，我是无法真正完成我的水圳踏查大业的。

大安支线的露头段对面，敦亲公园的西南角有一座小庙，是大安支线短短一途却流经的四座庙宇之一，找不到庙名的小庙看似寻常土地庙，实则名为地主阴公庙，属祭祀祖先的家庙性质，流向转折后的大安支线便从庙前流过，沿敦亲公园西侧向北走。敦亲公园北端的石碑，更像是三块不一的岩块，居中最大者题上"敦亲公园"四个金字，亦有热心者在旁补漆上"瑠公圳"三个白字，提醒了公园西侧那条道路的前身。

大安支线北行至和平东路118巷4弄口的大安圣母宫。此庙坐落在华盖似的榕树下，两侧艳红的灯笼墙相掩，庙本身建筑相当后退，藏在红蓝白三色塑胶帆布墙与铁皮浪板顶之后。大安支线就在庙前转向东北，纵贯下一条巷道和平东路118巷2弄，此巷值得细觑处，在于3号之2公寓旁应是仓库之类低矮建筑的墙根下，尚且存有大安支线的桥墩残迹，如今仿佛墙角下一团增生物的这一点点桥墩，通常是糊上层层水泥，包覆住下方架设通过的管线。

桥墩所在的这一带巷弄，翘首举目最能望见的高楼层建筑，就是米黄色、低楼层有着赭红横纹的科技大楼，是"科技部"与"资策会"设址处。大安支线由科技大楼旁的仓库进入，河道的形状借由仓库保留下来，于全家便利店出至和平东路上，细查便可发现本应使用和平东路二段96巷口东翰大厦一楼店面的全家便利商店，有一半是突出于大厦之外的，架在东翰大厦与科技大楼间的大安支线上。

大安支线过了和平东路乃为和平东路二段175巷，175巷是这一段和平东路数一数二的宽巷，向北直走后略偏西北，往第一雾里薛支线流去，两条河便是在此至为接近，尤以私立开平餐饮学校为最。瑞安街71巷（和平东路二段175巷过了瑞安街81巷后的北段延伸）上的打酱油咖啡店，本应是搭盖在河道上的简易建筑，在店主巧思经营下十分有质感，粗厚不平的木质外墙镶着一盏复古小灯，门口满植薄荷山苏的小花坛，透出屋内昏黄灯火，是我很喜欢的河上建筑。大安支线在此店处遽然转向东北，由开平餐饮学校的篮球场通过，第一雾里薛支线则以瑞安街之姿流过学校背侧，学校建筑成了两河分水岭。

大安支线直角绕过篮球场西北、东北两面，自学校外围的民宅车库斜越瑞安街61巷，打从复兴南路二段上成排的豆浆店店面穿出，约莫位置是"无名子清粥小菜"与"四海豆浆大王"处。隔着复兴南路二段大马路与其上文湖线高架轨道的，是复兴南路二段115、117与119号的军事机构将军宿舍，就我记忆所及，一直都是架着铁丝网的围墙深锁、巨木遮阴而难窥望的青瓦废屋，如今115号与117号已拆除建筑与外墙，整治为简易绿地，119号的建筑也在不久前拆掉，如今是围墙与重重深郁色树荫包围的一小丘废瓦砾。然而115、117与119号共同构成的街廓形状犹存，是一南端宽北端尖锐的春笋状，由大安支线与其分支的小给水路共同形塑成，春笋东侧的复兴南路二段111巷是小给水路，南侧清水宫前的歪斜小径是大安支线本身。

在通过119号背后，复兴南路二段111巷、111巷17弄、大安路二段132巷36弄所构成的那小巧繁复的路口后，大安支线由一榕树一玉兰树拱卫着的停车空地进入111巷17弄以北的公寓间，平直向东，于瑞安街23巷24弄后始转东北，至建安小学与大安中学，自大安中学操场与四维路154巷向北直入大安路二段3巷。大安路二段3巷与大安路二段53巷的丁字路口，两侧民宅尚有给河道削斜的外墙（如今东侧已拆）。大安路二段3巷此一斜往西北的小径，河边的老公寓陆续在更新重建中，如此走着走着会遇一上长排跨骑着榕树的古旧红砖墙，标示出昔日河岸的这条砖墙，在大安路二段3巷结束之后，

大安路二段3巷,位于信维市场旁,通往建安小学,是大安支线尾端的小给水路,也是舒国治记得的小河。

继续深入信维大楼后方的停车场,直到信维邮局的车道口并入大安路,由大安路口过信义路。

这条河,也就是舒国治提过的小河:"信维市场旁夜市,原是条小河;而这条小河,当年其旁的路虽是通建安小学的主径,实则更窄于此河。"如今信维市场因摊位闲置过多几成仓库,预计在二〇一六年歇业。信维市场所倚附的信维整建"国宅",与对面的信维大楼一般,屋龄皆在四十五年左右而破败得惊人,已在"都更"改建之列,外推的阳台与冷气机好像藤壶,看得人手痒真想得一双巨掌快意刮除之。

过了信义路的大安支线改行在大安路西侧,在大安信义路口造成一小块畸零地,此临着人行道的空地如今时常作为假日市集使用。大安支线是畸零地与世青圆形大厦之间的曲径,从大厦后侧的土地庙穿出,往后它愈形杳然,在《瑠公水利组合区域图》上归属于小给水路,由土地庙对面的仁慈公园往西北方流去,流贯仁爱路,直到文湖线忠孝复兴站,沿着巨伟如屏障的协大忠孝大厦,结束在安东街边的大安公园,离第一雾里薛支线与上埤非常接近。这片复兴南路东侧、信义路至忠孝东路的地面,仅剩的河迹是短短一段、由东丰街至复兴南路一段253巷的仁爱路四段8巷,与我们称为化野念佛寺的大安变电站空地偏斜的东缘,那个空地曾整齐放满似油漆桶似变电设备的小小方方之物,一尊尊好似京都化野念佛寺所供奉、已然风化如石砾的地藏像。

从二〇一五年二月十五日起,我们伫立在世青圆形大厦下方的大安支线河岸时，必定会抬起头，逐楼地向上数，数到十五楼的窗口，看看窗口是否亮起一盏灯火，是否有黑色的猫影一闪而过。因为便是从那天开始，大安支线的这一大段河岸，全都染上一层灰。

世青圆形大厦十五楼，是宣一妈妈的家。宣一妈妈，是我跟着阿朴喊的，有时亦直接简称"妈妈"，对那个家的男主人，则不是工整对仗地唤"宏志爸爸"，而是父从子名地喊"阿朴爸爸"。无论我愿不愿意承认，我的整个童年都是在那个家中、与他们一同度过的，阿朴是我唯一的童年玩伴，尽管从今日回望，会晓得我们友谊的顶点约莫就到小学中年级辄止。

那对我来说是一段黄金岁月，对他们大人来说，何尝不是。

世青圆形大厦算是那段黄金岁月的后半，前半段，且容我们先回到第二雾里薛支线边，金华街164巷上的那个旧家，那个有着小庭院的公寓一楼，临着庭院的大玻璃窗垂挂下帘幕般的绿鸭跖草。夏天里，宣一妈妈会在庭院里打起充气游泳池让我们两小戏水，尽管那个打满牛皮胶带补丁、无法充气到鼓胀的游泳池只够我们不旋身地泡水，是把两人在浴室浴缸的共浴（与一大堆恐龙玩具）原封不动搬至庭园而已。庭院里养过两只小番鸭，不知打哪儿弄来的，也不知长成后又哪里去了，因为小主人阿朴是标准的七龙珠世代，俩小鸭名叫"悟空""达尔"。

绿鸭跖草帘幕后的玻璃窗，总映着阿朴爸爸专注、侃侃而谈的侧影，每一日向晚，屋内灯火将临窗而坐的人们的身影落在悟空和达尔悠晃的庭前地上，影影绰绰的身影们是年轻的侯导，年轻的杨德昌，年轻的李安，年轻的焦雄屏、张大春、杨泽、舒国治、陈雨航、苏拾平、吴念真，年轻的动保人夫妇（竟比今日之我大不了几岁！），偶尔也有年轻的阿城，不常现身但如候鸟般定期来到的年轻的刘大任、年轻的张北海，仅见过一两次的年轻的龙应台……各自在电影圈、出版圈和文学圈有一席之地的这些人，却总能在此吸收新知，学得闻所未闻之事，认识新的有意思的人。

穿梭在这些人之间不太参与话题的宣一妈妈，端来的一盘盘并非是日后闻名圈内的拿手菜，比较多的是配话题用的薯片薯条之类零嘴。宣一妈妈偶尔坐下与动保人聊聊，不同于那厢知识分子们的谈宴，聊的是洞窟女人话题，也帮忙排解阿朴与我时不时爆发的纠纷，两个执拗小孩冲到面前满头是汗地抢着告状，口拙的巨婴我，永远争不过小小一只但超会说话的阿朴。

没有纠纷的时节，我们在聚会的圆桌下钻爬，在桌脚与各色人脚间编着我们那永无止境不会完结的鬼扯故事，圆桌上的话题，我们听不入耳，听进去了也不会懂。我们不会晓得彼时李安正踌躇着要如何踏出他电影的第一步；也不会晓得杨德昌正待突破他拍摄《牯岭街少年杀人事件》遭遇的困局；更不晓得陈雨航与苏拾平当时正筹划着将来的麦田出版社与城邦集团霸业；龙应台携安德烈兄弟加入聚会的那一晚，两小孩长在德国，不曾见过任何军事玩具如玩具枪玩具坦克塑胶士兵，乃至一头栽进那些阿朴与我早已玩到不再碰的玩具堆，疯玩到我俩看得瞠目结舌不免望向大人们求助，根本不会留心到那晚龙应台的盈面忧色，那是彼时她与她开始老去的双鱼座妈妈相处的种种（多年后的《目送》）……

于是我难免又想起奇士劳斯基那真实而残酷的点醒，父母最盛年美好的时候，小孩看不见，看见了也不知道；等小孩长大看见时，他只看到父母的衰颓，而对之充满了不耐烦。

宣一妈妈阿朴爸爸最盛年美好的时候，我们忙着共浴玩恐龙（时不时为了抢占远离水龙头放水口的浴缸头好位置而大打出手）；争夺攀登上盖在他家一隅儿童游乐区的溜滑梯的巅峰却只能无所事事蹲踞着；追当时还不译为迪士尼的狄斯耐动画或是各类机器人卡通（我最记得的是《魔神英雄传》）；我们着迷《五星战队大连者》而自创五色野鸡战队（好难听的名字）；我们一同耻笑《美少女战士》的人物造型与剧情，却也有为耻笑材料而不知不觉看了好多集；嗜奶如命的我们共同创制纯牛奶棒冰，等着牛奶在冻箱化为坚冰时怀抱种种幻想，激烈争执此梦幻新品的分配方式（与销售通路和专利注册），却是一尝才知牛奶冰咸得仿佛加了盐巴，失望得不得了；我们共打电动（当然都是他操作我旁观），以至当年土到不行的译作《太空战士》的《最终幻想》系列，是我如今戒光了一切电玩却唯一戒不掉也没打算要戒的，还有还有，我们一同统一天下的《三国志》第五代，统一天下的自创英主名叫"朴朴大王"；我们也同看日本漫画，以至于今日之我在动漫圈打滚多年，到头来发现自己最忘不了的仍是当时他介绍给我的《幽游白书》，与更后来些的《新世纪福音战士》……回头省视，生命中那短短几年养成的爱好，竟让我到今日还很不长进地遵奉着。

我记得，那个家有宣一妈妈阿朴爸爸替阿朴布置的超豪华玩具房兼卧房，但阿朴还是爱与父母同睡，以至那房常常由在他们家过夜的我接收，更是非常惭愧地，把我人生最后一次的尿床经验留给了宣一妈妈。

我还记得，那个家出了后门，经过各家檐影遮天而显得阴暗、偶尔会放着捕鼠笼的后院（于是乎我俩皆快步冲过），便到了从外头大街看去，中间隔了一户邻人、门牌号码跳了一号的王婆婆家。我们跟王婆婆学择菜和集邮，跟王舅舅学养鱼（那时真的好羡慕他那一大缸质感如琉璃的淡水鱼），跟王阿姨学女工和打毛线（尽管最后都在捣蛋，狂踩王阿姨的毛线球说是要把她的白毛衣变成黑毛衣），也许今日阿朴专精于织品的领域，便是那时启蒙的。

也有那一年，两位爸爸随侯导到欧洲参加鹿特丹影展与柏林影展，一去就是一个月，让两位袋鼠妈妈携我们俩小孩四处游荡，有宣一妈妈开车而能山上海边地跑，但我最记得的仍是台大校园，椰林大道可拾得连叶带鞘三米多长的大王椰子落叶，可容我们一人坐在叶鞘上，给另一人当人力车般拖着跑，玩到傍晚收工却还坚持要将此庞然巨物携入阿朴最爱的麦当劳，唯我不记得两位妈妈到末了是怎么说服我们放弃的，无非是，一人吸引小孩子极易分散的注意力，另一人忙藏妥那巨伟之叶，再双手一摊无奈表示树叶长脚跑掉或长翅膀飞走啰。

我记得的阿朴总是个老成小孩，懂得很多大人世界的奇奇怪怪之物，如某次美食家宣一妈妈的难得失手。那一日大人们外出用餐，留我们俩小孩在家，宣一妈妈好意留了两只超大鸡腿在烤箱，吩咐我俩饥饿时充食之，却是错调烤箱温度也忘调味，以至烤焦的鸡皮苦得不得了，鸡肉却生嫩滴血且没任何滋味……午餐泡汤的俩小孩自不甘心，决议以白布条与标语等全套抗争装备迎接大人们回家，并且制作了妈妈旗（废稿纸反面写上"妈妈"两大字）撕毁之（因阿朴抗议之余不失理智，唯恐焚毁旗会一并焚毁他家房子，故想出此改良方法）。宣一妈妈与动保人进门便见撕成两半的妈妈旗，又看头绑白布条举着"抗议鸡腿太生、抗议鸡腿太焦（这两句听来自相矛盾）、抗议鸡腿太苦、抗议鸡腿太嫩（夸赞？）"标语冲到跟前的两位小屁孩，该是又气又好笑吧？

一九九一年夏天，我的幼稚园无预警停业，适应新环境于我而言是个几乎无法克服的大问题，当时为了做阿朴的同学以此解决适应问题，遂只能选择离家遥遥且学费也远超当年我们经济能力的龙泉街蒙特梭利幼稚园。那是我们友谊的巅峰，我始终没适应那同学年龄参差、教学方式以放任幼生操作各种教具为特色（此皆蒙特梭利教学的重点）的幼稚园，一整年的时间，我专注在与阿朴的相处，以致他偶缺席总要茶不思饭不想无心教具，甚至得劳烦老师额外花心思地镇日陪伴，将杂志纸裁作长三角形、卷成独一无二的各色串珠，就是老师为了分散我注意力而教我的把戏。也因为那时的坚定友谊，意外造成蒙特梭利幼稚园的水痘大瘟疫，是我在阿朴染上水痘连日缺席后，再也忍不住地央请大人带我前往探望，却是缺乏防疫观念地挑了水痘痊愈前夕传染力到达巅峰之时，自身中标不提，连带将疫情带回幼稚园，小朋友们轮流发病不提，吓得从未发过水痘的年轻帅气的外籍英文老师失踪数周不见人。

更有那举办于健康幼稚园火烧车事故之后月余的幼稚园毕业旅行，同行的直升机家长以倍数暴增，其中也包括宣一妈妈与动保人，我们一同奔跑在石门水库绿草地的相片就是那次旅行留下的，并有一只两位妈妈费尽心力也没放上天遂此折翼报废的风筝。

搬至大安支线旁的世青圆形大厦后，我在宣一妈妈家的出入渐少，取而代之较多的记忆是詹氏旅行团。约莫两三年一出团的詹氏旅行团，阿朴爸爸导游，通些许日语又全不怕闹笑话的宣一妈妈通译，我们跑遍日本各偏乡名胜如藏王温泉，如盘梯高原的五色沼，如青森雪原中一个个温泉乡，如冬雪封山前夕的立山黑部，如金泽兼六园，是属于都市旅行派、至今已跑京都二十几三十次的我们一家不可能涉足之境。

詹氏旅行团尾声的北海道团，那是集合了四家人的有史以来最大出团，我们挥汗如雨地征服日本最北端火车站稚内站、日本最北端的岛屿利尻岛与礼文岛、北海道正中央的旭岳、薰衣草田绵延接天的富良野、运河与红砖仓库闻名的小樽……挥汗如雨，是因我们遇上北海道气象史几不曾见过的四十度以上大热浪，在当地缺乏任何消暑设备与抗暑经验下，是各团员人生中最接近热毙的经历（回台湾后说出来我们此趟去了"北赤道"），也是那一趟，有些惆怅的，大人们发现自己玩不动了，再无法像年轻时那样四处疯跑，而我们小孩子，兴趣不同了，专注的世界也大不一样。那时我们遂有感，这是我们最后一次跟着詹氏旅行团出游。

詹氏旅行团仍在继续，团员大不相同，由背着大包小包跋山涉水去觅偏远温泉乡，转作豪华邮轮假期，有侍者服侍如英国贵族的猎奇丛林之旅确也适合他们这些年所处的世界与他们自身年岁（当年阿朴爸爸豪勇誓言要前往珠穆朗玛峰基地营，吓死一票人），唯我仍偷偷记得的，阿朴爸爸约我的那趟未实践的加拉巴哥群岛之旅。

黄金岁月随詹氏旅行团终结，并非风云变色、惊天动地，仅仅只是，选择了不同的世界，自然而然淡掉罢了，在那之后，我对宣一妈妈家的记忆屈指可数。

中学学测，我被分配到的考场是师大附中，于是隔条街口的宣一妈妈家成了我中午的休息站，无须如其他考生留在考场由家长打着扇子苦读抱佛脚。那天宣一妈妈伴阿朴往远处某高中应考去了，留守考生休息站的阿朴爸爸也不管我只停留一个中午两小时不到，照样出了一桌子好菜款待，如同那些年我在他们家中的每一次到访。

高中时期，阿朴似有苦恼缠身，一改过往健谈而极其沉默，唯某次见了我一声轻笑："我终于等到这一天了。"指的是出生至今十来年始终瘦小的他，等到了能居高临下看我的这一天，殊不知我也好开心，我还真厌烦因为两人的体格差异老被当巨婴哪！那句话，是我们整个高中时代……不，中学以后至今唯一说过的一句。

我对宣一妈妈家的最后印象，便是几年前，彼时我大学毕业，刚刚开始跟着侯导边做边学，那一日收到宣一妈妈的简讯："×月×号要不要来我们家看猫吃饭"，宣一妈妈可能是一时忙得没加标点符号，或者低估了山东大呆的犯傻程度，她不会晓得动保人见此简讯，竟皱眉大不解："猫是很可爱啦但干吗要看它们吃饭啊？而且天天看猫吃饭早看到烦死了！"

看猫，看的是宣一妈妈的三只黑猫，同胎亲兄妹依卡与咪卡，刚收编不久还是半大猫的卡士柏。那是宣一妈妈看动保人这些年致力于这圈子而几乎搁下作家本业，决定以实际行动的领养来出一份动保之力，向动保人长期出钱出力合作、信用良好的动保团体"台湾认养地图"（动保圈"神雕侠侣"KT与Leaf）先后领养来的，宣一妈妈邀我们看猫，不无向我们展示她对动保尽力的成果，其实端看毛色光亮泛着蓝幽幽色泽的三只黑猫（黑色街猫因为长时间营养不良，毛皮往往会褪为铁锈色），我们也晓得宣一妈妈对它们仨的费尽心思。

其实那一天，我倒真是在看猫吃饭，三只黑猫，各有所爱与偏好，一爱嘣嘣脆脆的鲜虾（信维市场某一摊二百八十元一斤的活虾），一爱煮得软嫩的土鸡胸肉，一爱刚起锅还腾腾冒着热烟的清蒸竹笺鱼，一道道都让我想短下来品尝之（彼时仍在Leaf的猫中途公寓吃大锅饭的依卡咪卡之母真真，若是有知，会很开心子女们得此人孩都不一定能享有的待遇）。也因那天

寻找河神

吃饭，于我而言有些陌生，我想从中追寻些许我在圆桌下所听所见的那段黄金岁月痕迹，竟不可得。同桌的阿朴师大附中同学的父母们，不再是绿鸭跖草与大玻璃窗后影影绰绰的那些人，阿朴爸爸与他们的话题，围绕在美食，哪样食材要在哪个市场哪个摊商买，今日价格如何如何，怎生烹调后配上何等样的美酒，说到美酒，刚刚装潢过的世青圆形大厦十五楼的这间房，才新添了非常专业的酒窖呢。

彼时我不会想到，看猫吃饭那日，就是最后一次了。二〇一五年二月十五日起，我们选择终结的黄金岁月，至此却是由不得我们决定地真正结束了。北海道酷暑团后总说不会再出团的詹氏旅行团，也是至此才真实有所觉地，永远不再出团了。

二〇一五年二月十五日以后，我站在河岸水滨，仰头数到世青圆形大厦十五楼，那里大半时候亮着昏黄灯火，偶尔漆黑沉沉。我低头对河神细细叮嘱，夜阑人静之刻，不免替我好生安慰阿朴与阿朴爸爸吧！尽管我晓得，各自忙于事业的父子俩，其实也不常在那个家里，尤其身为服装设计团队总监的阿朴，现在过的是来往世界各地的空中飞人生活。

宣一妈妈最后的派对，在华山园区红砖六合院的西4栋举行（动保人夫与我难免又跟着山东大呆走了老半天冤枉路，猛找C4栋不着）。我们赶在派对前入场，（不慎插了队地）与阿朴和阿朴爸爸致意后便离开，因我们不知如何与他们这些年的世界相处，那充斥着现场大老板团、名流团、贵妇团，太陌生了，唯有Leaf赶着缝制成、托我们带至现场的三只黑猫布偶，错落排列在鲜花之前，台上大幅布幕中的宣一妈妈，目光款款注视着仨黑猫，仍是我熟悉的她的眼神她的笑容。

我与阿朴招呼，两个人忽地幼儿化地，缩起脑袋，促狭地笑笑，怯怯摆手；与阿朴爸爸，这是我第一次与他拥抱，甚至是，第一次与他碰触。亚斯伯格的我，对与人肢体接触向来畏惧而敌意，不识相问路人的轻戳肩膀都会让我暴跳如雷，我从不晓得，与人的拥抱是可以如此自然而温暖。

就是那一刻，我相信我们都想起了那段黄金岁月。

大河

一条城市里的河流，可以是什么模样？

日本桥，是日本东京都的道路元标，即日本道路网起点，是跨越日本桥川（好奇怪的河以桥为名）的石造二连拱桥，为一九一一年建成的第十九代日本桥，彼时日本正大力西化，这座桥的设计风格宛若跨越在呼之欲出的欧洲某城市某河川上。日本桥川，水源来自上游神田川，下游汇入隅田川。桥栏上、灯柱下背对背踞坐的麒麟青铜像，浑然的西洋风格，体格修长，鳞片下肌肉虬结，角牙锐利，配以一对蝠翼，看着几分像西洋龙、几分像巴黎圣母院石像鬼。我随电影人一同俯身挂下石桥栏，看着拍打典雅桥墩的日本桥川河水，河水墨绿不透，但不脏不臭，无一丝半点油膜浮泡，漂满近岸边河面的不是垃圾，而是吹雪的樱花瓣，淡淡粉红花配以墨绿河水，此种配色法在人工环境中简直不能入眼，在自然景物里却是太风雅得可耻。河面上渡船来来去去，渡船头就在不远处的石阶走下去，那儿长年有着一摊联署,要求拆除一九六四年为了东京奥运而建设在日本桥与日本桥川之上,使之长年不见天日的首都高速道路,高速道路压迫得河流与古桥上方空间狭挤局促。

道顿堀川,流通在繁华的大阪市中心,此运河两岸多剧场餐厅。大阪的店招向来走夸张风格,河鲀料理就要挂一尾纸糊大河鲀在店门口,牛丼店也要挂一头大牛在门外,更别说出名的金龙拉面有一蟠龙捧着面碗弯弯绕绕在其屋顶上。唯独这些店招一反日人的精致美学,做工大多粗糙,就这么突出悬浮于道顿堀川上,下方的道顿堀川河面,白昼里难免有些脏臭,河面少许垃圾浮泡而非日本桥川那随水的樱花瓣,夜晚的道顿堀川则繁华,不见彼些粗怪店招,唯是各色霓虹灯影给拉得长长的落在邃黑河面上,水光粼粼间的艳色倒影有种鬼魅气息,其中自然有那超级土也超级有名的固力果招牌(如今已更换至第六代),质感欠佳的蓝色跑道上,笑得憨傻的固力果跑者迎面展臂奔来。

另外当然还有与道顿堀川齐名的韩国首尔清溪川,至今我还只能从他人的旅游照片一睹其貌。如道顿堀川,清溪川亦横越首尔市中心,夜晚可映两岸霓虹灯彩,然而比之道顿堀川,似乎更洁净更可亲近,水岸植柳,并有鱼虾等自然生态。这样的清溪川,其实历经过我们都已非常熟悉的都市河流的死亡过程,污染脏臭、为人嫌恶,进而加盖成暗渠,有高架道路从上通过……唯清溪川有幸得以重生,从本世纪初开始整治,拆除高架道路,并打开箱涵挖出河道,美化河岸,引汉江河水灌流,方使清溪川有今日之貌，虽然此整治法也引来批评，指出本为人工水道的清溪川，不应硬生生将其作自然生态方面整治，如今为苦苦维护此本就不属于清溪川的自然生态，年年耗费甚巨。

另有香港旧机场启德机场北面的启德河优化工程，以清溪川为师法对象，积极改善水质与绿化河岸，预计此些年间完工，到时应能成为又一城市河流之典范。

回到我们的城市，我们的城市中也有这么一条河流，这条河流贯台北市中部，比之灌溉的水圳，它着实称得上是一条大河，因它的排水性质所致。我们说灌排分离，灌溉的水圳往往偏小而急湍，即便瑠公圳这样的大圳，规模都不如我们想象，因灌溉之水要减少蒸发；排水的大排则无蒸发顾虑，又因要广纳四方之水，与水圳相较，河道便显得低阔宽广。

这条大河早已加盖为路面，如今在下游段有部分打开箱涵重见天日，但臭水沟味四溢而难接近。化为道路的这条大河称作新生南路与新生北路，很多人看到这里便要迫不及待地说了，就是瑠公圳对吧？

新生南北路不是瑠公圳。

新生南北路不是瑠公圳。

新生南北路不是瑠公圳。

因为很重要所以要说三次。

其实说了又何止三次？

近年来选举，逐渐抬头的水圳文化很容易被拿上台面讨论，二〇一四年台北市长选举亦不意外，某候选人主张，新生高架桥已近使用年限，应当拆除了地下化，此政见立刻引起对手阵营讥笑，笑说新生高架桥地下是瑠公圳啊！地下化了难道是要给水上摩托车使用？

对此我不免失笑，可真是五十步笑百步！

水圳研究者一讲再讲、说破了嘴皮的（端看上述人们的理解，便知宣传成效不彰），就是新生南北路下方的那条大河，是日据时代修筑的"堀川"，又名"特一号排水沟"，一并规划的还有路中央也是排水沟的特二号道路，日人并未修筑，反倒是光复后由官方根据日人的设计挖凿而成，即今之承德路，唯筑成后便立即加盖地下化，没留给人太多河流的印象。另外特三号排水沟，是官方将天然溪流无尾港溪疏浚拉直而成，如今加盖为三元街与西藏路。

且说说特一号排水沟，这条假瑠公圳，它起自新生南路台大校门口，自此笔直北上，一度流向转往西北，就是在光华商场处、新生北路与松江路之交，也是在这一处，是特一号排水沟唯一短暂偏离新生南北路的所在，特一号排水沟东偏至北科大后侧，与上埤西端汇流，由光华邮局与玉市之间的新生北路一段5巷回到新生北路上，此后沿着新生北路直入基隆河。此"瑠公圳"最为人津津乐道的便是河岸美景，沿岸种植垂柳，就因垂柳夹道的风光太过出名，又大部分人会将郭锡瑠的"瑠"误读为"ㄌㄧㄡˇ"（音柳）而非"ㄌㄧㄡˋ"（音瑠），包括我包括动保人包括许多我曾访问过瑠公圳记忆的台北市民们，都曾只闻其音地误会这条河名叫"柳公圳"。

寻找河神

舒国治这么记叙"瑠公圳"的:"新生南路由头至尾,计有石栏矮桥十多座,桥形细小——一如当年动物园大门及台大校门,尽皆是台北最宜的尺寸——座座平行于绿柳红鹃飘摇的瑠公圳河道上。在这一桥上,见相邻那一桥上市女中学子鱼贯而过,兼有三轮车、脚踏车、公车缓缓平行而移,说不出地怡然成致。"当然,那仅限于河岸美景,当时的"瑠公圳"已是极其脏污的大排水沟,沟中杂草丛生,沟底污水堵塞缓流,如舒国治另提起的一桩"瑠公圳"趣闻,一位同学的哥哥走在河边,给停下来的汽车一开车门拍落到河里,"落水人身沾污泥、口含恶水,刹那间心中也只感莫名荒谬"。

一九七〇年,那时已是"瑠公圳"加盖填埋之前夕,初入台大哲学系的郑同学等三个小毛头,走过"瑠公圳"上的小桥,来到台大对面的全成冰果室,怯怯去见大学论坛社的社长李同学与总编辑钱同学,后来改名台一冰品的全成冰果室,当时给钱同学当作《大学论坛》的编辑室使用,今日店内仍有几帧老照片,黑白照中的全成冰果室店门口,小桥流水的景象,"瑠公圳"在桥下潺潺流过。真正的瑠公圳,在学生们住过的蟾蜍山下万盛街的那条河,反倒被他们误以为是"瑠公圳"的支流。

"车过瑠公圳,两岸杨柳倒是盛得足可覆盖住日益滞流的污水,迎面一辆三轮车缓缓而过,车上两个并肩依依含笑的女孩,一着湖绿色的旗袍,一是紧身上衣黑白花的大圆裙,裙摆迎风荡出车外,大概又是什么系什么名目地在新生社办舞会吧!"这是动保人对"瑠公圳"的想象,说是想象,因她在台

大河

大的那些年,"瑠公圳"加盖已将近十年,要如何想象,无非也就是我现下所做的,从前人的记忆与记录中挖掘吧!

还有震动社会的瑠公圳分尸案,发生于一九六一年二月,四名兵工学校(军事部门联合后勤学校前身,当时位于龙门里的新生南路三段上)学生于台大旁的特一号排水沟水闸发现一搁浅包裹,与路过员警合力打捞上包裹,才知包裹中竟是女尸的部分身躯!当时此命案震动社会,媒体报刊天天紧追着报道,因此造成时至今日还十分常见的媒体公审、未审先判,根据曾载运过包裹的三轮车车夫陈述的地缘与包裹内的狗毛(当时能养狗者非富即贵),即宣布"破案",说凶手是当时官拜"空军少将"抗战王牌飞行员柳哲生,说柳哲生夫妇唆使家中雇佣杀人分尸。此谣传伤害柳家甚大,甚至直接迫使柳哲生退役而仕途为之中断,转行卖冰为日后的百乐冰品。也因为命案弃尸于"瑠公圳"之故,发生于台北市的本案是由当时的台北县警方侦办。

河水尚在的那个年代,河畔的那所学校也是台湾首学,而非今日高中化的学店。那时的校园,栀子花开的季节,校园里一片浸在一大池水溶溶的金液里的金黄色,考完物理系毕业考的李飞云和陈锡麟,躺在文学院前润绿的朝鲜草坪上,小弟盛世杰加入他们,陈锡麟与盛世杰,他们谈论的是出外留学,成为物理学家、成为大科学家,李飞云却只能想着多兼几份家教,多积几分钱,燕翼下个月就要生孩子了,一切就只因为那晚的月光实在太美了……

新生北路与南京东路的特一号大排，名气最为响亮的"瑠公圳"。

新生高架桥下的特一号排水沟。

台大旁的"瑠公圳"是这条河的精华段，当它离开台大往北，经过龙安小学，经过当年以美援金钱铺设的新生南路，"瑠公圳"将路分作两边，水清而湍急，今日有着四条陆桥环绕的新生南路与和平东路十字路口，岸边石墩，是夏日傍晚附近居民踢踏着木屐纳凉的好去处，低于路面的青草地有当年还不是污浊沟水的河水滋养，有鲜美如茼蒿的鹅草，水边的牧童与他的大鹅是青田街7巷6号的亮轩与"嗯杠杠"，那头以叫声为名的大鹅，多年俨然已成青田街马家一分子而仿佛有了免死金牌不再是家畜，却仍在多年后，给迫于生计的主人家抱去了"挂炉"，那个年代在路边为人家代杀代烤家禽、只收取下水为费用的大烤炉。

过十字路口，"瑠公圳"来到台北的宗教之路，此段河岸边有我会回头一看再看的清真寺，在马家亮轩的记忆中，清真寺门前是横跨河面的木板桥，桥对面如今的大安森林公园范围内是个煤球场。有动保人夫俦称大学研究生去找过资料的圣家堂，自然也有那敢对大安森林公园观音像泼粪却不敢到隔壁寺闹事的灵粮堂。在新生南路与信义路交叉口，大安森林公园西北角上，是舒国治幼年时的"外婆桥"大安桥："过了大安桥，便进入东门町，市容一步步繁盛起来。小孩时坐三轮车去公馆的山上（蟾蜍山）看'外婆'（实为我姊姊她干妈的妈妈），心中想的'摇摇摇，摇到外婆桥'便是这'大安桥'。三轮车一路摇去，而新生南路一路上矮桥处处，河景悠然，好一个浅淡静谧的童年台北。"

"瑠公圳"离开大安桥后、抵新生北路以前,在还不见"瑠公圳"踪迹的日据初期台湾堡图中,此地似有一不算小的埤塘,南北纵向呈狭长状,地图上亦有"埤头"之地名,唯任何史料皆不见关于此埤之记载,或许"瑠公圳"之开凿是借用了其水道,毕竟这一无名埤塘北端与上埤相连处,形状与我前述的、"瑠公圳"唯一偏离新生南北路之处相符,此地即今日之光华商圈,过去尚且没有3C产品、光华商场还是二手货旧书中心时,动保人夫在此挖台银出版之经济学名著翻译丛书(那套书至今仍破破烂烂地在书架上),以之认识外在世界;动保人挖党外杂志和禁书,认识眷村与客家庄之外的台湾。不少他们的同代人,则借由挖旧书认识异性的身体——那些国外的成人杂志或黄色书刊!

当年的台北工专北侧至纵贯铁路间,是不很算得上夜市的学校周遭平价小吃街,那时剧社练习结束的电影人老妈常常和同学来此。如今工专已是台北科技大学,小吃街成了精通古玩的友人小费口中"含金量很低"的玉市,纵贯铁路地下化后潜入市民大道之下,跨越铁路的光华桥因此失去功能而拆除,连带使倚附陆桥而生的老光华商场消失,新光华商场是矗立在河边的崭新大楼,它与三创园区之间的第二雾里薛支线,自仁爱路以北即紧紧平行"瑠公圳",第二雾里薛支线有人归类于雾里薛水系(我是这类人)、有人归类于瑠公圳水系,完全是从哪个时间点切入的问题(雾里薛圳并入瑠公圳之前或之后),但也因它存在于不远之处,在较不精确的叠图中会与"瑠公圳"

特一号排水沟入基隆河处，不巧的是红艳的铁桥正在整修，难以遥望基隆河对岸的圆山大饭店。

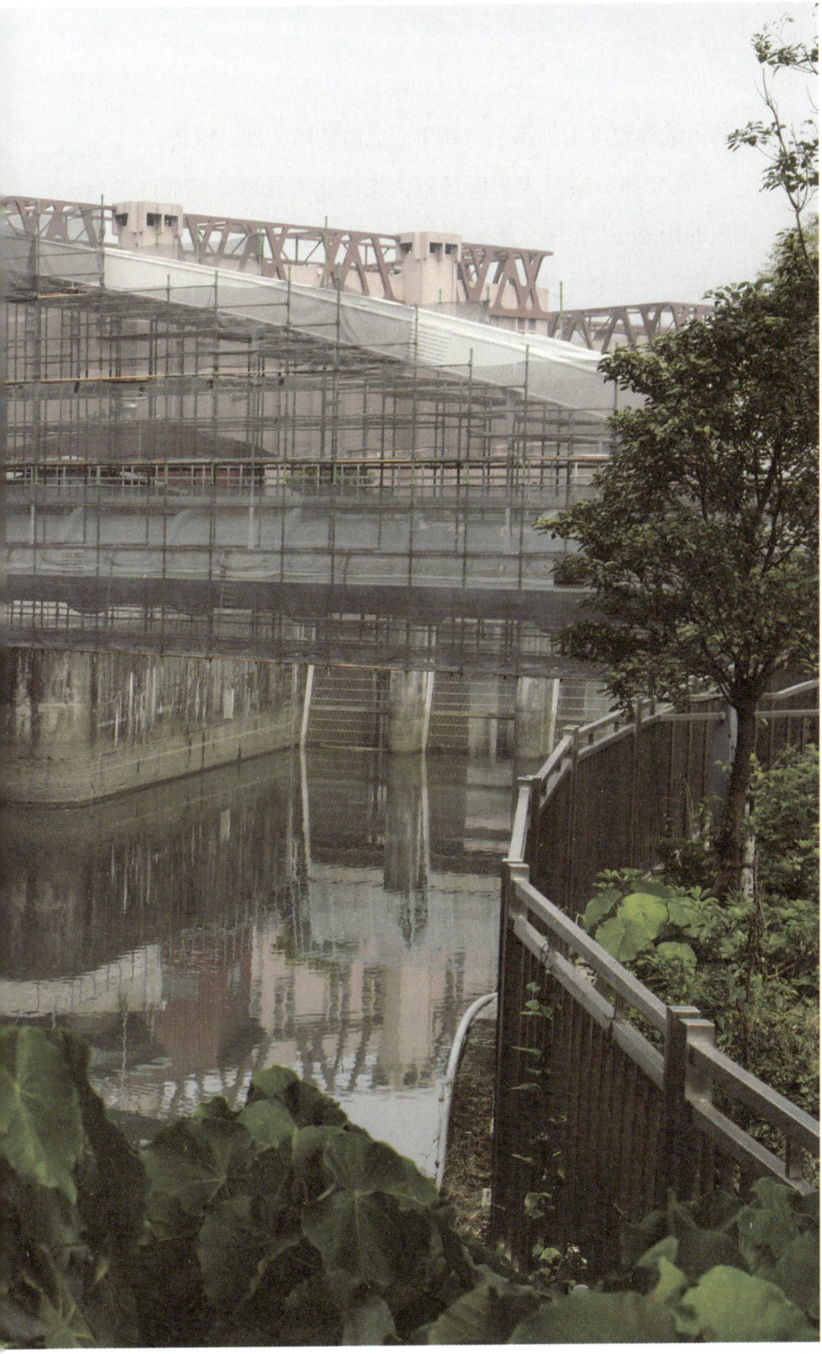

混淆，某种程度上加深了"新生南北路的瑠公圳"讹传。

"瑠公圳"通过光华商场后，往西北大转弯，造成许多台北人的困惑："为什么新生南路与新生北路不相连，但与松江路相连？"是新生南北路随"瑠公圳"修筑之故，新生南北路在日据时代称作"堀川通"，并非独特地名，在日本，几乎每一座城市中都有一条堀川通，堀川通或可理解为"沿着人工水道修筑的道路"之通称。"瑠公圳"的这个大转弯，通过林森抽水站——此类抽水站在往后的河岸边仍多，通过鲜有人知的大竹围埤，往三板桥去，途经板桥林家与日本东急集团合资、如今也已成为老台北人记忆的永琦百货，经康乐里日人公墓、极乐殡仪馆与舒兰河火葬场这一殡葬业集合地带，由此去的"瑠公圳"不似它在新生南路的部分，蕴藏了那么多的美景与人们记忆，逐渐是个为人们不爱之物，将城市的屁股对着它，这种状况往北尤甚，大河当年孤独流过的荒凉土地，至今也还是修车厂聚集的难以行脚之地——时不时由车棚突出至人行道上的车屁股、修车厂员工稍一不慎就会喷上行人之身的洗车泡沫、地面横流的洗车水、空气中飘浮的各种化学溶剂味儿……

在新生北路与锦州街口的河岸边，动保人与我的凶宅警铃大作，河左岸那栋锦州桥拦腰而过的旧大楼，是过去的时代大饭店，今已改名为锦新大楼，两度火警死伤数十人，并有跳楼女子压死楼底卖肉粽的小贩却自身无伤……我们总记得这些灾难与死亡的记忆，这是我在前文提及过的，"刷一层灰"，一旦发生过便再也忘不了，是种自寻烦恼甚至相当折腾自己的禀赋，在一般人口中约莫就直称为"神经质"了，有谁会如我们这般，好端端在路上走着，脑中唰唰飞掠过千百种死法呢？对时代大饭店的死难记忆，动保人曾如此记述："起初他觉得自己简直倒霉极了，而且也很恐怖，他们的老婆连清明节都不去给他们上坟了，而自己像他们的众儿孙似的，天天向他们有礼地致哀默祷，可是几年下来，事情发展得仿佛变成这样：他看到满满一幢楼的每一个窗口皆挤满了人，他们既悲伤又快乐甚至有人吹着尖亮的口哨向他猛招手，彩带、七彩色纸飞满天空，正像是一艘大邮轮即将开航时道别的场面，令他心情每每为之起落不已。"此预知死亡的本领给动保人夫、编剧、电影人三位踏实的土象星座者讪笑得一无是处，但也给了我们踏查时的不同体悟，一张隐然成形的死亡地图，与水圳地图、摘果地图一块儿，藏在众目皆能见的现代台北地图中。

修车厂区域连绵直到民族东路以北，便是新生公园之地界，这一欧式花园风格的公园，二〇一〇年的花卉博览会后，成为花博公园的一部分，当年最热门的梦想馆在此园区内，天亮前即可见排队进馆的人龙，新生公园一口气挤进这么多人，是我这辈子仅仅见过的一次，"花博"已然久远的今日，新生公园再复人迹寥寥状，唯有阳光满盈花圃的午后时光，有牵孙散步的老人家，与一台老式收音机陪伴着慢跑的附近居民。公园西北角是滨江街起点，也是"瑠公圳"入河处。蓝色隔音墙的新生高架路与新生建国抽水站之间，低下的河面腐臭污绿，几不见流动而如一池静水，不远处的水门与红艳的铁桥衬着蓝天倒影于水，"瑠公圳"所注入的基隆河面并看不见，带着无数台北人记忆的一条大河，便止于此了。

"瑠公圳"之讹传，另如早期的台北市政府出版品，台大校门旁侧由文献会所立的"瑠公圳原址"石碑，乃至谷歌地图中的新生公园滨江街、特一号排水沟入基隆河处都标示着"瑠公圳"字样……这些年间，特一号排水沟的正名呼吁初见成效，至少在学界，已少有人再将之误称瑠公圳，但在市民们的认知里，"新生南北路的瑠公圳"仍根深蒂固，光就是我为了全成冰果室的回忆去请益已是钱老师的钱同学，钱老师开口也是："你知道冰果室门前的瑠公圳……"

前一阵子，台北市政府考虑复原瑠公圳，要挖掘出土的河段选定台大前门，给水圳前辈洪致文撰文指正后，改口说是"复原瑠公圳的意象"，唯水源另觅，"挖掘出来的明渠可能命名为瑠公圳"，若是如此，则与特一号排水沟／堀川无甚大关系，与郭锡瑠、郭元芬父子的瑠公圳更没瓜葛，可以算是一条新河、一条给命名为瑠公圳的新一代大河。

特一号排水沟的正名屡战屡败之余，又逢新版瑠公圳的新闻，有时我难免会想，是否就让它积非成是了呢？作为一条城市中的大河，特一号排水沟当之无愧，老台北人听闻瑠公圳即对它津津乐道；新台北人思索着如何活化河流、与河流共生，头一个想到的也是它。是一代一代台北人心目中与记忆中的真正瑠公圳，我们的记忆之河，我们的大河，我想特一号排水沟，确也够格被称作瑠公圳了。

小河们

这些年我所结识的大小不一的台北市河神们,大河如新生南北路的特一号排水沟,中河如瑠公圳、雾里薛圳或上埤,这些大河中河之外,在《瑠公水利组合区域图》上,有许多以红色虚线标示的小河,这些小河统称为"小给水路",大多是中河们的支脉,交织成绵密的灌溉网络。小河们大多无名,比大河中河更不容易为人记得,但不少小河在如今城市地面留下的痕迹,比大河中河还要清晰,我想为这些小河一一作传,一一纪念之。

前文中已提及过部分的小河,如舒兰河,这条小河因格外不同的际遇而独立成篇,另外如象山脚下、吴兴街底的小给水路,与东大排、西大排或神大排这些水路相连或者交汇,也已率先提及。

唯独这些小河,我对它们的流向无法掌握得如同大河们或中河们那么清晰,部分小河是大河的分支或者下游,流向顺着大河而走而较易理解，但亦有彼此交织成密布河网的小河们（这个情形在灌溉密集的大安庄最是明显），这时我就难以判断其上下游了，从何而来、往哪里去。故而本篇我对小河们的记叙，一概以我追索的步调为先后，可能是逆流上溯，也可能是顺水而下，在此必须特别说明。

大安支线在基隆路上的造园馆处进入台大校园，此处分出一条小河沿基隆路往东北，不到基隆路三段155巷口便止，河岸侧是台大农场，铁栅外墙蔓爬着山药与小花蔓泽兰两种相似又截然不同的心形叶，园中树苗俨然成林，雾绿一片。

台大校园的瑠公圳水源池处分支的大安支线支流小河，此河平行我称为成功"国宅"河的上埤的支流。它在离开台大校园之际，于辛亥路上分支，一走在复兴南路二段337巷6弄，这条巷弄紧邻着市图书馆道藩分馆与台北教育大学的温水游泳池和大礼堂，铺设了行人地砖而十分可亲，红砖大礼堂亦有质感，偏就是温水游泳池溢出氯臭弥漫整条巷。此河转入北教大，经北师美术馆与北教大图书馆后转出校园，为和平东路二段311巷，向北深入成功"国宅"区，巷底河尽处是成功"国宅"邮局，成功"国宅"高耸而连栋矗立简直像是桂林山水。一走和平小学预定地内，经大安运动中心北侧，那里曾有早期夜店"Whisky A Go Go"，砂岩般粗糙外墙的橘黄方正建筑立于荒地中央，我幼时曾随大人去探班徐小明导演、侯导监制的《少年吔，安啦！》拍摄现场，那天高捷牵着他的大麦町（彼时我只在迪士尼动画中见过该犬种）上戏，那场他给枪杀在停车场唯日后剪掉的戏，我记得大人们好紧张地反复告诉我他只是演戏不是真的死掉了喔！我只是很羡慕他可以诈死之余偷吃我最爱的番茄酱假血浆（日后才知拍电影的假血浆并非用番茄酱，而是另一款我也很爱的川贝枇杷膏）。小河就在 Whisky A Go Go 一带再次分为卧龙街 56 巷与敦南街两条河，卧龙街 56 巷是豪宅"敦藏"旁的小径，短短几步路通往听说国泰金控信仰祭拜的、听说十分灵验的土地公庙福安宫；敦南街小河则北流至卧龙街口，在那紧邻着人行道仿佛给从中剖半的红砖房向西转进和平东路二段 136 巷，这条几乎是北教大校园一部分的小巷，一旁停车场的铁网墙爬满薜荔，樟树与木质电线杆斜倚其上，也给薜荔爬得毛茸茸的，巷中红砖建筑，巷中两株尤加利树与对面墙内芒果树相望，小河出了此巷过和平东路，是沿着成功"国宅"区南缘的四维路 228 巷。

和平东路二段 118 巷 6 弄的小河，是大安支线的分支，它的地势明显低于和平东路二段 96 巷的大安支线，河口生着一株大芒果树。自大安支线分出后始往东流，至和平公园西北隅转北，与科技大楼西侧的大安支线遥遥相对，这条河通过的是科技大楼东侧，在科技大楼东半较低矮的资讯科学展示中心与邻近的铁皮屋间，那道倚停着机车的白墙就是小河过处。此河通过和平东路二段后走几不可见的和平东路二段 219 巷，在 219 巷与和平东路二段 175 巷 5 弄口忽地转仄往西，最终刻画出和平东路二段 107 巷 23 弄 11 号公寓背侧的地基形状。

和平东路二段 219 巷在通过和平东路二段 175 巷 5 弄后，

顿时宽阔，此处起尚有另一河，与前述之河接近但应未相交。它流过曾是军事机构旧宿舍区的科技大楼站自行车停车场，经龙阵一号公园，于复兴南路二段160巷东转，过复兴南路后，先后与大安支线和第一雾里薛支线交集。已拆除为绿地的复兴南路二段115号、117号将军宿舍，我曾形容过那是个形状仿佛春笋的街廓，街廓南侧的清水宫小径是大安支线，东侧斜向带点弧形的复兴南路二段111巷就是这条小河。

大安支线在大安路二段3巷与四维路124巷口开枝散叶，除却顺着大安路二段3巷继续北流往信维市场与世青圆形大厦者，此外共有三条小河，一条往西流经大安路二段88号与86号大楼后侧带状的台北好好看绿地，尾端至信义路四段30巷笔直往北，无论好好看绿地还是30巷，两侧房屋皆非寻常平房，仍有眷村遗风。两条往东并行四维路124巷的小河，其一随即北转信义路四段74巷通过中华电信软件大楼，曾向西通过敦化南路，是为敦化南路一段335巷，复又回到敦化南路西侧，以四维路44巷为尽末；另一斜斜离开124巷后，作为中华电信研究院停车场之东缘，此河在四维路101巷上再度二分，偏北者短，在信义路四段与文昌街一带告终，敦化南路二段37巷及与它垂直、通往敦化南路二段11巷的三十米无名巷弄（近来才编码为敦化南路二段37巷3弄）是河迹；偏南者则极其源远流长，分支者众，它向东向南流往上埤的上游几条溪流，与上埤交缠难分，在我寻找上埤的初期予我极大困扰与混淆，彼此相连的敦化南路二段37巷2弄与55巷，居安公园东侧停车场的斜边（近几年因盖起高楼而消失），敦化南路二段63巷54弄，通安街44巷，部分的乐利路5巷，部分的安和路二段171巷与乐利路11巷，和平东路三段89巷，全是它铭刻在地面的痕迹。

芳兰路的瑠公圳第一干线，在基隆路三段155巷分出小河，芳兰路另一侧之155巷路边，上有干净如野溪的露天沟渠。小河沿着台大动物科学技术系猪味浓重的畜舍往西北至基隆路，在那设备系统先进与人类医院无异、唯挂号后往往要花去整天候诊的台大动物医院转往东北，至太子学舍的长兴舍区。

卧龙街151巷（瑠公圳第一干线）以东的卧龙街，是瑠公圳分支的小河，沿着福州山北麓蜿蜒，路边一堵水泥墙挡住福州山上几乎要倾泻到路面的绿意，从福州山公园蜿蜒的登山步道，则可俯视山脚下小河的全貌。小河直抵和平东路三段，途中并有一分支和平东路三段308巷15弄，自海巡署人员研习中心分出，经黎孝公园流入安居市场所在的安居街9巷。

吴兴街有着瑠公圳分支的小河，且不算宽的吴兴街上，似乎有不止一条小河并行着，它们一是来自基隆路二段吴兴街口的"车层汴"，约止于吴兴街225巷口，台北医学大学附设医院北端角上；一是早先自信安街瑠公圳第一干线分出的小河，与吴兴街106巷的上埤支流相连，许是因为从一条小河流经转作两河并行，吴兴街自106巷口起（约是OK便利商店前方），路面骤然一宽。

与信安街瑠公圳第一干线相连的小河，走在信安街81巷与103巷，沿着六张犁山脉末端的小山麓，途中是红砖老屋与电梯别墅混杂的奇怪社区，从紧邻的两个小庙福兴宫与东兴宫前进入台北医学大学后方的老社区，途中曾一分为二过，往柴头埤遗址的吴兴街284巷去，在吴兴街口分支，一走吴兴街并分支出吴兴街260巷，末了汇流吴兴街106巷排水路；一向东与东大排交汇（美军轰炸地图上认定为东大排下游的小给水路便是这一条），流入松勤街小给水路，途中也曾与西大排及神大排汇流的小给水路穿插——以上是我自然而然所推定的小河流向，然而就在信安街103巷的黎双公园东侧、台北医学大学学生宿舍后方，尚存一小段此河的明渠，混有塑胶布的砌岸与不及一公尺宽的河面，河流的流向与我猜测的全然相反（以今日网路俗语，就是被"打脸"了），也是这条小河让我如大梦惊觉，毕竟我多年来跟随古地图与歪斜巷道追河，也许能对河道位置掌握得清楚，但没有几条河是我实际见过的，浑然不知河流的流向（当然台北市的河流大致都是由南向北流），因此我在本篇开头会提及，我记录的小河是跟随我踏查的走向，而不全然是它们真正的流向。

文昌街度过光复南路的最东端部分，是瑠公圳第一干线旧河道的小河，不属于规划完善的家具街，夹在高耸楼房间，白昼里也显深幽，与往北没几步的瑠公圳第一干线信义路四段450巷，一同将信义路与光复南路口东南角的这片地面切割得乱糟糟的。

基隆路一段364巷与380巷，是延吉街段的瑠公圳第一干线比较清晰的分支小河，两者皆流经忠驼"国宅"区，由光复南路直通基隆路，抵君悦饭店对面。380巷内曾有友人老萧的地中海式小酒馆"dimmer"，老萧开店前扬言"要做一间居酒屋"，还不少人因此误会老萧要开日本料亭。我的高中时期，我们隔几天就要在老萧店里宴请友人，是为老萧捧场，也是因为老萧实在是个太优秀的厨师。老萧是营造商家中独子，典型的建中台大生，然而老萧回应家中对他的期望便到此为止，毕业后以金牛座人的踏实与对音乐对影像的专精，在广告界挣够了钱，便追寻他的厨师梦去也。至于与380巷平行的364巷，那是麻雀们的dimmer，364巷口那整个让薜荔盖满的空屋，长年有上百麻雀盘踞，麻雀们食薜荔果、食邻近好心粮行日日放饭的谷粮，一大勺谷粮在廊下摊成一条金黄长带子，麻雀们飞扑而下，争食之余七嘴八舌聊个不停，毫不输我们在临巷dimmer的那段日子。

延吉街西侧另有一小河信义路四段300巷35弄，就横流那条我不确定是否真实存在的上埠东侧支流间，并一分为二走在上埠的"安和路／顶好河"东西两侧，一路并行安和路，西侧者至龙门广场一品大厦前止，东侧者可至瑠公圳公园，近上埠与第一雾里薜支线相交处。

延吉街131巷，是瑠公圳第一干线与兴雅派线之间的小河，流经华视大楼那顶着圆盘的金字塔，流经我很喜欢的铁路支线绿地，依偎在延吉公园与光复南路180巷26号大宅边，大宅北边那段极尖锐狭挤的围墙，老让人要误会延吉公园内的凉亭是宅内设施而感叹这家主人真风雅。

延吉街与复源公园之间的楼房区中藏着的蕃仔汘,除了将旧里族支线由瑠公圳第一干线分出,尚有小河一条,它的流向近似旧里族支线,唯只是偏南些。它向东穿过松山区区民中心背后的无名巷弄,这条巷弄如今辟为停车场,出口开在光复南路6巷48弄上,巷口一株开起花来好香的柚子树。它通过光复南路后是光复南路13巷,北转过八德路为八德路四段75巷。

南京东路以北的瑠公圳第一干线旧河道,于南京东路四段179巷口分出小河,沿179巷15弄、南京东路五段23巷9弄与59巷28弄往东,向北穿过长寿公园后,一直北行直到延寿街330巷底才又略现其踪。

南京东路四段53巷8弄与10弄间,就在捷运小巨蛋站一号与五号出口间极其庞大的工地北方(那工地其实除却西面,都是小河),有一仿佛能走的后巷,就在阿啰哈早餐店旁虚掩的铁栅门后;由中华公园通往民生小学的敦化北路155巷100弄;小巨蛋与社教馆旁街廊里藏着的八德路三段71巷,电线牵起两岸楼房的阳台,有铁架的螺旋梯盘绕而上;绿意遮挡住停车场的龌陋与老公寓陈旧,因此显得宁静的八德路三段12巷57弄,临岸的旧公寓芥末色外墙,外推出圆圆的阳台,有九歌出版社藏身其中;夹在敦化北路与微风广场间、随时可朝左右看望彼等繁华的八德路二段410巷与敦化南路一段100巷,却是光秃秃枯荒得惊人,作为410巷延伸的八德路二段437巷,曲曲折折在敦化小学后方巷道中,巷道前方的天空始终悬浮着小巨蛋的圆拱顶；它们都是市民大道上的中仑派线分别在忠孝东路四段205巷口那处香蕉园荒地旁、八德路二段410巷口中仑福成宫前繁衍出的两条小河交织而成。

依偎着形如一条大船的华漾大饭店与大润发中仑店的八德路二段312巷，则作为中仑支线结束于复兴南路市民大道口之后，继续延伸北转的小河，直到捷运南京复兴站左右的下埤流域方止。河岸边并有着友人小黄苦撑的洪运轩店面，因其人师承自北京洪老爷子、是目前台湾唯一正宗的清真涮羊肉文化，不为岛民们"我花钱我是大爷"非要在锅里添加猪肉鸭血之类违禁品的心态所接受。

当然瑠公圳支流的虎林街，其分支水系之细密，凡虎林街流过处，与其垂直的路街巷如一部分的松德路（虎林街口约到土地银行的一段路面）、如巷口一株乌桕与一台路边停车就差不多完全遮挡掉的忠孝东路五段372巷29弄、甚若虎林街口至捷运永春站二号出口的忠孝东路五段的大马路，与这些路街巷所夹街廓中不寻常的房屋间隙，全是小河，将虎林街水系装饰得像梳子，像是修长蕨叶。

虎林街尾端则开枝散叶，小河如永吉小学与永春小学西侧的一段松山路，如流经老社区旧公寓间的虎林街59巷、松山路225巷，如已属五分埔成衣商圈之内的永吉路443巷，前几年，电影人友情义助同学的短片，演天使，遂令我俩来此疯找了一个下午的天使装。

忠孝东路五段790巷，是五分埔支线尾端的小河，经佑德高中，由捷运后山埤站出至忠孝东路大马路上，十分接近林口街排水路（这条河在松山家商旁，松山路与林口街相交处的路边，仍有一段臭水沟明渠）——那出名的台北市超宽巷道，双向八线道的忠孝东路743巷，后山埤站一号出口的三角形街廊，过去是河间孤岛，如今仍是大马路间的一座岛。

福德街221巷和232巷与137巷11弄，是来自如今已成瑠公中学的中陂的小河，已然邻近虎山而地形略有坡势的这一带，依山而建的老社区，此些社区间的曲径极其狭窄，两条河一东一南分别流往草木莽莽郁郁像原始森林的广慈博爱院，因为小学老师的胡乱恐吓（"不乖的话，男生送去少年观护所，女生送去广慈博爱院喔！"）让我畏惧非常久的地方。

林口支线的第一条小河是汀州路60巷2弄，如今是"三军"总医院汀州院区旁的小径，邻近建军"国宅"的开放空间绿地，它向北由台电大楼过罗斯福路走罗斯福路三段283巷，此一带河岸特别生长着奇木，先是河边的圣德科斯台大店是一独立小木屋，屋前叶片黑绿油亮像是榕树、树冠厚实如荤帽的一七二六号保护树木是森氏红淡比，为日本神道教神树"榊"红淡比的台湾特有亚种；小河由温州公园转入新生南路三段86巷处，台电公司输变电工程处墙内的巨木是加罗林鱼木，正是那种晚春开满一树黄白花、说是台湾北部只有二十株的珍稀南岛树木，仁爱路圆环四隅那四株小得不得了却已能开出满枝繁花的鱼木便是其后裔，就是在小河继续向东流往原雾里薛圳的瑠公圳第二干线与特一号排水沟，进入温州街74巷1弄之际，回头仍可见加罗林鱼木垂天之云的树冠凌驾在众房顶之上。

　　台大水源校区至军事部门替代役中心之间的永春街，是林口支线的第二条小河，在太子学舍的华厦后方，却是个浑然如异次元的世界，永春街入口处即一座木篱相掩的青瓦矮屋，整条永春街，有着眷村的典型建筑样式，部分屋舍矮得惊人，屋檐竟与我齐头等高（我一百六十五厘米绝非高头大马之辈），老旧但一点也不破败，刷白的屋墙挂满小花小草，屋内尚有暖黄灯光，和着广播电视之声流泻出，是活生生并未凋零的社区。动保人与编剧姊妹早十年误入过此地，即感叹以资源回收为主业，人口是退休士官与陆配组成，是个"还活着的如意新村"，唯那晴朗下午，老士官们纷纷搬了棋盘在家门口对弈，对明显外来人的两人有些戒备（多少因为其中有个不常出门于是看什么都觉稀奇都要穷嚷嚷的编剧）。到了我独走河边的那日，早春的大雨，春雷响在天边，整条永春街竟无人烟，多为一层平房偶有两层楼高人家的这条街，上方天空得以开阔，唯有锈斑斑的水源快速道路横亘过雨濛的半空，从高架道路上探出头的是隔岸新北市新建的高耸楼房。后来我才晓得，这一带名叫"嘉禾新村"，属于四四南村一类的联勤眷村，傍依着兵工厂建立，但非四四南村那般整齐规划的鱼骨状，而是焕民新村之类的，有为数不少的居民自建部分，故聚落中的道路曲折迂回，照文史工作者形容，有"柳暗花明又一村"之感，唯独这个聚落也被爱好干净整齐的市政府视作应当清除之物，拆迁在即，能够存留的就只有其中三栋被指定为历史建筑者,它们位于永春街131巷,那里多为占地较广的将级官舍,较漂亮,较有保存价值。

泰顺街60巷18弄是林口支线的第三条小河,它约在辛亥路与罗斯福路交口之间的小巷弄里,自林口支线分出,向北过古亭小学、过第三雾里薛支线。60巷18弄不过二十米长,弄底的幼稚园是长条形屋舍,就盖在过去的河道上,弄口的60巷18弄3号矮屋突出于路面上,使路面顿时剩得一半宽度,教此弄成了口窄内宽的口袋状,几无车行而成为停车场。

景美小学北侧,合作金库银行左右巷弄皆是小河,南侧的罗斯福路六段469巷一出罗斯福路便陡然转往景美溪而去,北侧的罗斯福路六段455巷接上沪江高中北面的盲肠巷弄育英街17巷5弄,也一同转往景美溪去。瑠公圳沿着景文街的新河道往北流,沿途的景文街90巷,无论是河是巷都极其短小,约二十公尺便止于景文平面停车场。罗斯福路六段401巷横越罗斯福路后是万庆街,它与平行在稍北方的溪口街都是直线流向景美溪的小河,其中溪口街小河更直通景美溪旧河道,旧时景美溪在此一分为二,故福和河滨公园与师大公馆校区是为河心浮洲,日后景美溪东侧较窄的水道填平(也有可能只是加盖,毕竟宝藏岩所依偎的小山虎空山山脚下,那汇入新店溪的一小段河流,极可能就是这段昔日水道的河口),才使这两者连接成陆。各往东南与东北流的景华街13巷、三福街,河边皆有一模一样的、红蓝白三色斑驳剥落外墙的红瓦矮房。财政部门人员训练中心北侧的罗斯福路六段142巷小河,河岸一侧正大兴土木起着高楼大房，它向西北接上景仁街北段。罗斯福路六段159巷5弄与159巷小河，走在交通部门公路总局第一区养护工程处北侧，接上三福街中段后抵万隆变电所旁，变电所西南角短小的罗斯福路六段39巷是另一小河，嫌恶设施变电所周遭荒凉，因此可见当地居民组自救会反对之，自救会址景隆街19巷是与景明街同源的小河，它们自景隆街口钱都涮涮锅分出，于景隆街边那包围着红砖墙的三角形畸零地分为两条，红砖墙后的槭树有着嫩绿精致的巴掌小叶，两者搭配起来煞为美观，在此分水的两河，前述的景隆街19巷与一墙之隔不相连的景明街11巷6弄、半为后巷半为银行骑楼斜坡道的兴隆路一段184巷2弄为一系，景明街全线是另一系，它们平行往兴隆路去，接上雾里薛圳。沿着武功小学后侧流的罗斯福路五段161巷，经一处资源回收场后出至罗斯福路上，过罗斯福路后是罗斯福路五段192巷，以缓坡地形徐徐低往景美溪堤岸。以上这一系列小河，全是瑠公圳渡过景美溪枧桥后，抵达公馆前所分支出来的。

我愈踏愈发觉，台北市东半的瑠公圳水系辖下的小河们，河流痕迹大半保持完好，都还是清晰的巷弄甚至大型道路可追索，相较之下台北市西半的雾里薛水系，小河们几乎全数消失，连小巷小弄都已不可考，至多便是，宽宽的房屋缝隙、地基斜斜的不规则的矮屋、车道与大小畸零地之类者，这也许与台北市开发顺序有关，由西往东开发，东边的农田保留到晚近，灌溉渠道也存留得久，至今痕迹凿凿。

忠孝东路三段193巷，第一雾里薛支线的小河，河口远在复兴南路上的真的好海鲜餐厅，此巷下半段则为另一河，是上埤支流之一，于北科大学生宿舍旁汇流入瑠公圳公园的上埤主流，在北科大的亿光大楼盖起来之前，河岸边平旷可见建国高架桥彼端的北科大连栋校舍。

安东街口至建国南路的市民大道，有一第一雾里薛支线的小河往西去，高架路的阴影下，分隔岛上置放着庭石般的巨岩，有街友倚睡其上。

两侧都给停车场封死无法接近的八德路二段266巷，倾斜在八德路与安东街的交角内侧，只能由与之平行的第一雾里薛支线安东街上隔另一片停车场遥望，依稀能见是一长列老旧公寓脚下的小径，有红砖墙夹道。这条河是一庞大小河网系唯一的清楚存留，绕经中山女高西南角，愈往松江路愈多分支，南边接上新生北路特一号排水沟，往北联系上舒兰河。

福华国际文教会馆后侧的温州街，枫香树又高又瘦，入春的新叶嫩绿，隔岸是探出院墙的蒲葵与茄苳，是第二雾里薛支线的小河，北走至紫藤庐辄止。二〇一二年八月初，苏拉台风渐强的风雨中，我同河岸边树丛里黄着脸大哭的猫仔周旋，猫仔应是台风前离巢耍结果受困于风雨回不去，我花却一整上午与一罐伟嘉猫罐揪了它回家收编，可能是如此童年遭遇之故，这一至今也还黄着脸（毕竟是只橘猫）的猫仔苏拉，是家中"体大如牛，胆小如鼠"的一头怪猫。

和平东路一段248巷，自泰顺公园、殷海光故居旁分出第二雾里薛支线的小河，河岸愈往和平东路愈光秃秃，是这一带较不好看的巷道，也是我幼稚园到小学时代心情晦暗的看牙医之路（至今也依旧厌恶看牙）。

好难找到的隐藏版巷道永康街85巷，来自锦安里居民自行命名的雾里薛弄，一岸老公寓，一岸新建的高楼，顶着峡谷一线天，巷底为停车场所封，此河往东一路到贵族小学新生小学下方。

金华街243巷沿线多庭园式餐厅或艺品店，扶疏庭中树隔开紧邻的大马路，永康街31巷直通外国观光客密度可能是全台北最高、但作为国际级观光点未免小了些的永康商圈，两者皆是来自第二雾里薛支线的小河，向东入大安森林公园，至中有一岛的生态池处，此池好多好多年前盛传有眼镜凯门鳄出没，直到鳄鱼落网，镇日在生态池边运动赏鸟的市民们才惊觉此事并非谣传。

新生公园至行天宫之间的松江路的西新庄子支线，也是如同虎林街的一缕蕨叶，支流小河斜横在松江路与吉林路之间，由东北略向西南倾斜，其中留下者为松江路402巷8弄，也是过去的五常街西段残留。巷口迎面是大榕树与瓜棚架，骑墙的榕树根在墙面被移除后也还维持着墙板状，岸边工厂铁门前，紫花的翠芦莉蔓生成一道短墙，隔岸野野乱乱的桂树林，深秋至翌年来春的整条河总沁着桂花香。

双连马偕医院西侧的民生西路3巷，一岸是种着台湾栾树的医院开放空间，一岸是凡医院周遭皆有的药局商圈，并有路边摊的烟火味弥漫。是来自锦西街与承德路二段街口埤塘的小河,埤塘位置约莫在成渊高中西南侧至双莲小学间。

昌吉街33巷,沿岸的民宅皆垫高于河面,垫高的墙根下红砖裸露,其北端延续的承德路108巷28弄短短一条俨然资源回收场,愈北愈宽呈喇叭状。此河更北是民族西路76及75巷,几条巷弄都是延续牛埔支线末端的小河。

浦城街16巷是第三雾里薛支线通过李师科巷,在穿越罗斯福路前分支出来的小河,它沿线的建筑逐一更新,有拆除待建的空地,新建的建筑则是瘦扁的河岸建筑形态,如那栋有十层楼以上的提香行馆,现场售屋的项目经理特别表示,"本案因适用不规则地形法规、容积使用率较高,故可规划出区域中难得的十层建筑"。房屋中介也特别提醒前门巷道狭窄的出入问题,此一切都是河川地之故吧!此河往西北抵达师大外墙,走罗斯福路二段101巷并转和平东路一段104巷绕行在师大操场外,临河的红砖外墙高高架着绿色球网。

自南昌街上的第三雾里薛支线分出的小河,向北通过和平东路与罗斯福路口,是为和平东路一段11巷。若由对街望向此河口,那河边的罗斯福路二段51号楼房简直窄扁得惊人,往巷内是一占地幅员甚广的木造建筑背侧,这一面向和平东路的日式建筑看着有些像老火车站,外墙漆成日式木造建筑常见的青绿色,创建于太平洋战争期间,原为台湾电力株式会社达见堰堤建设部,负责当时的大甲溪电源开发计划,此计划后由官方接手,至今也仅完成部分,当时作为此计划下的临时厅舍，光复后则作为台电公司总管理处，现为台电核能火力工程处。

太多的小河，比之大河、中河，小河似乎尚不够格称作河神，更像荒郊野林的狐仙小妖们，更无人奉祀祭拜。

我们都很喜欢的京都嵯峨野化野念佛寺，寺中庭园，碧绿湿润的青苔地在入秋后落满枫叶，枫叶是金黄至血红的一列华美光谱，其中供奉石塔石佛，更多的风化得几无原貌的墓石，晦暗地衣与千年风霜覆盖下，不小心就会将之错认为寻常砾石，成片供奉的墓石看着宛若砾石滩，然而一座墓石即一位无缘佛。无缘佛，日人用以称呼孤魂野鬼，化野念佛寺本是平安时期的天葬所在，是乱葬岗，九世纪初空海法师怜悯无缘佛无人供养，集乱葬岗的墓石并建寺庙供奉之，后法然上人以此为念佛道场，始称念佛寺。此寺曾有国人于游记中将之比作《倩女幽魂》的兰若寺，然而化野念佛寺简素沉静，无半点杂乱恐怖，石佛们悠然憩于光影斑驳的青苔地上。

八月下旬盂兰盆节，化野念佛寺千灯供养，以我们熟悉的说法，便是普度大会，但千灯供养，没有嘈杂火烟，没有人群摩肩接踵挥汗如雨。墨水蓝的薄暮天光下，人人沿着当地居民自制纸灯笼照亮指路的小径走上爱宕山，手持事先登记认捐的蜡烛进入墓石区，随意为无后人供奉的墓石、石佛点上蜡烛，静静祈祷祝愿。一座墓石一盏烛，一盏烛供养一位无缘佛，八千多位无缘佛，八千多盏烛，散置在青苔地的墓区，如地上繁星。

小河们，无人记忆其存在，这座现代城市便是河神们散落的乱葬岗，河神们如无缘佛，我谨以此篇作为化野念佛寺，将无缘的小河们集中祀之奉之念之，在墨水蓝的天幕下，一盏烛火一条小河，以为供养。

新店瑠公圳

新北市的瑠公圳部分，包括力行路到宝安市场一段，上溯至此，瑠公圳源头不远，却是我最后才接触、才认认真真踏查一遍的。

十月秋乍冷，老经验的猫奴皆知，立秋是群猫各自顽疾复发的时节。鼻过敏老病号橘子照例发病，待我与动保人惊觉时，已是喘咳如窒息，加以多日未进食，惊慌求助谷歌大神与网上热心众猫奴，觅上新店一喷雾治疗（专治呼吸道病症疗法）权威兽医院。橘子平日聪明灵性极了，却患上幽闭恐惧症地一见猫笼即抓狂，我俩牛仔表演rodeo似的制伏之并塞猫入笼，沿路忍受幽闭患者嗷呜欧呜的怒斥恫吓，心中默念求求司机先生大人大量，千万莫要白眼甚或一个不耐赶人猫下车，如此提心吊胆到了新店。

喷雾治疗颇耗时，兽医院里久坐亦无聊且挡路，我俩索性出兽医院闲晃，一河之隔的新北市人生地不熟，凭着的仍是谷歌地图引路，我俩自中兴路起，过大新街、过宽阔平直车速快得好怕人的北新路，沿中华路走，中华路这款不算宽、良好绿化遮挡两侧陈旧店面的道路，我们玩笑说，特别像是大陆二线城市的街景风光。我们先逢一南北纵向的狭长绿地，名为瑠公公园，依其名依其形状，分明便是加盖后的河道，唯不同于台北市东区实为上埤的瑠公圳公园，此瑠公公园是真正的瑠公圳。瑠公公园南端的中华路83巷口，由此往南逆流而上直到碧潭，是瑠公圳几乎没有遮盖过的明渠部分，看得出正一段一段地逐一整治起来，有些河段仍如臭水沟，有些已修整讫如亲水绿地，也有已整修好却欠维护又渐荒废的。

面对83巷口的瑠公圳，遥遥可见右前方耸立的美河市建筑群落。铁丝网后深陷于路面之下的瑠公圳，河边盘踞着叶疏的构树，铁丝网网眼中依稀可见临河那排矮屋——立起了高脚于岸边，这是瑠公圳自中华路83巷至力行路沿岸的吊脚楼聚落，属非列管眷村。早年驻扎于力行路与环河路之间的忠信营区的部队，是随国民党撤退来台的炮兵连，其中军阶高、薪俸优渥者，住在营区南端邻接安康路一段的列管眷村；忠信营区东侧的吊脚楼聚落，便是无法成家的低阶士兵沿着瑠公圳，自觅砖瓦、自力营造的，本被视为要拆除的违建区，是得了蒋经国在访视后的口头承诺，因此保留至今。

中华路83巷的吊脚楼尽处是横跨瑠公圳之上的新生街13巷便桥，漆红的便桥仅容一人通行，若是桥上相遇则必要玩起黑羊白羊的把戏，桥下有下水道的污水排放口，混浊而湍急。

此桥是大坪林圳通过瑠公圳处,过去应是水桥,由桥两端细看其侧面,能见桥身与桥墩的古旧质感。

行过便桥,我们沿新生路13巷、力行路14巷溯水,瑠公圳藏在停车格后的短墙下。我们挂在墙头俯望河面,污染严重的河底,竟呈现赭红配以孔雀蓝的艳丽色彩,河岸边仍是红砖的吊脚楼,铁线蕨不要钱地长满墙面。河两侧几家绿手指自行绿化得相当成功,香椿、血桐与桃树杂生,高岸处一盆盆黄金露花,让臭水沟瑠公圳一路草木夹岸地来到力行桥。力行桥顾名思义是力行路跨越瑠公圳而成,桥头不远处的营区即见忠信营区,彼时我们依稀仿佛记得电影人那酷似《来自星星的你》中都教授的男友(唉!)在此当兵,掏了手机想照张营门口相片以便日后确认,忽又想起了"要塞堡垒地带法"严禁摄影,怕给射杀在当场地慌张收起手机。

好在日后果然证明无误,也才晓得忠信营区已非建立之初的炮兵连驻扎,如今属于军事部门资电作战指挥部,相关单位是安全部门第七处网域安全处,而都教授男友正是分派到安全部门之下,对于我们兴致勃勃追问其当兵内容(电子作战吗?网路作战吗?黑客吗?情报收集吗?机密吗?),都教授讷讷答以,仍是站岗加扫营区落叶而已,不可能让役男们接触到资电作战的内容。

力行桥以南的力行路11巷,是二〇一三年整治河岸的成功范例,直到环河路的桥洞为止,皆是铺设枕木的亲水步道,沿岸深色的铁栏细致典雅,鹅卵石的砌岸,苔绿茵茵,可惜瑠公圳离洁净到能戏水尚远，步道离河面近，臭水沟味亦格外浓烈。北新路151巷、137巷以两道小桥跨越瑠公圳，桥走复古风，红砖搭以铁栏，拴着一台锈蚀近乎报废的脚踏车，细窄钻入建筑间通往北新路的两条巷道，微有坡度，搭以两旁卵石砌成的墙根，竟有些许山城的意味。不须抬头上看，高耸得惊人的天阔大楼始终矗立在右前方，是眷村连绵房顶之上的擎天一柱，天阔大楼约莫就是过去的列管眷村所在，列管眷村今已不存，非列管眷村尽管无以维持全貌，毕竟还是苟延残喘了下来。

如今只存在中华路83巷的非列管眷村，那狭长的河岸吊脚楼聚落，本延伸到更南，也就是亲水步道所在的力行路11巷，二〇一〇年此地规划亲水步道时，为了吊脚楼聚落的拆除与否，有过相当的争论，除了独居老"荣民"的拆迁安置外，学界也大多主张，超过半世纪形成的聚落风貌与纹理，早已是属于瑠公圳的一部分，不能强行将之剥离出去，认为当时的新北市政府对瑠公圳沿岸的再造工程是美事一桩，但不该只注重自然水文而忽略去人文关怀。

我认识力行路的瑠公圳太晚，初次踏足这里时，一切早已尘埃落定，那是二〇一三年，美化工程应才告一段落，看来成排的吊脚楼是没能留下，不然也不会有那铺设枕木的亲水步道。眷村建筑后退至河岸上方，外墙重新油漆过，加以穿插着绿地空间，而不显得破败，部分的河岸步道会走入眷村门廊下，那是个彼端透着光的幽深隧道。我是全凭网路资料才知此地有过这么一场拆迁一场抗争，如三月二十六日出刊的《台大意识报》

第三十期，就是介绍、深入力行路11巷吊脚楼眷村的专刊；如苦劳网报道的，瑠公圳眷村的老照片记者会；如淡江大学建筑系学生曾提案的，如何再造活化吊脚楼聚落……但一阵热之后，忽就无声无息了，找不到任何吊脚楼聚落的后续消息，我是以自己的踏查经历，反过来印证这场抗争的结果的。

钻过环河路两座桥桥洞的瑠公圳，就是我前述的，已整治起来却又因欠缺保养而荒废的河段。瑠公圳打此起，河面剩得蜿蜒过石间的涓细水流，大段河面几乎不见水，大片大片丛生着铜钱草与几蓬纸莎草，亦有河水浓浊如浆，如固体的河面托起一大包垃圾，看着不像是漂浮着，倒像是直接置放于上的完全不吃水。这一段的瑠公圳何止臭水沟？浓烈的气味如硫黄，加以黏黏腻腻布满橘黄色丝缕的河底，好让人想起阳明山上的磺溪。河岸的亲水步道，狗屎密布如地雷区。

瑠公圳明渠尽处，沿步道旁的阶梯将回到北新路一段45巷的路面，此处河面静滞如池，养着一大群吴郭鱼的净水显然自别处引来，与下游的脏污亦互不相干。往南通过瑠公纪念大楼（原来的瑠公水利会新店工作站）后，已是碧潭的瑠公圳取水口，瑠公圳水门抽水站已重新整修过，如今是一砌石边坡环绕的公共空间，方正的抽水站建筑顶着观景台坐落其中，铺着透明地砖的地面，一道木栈道通往之。观景台再往前便是河面忽宽如潭的新店溪了，"福尔摩沙"高速公路碧潭桥那巨伟但造型不失轻灵的桥墩横越过头顶，左前方的碧潭吊桥轻灵于水上，桥下潭面已不见昔日摆渡人，唯有游客们稍嫌笨拙地踩着

瑠公圳沿岸的典型建筑形态——吊脚楼。

新生街13巷便桥，此桥是大坪林圳通过瑠公圳处，过去应是水桥，由桥两端细看其侧面，能见桥身与桥墩的古旧质感。

一柱擎天于瑠公圳上方的天阔社区,是过去的列管眷村,与下方非列管眷村宛如两个世界。

天鹅船来来去去，碧水彼岸，石壁连绵如屏风。

瑠公圳圳头有许多足堪纪念之物，除抽水站、水门、水栓与抽水马达这些近现代者，纪念郭锡瑠功绩的万古流芳石碑与奉祀所有为修水圳而牺牲者（工安意外、生蕃猎头）的万善同归祠，则引人发想更古老的时光，那人们在这片土地上挖凿出一条河的时光，那郭锡瑠奔波筹款、俯瞰着河流尚且还不成形的工地的时光，悠悠竟已是三百年前之事。

同为十六世纪左右筑成的数百岁之河，我第一个想起的就是京都的高濑川。

我认识高濑川远远比认识瑠公圳更早，早在我小学前初游京都时。高濑川是一人工水渠，水源来自鸭川，于二条木屋町通处分流而出，平行鸭川右岸南下，在九条通与十条通之间汇入鸭川，随即又于鸭川左岸分出，向南流经伏见区后流入宇治川，全长十公里。是一六一一年京都富商角仓了以集资开凿，亦称"角仓川"。过往以名为高濑舟的货船运送木柴与盐米等生活物资，以此得名，高濑舟这种平底小船，吃水不深而能航行于仅十公分水深的高濑川，高濑川分流处的一之船入（沿岸装卸货物的码头，共有九座）岸边，树影婆娑的河面上，仍泊有一艘复旧的高濑舟。

所以你我一定也都熟读森鸥外的那隽永短文，坐上高濑舟顺流而下到大阪，将给流放到离岛的犯人喜助，与押解他的警察庄兵卫的一段对话。那是个月影朦胧的傍晚，知恩院的樱花在晚钟的钟响下一片一片飘落，帮助久病厌世的弟弟解脱而获

寻找河神

罪的喜助，不同于其他坐上高濑舟的犯人那般懊悔神伤，他神情愉悦，只因居无定所且三餐不继的他，终得栖身之地，有工作有饭吃，甚至能领到官府的两百文铜钱……

高濑川沿线为木屋町通，精华段约莫为三条至四条之间，河岸边植树，采一株垂柳、一株染井吉野樱的间杂种法。染井吉野樱几可视作日本的象征物，然而此树有些悲哀的，无法自然繁衍，必须依存人类种植而生，其血统半自雪白掺杂绿叶而开的大岛樱，另一半则尚有争论，受大岛樱影响，染井吉野樱单看是雪白，成树方为淡粉红色，搭以垂柳入春的新绿，两者枝叶低垂拂过河面。木屋町通沿线是料亭、拉面摊、居酒屋，亦有洋式的咖啡馆，都市景观教春樱垂柳的风景多了点复杂，入夜透着霓虹灯的树冠，更不同于它们本应在公园古刹中的纯粹花海，反倒是夜生活结束的木屋町通清早，晨光下的染井吉野樱即便花开正盛，比之夜晚却显静默孤寂。

六月初夏，樱树与垂柳已难辨彼此的绿融成一块，在质感古老老让我们误以为是博物馆的立诚小学校前，不知是谁在河上布置了紫阳花花船。紫阳花是浑然天成的试纸，长于酸性土壤，则呈现艳蓝色；中性土壤，花是褪了色似的乳白；碱性土壤，花开是紫红色。这些河当央的酸性蓝色紫阳花，乍看还真像某种水生植物穿河面而出，唯在晒了几天太阳后，风雅的花船眼看着暗淡枯黄了些。值周五深夜，木屋町通尤其热闹滚滚，烂醉的上班族横行于青石板映着霓虹灯影的路面，不少在高濑川边或躺或坐，更有那脱了鞋袜卷裤管下去泡水醒酒的。高濑

由力行桥向南拍摄整治完成的瑠公圳步道与非列管眷村。

力行路的瑠公圳，成排的吊脚楼应是没能留下，不然也不会有那铺设枕木的亲水步道。眷村建筑后退至河岸上方，外墙重新油漆过，加以穿插着绿地空间，而不显得破败。

力行路的瑠公圳亲水步道，部分的河岸步道会走入眷村门廊下，那是个彼端透着光的幽深隧道。

川水深不过十数公分,自不担心会淹死人,我们在立诚小学校的桥上看着醉鬼们蹒跚涉水走向紫阳花船。

也有冬游京都的日子,电影人受父系遗传发量丰厚,一握发有五十元硬币粗,在日本冬天干冷的空气中极易引发连环静电,在室内又远比室外严重得多,自己成了爆炸头不说,甚至电得梳头丫鬟动保人鬼叫,两人迫不得已,只能日日至立诚小学校桥头梳发,一肚子苦衷造就此风花雪月之景,我在旁手握一支不远处"Ministop"便利商店出产的霜淇淋(无数日本美食家认可过的隐藏版平民美食),有一搭没一搭地舔食之,时有雪花落在霜淇淋上,即便是日本人错身而过,也为此在寒冬中吃冰的勇气惊呼喋喋。

四条以南的高濑川,树木逐渐幽深,不再是能透光的垂柳与樱树,河岸多平房,会让动保人夫想起幼时宜兰乡下的水圳边民家(当然马上补了一句"是干净版的"),不少店门隐匿不招摇的天价旅店或者料亭间杂于民宅间,大多是坐落于夹在鸭川与高濑川之间的高濑川左岸;三条以北的高濑川则一段一段整治起来,京都的御池通,取代了二条的干道地位,有京都市役所坐落,是京都高楼林立最现代化的地段之一,御池通的木屋町通高濑川沿岸,一樱一柳的河景,衬托的料亭、居酒屋或咖啡馆转作光洁的办公大楼。

先前我曾不讳言地提及,动保人与我是不爱安藤忠雄的建筑风格的,直到在三条小桥跨越高濑川处,我们得以逐渐理解安藤忠雄之好。桥下第一家临河的建筑是个名为"TIME'S"

的商场，是安藤忠雄一九八四年的作品，在其人诸多经典之作中往往给忽略去，然而此建筑正体现了一个人、一个如此地位的大师对于被遗忘的河流的温柔心意。尽管今日京都对河流的美化让我们称羡，但早年的京都也不可免地有过一段厌恶臭水沟、遗忘河流的日子，当时临河的商家或民宅并不以河流为卖点，如同今日台北人们的做法，纷纷将房屋店面背向河川，安藤忠雄接手TIME'S的设计案，将之打造为面河的亲水建筑，其实是顶着来自业主来自政府的诸多压力的。

如今的TIME'S商场，十分迷人的是一楼的咖啡店"Cafe Cento Cento"，它的户外区是亲水空间，安藤忠雄的建筑特色之一，便是没明显出入口，却又处处都是出入口，因此这户外区平台离河面之近，简直与河岸为一体，仿佛那几个咖啡座是漂浮于河上的，乃尽揽春花秋月之景，尤以仲春染井吉野樱吹雪时为最，樱花瓣吹入咖啡座，随脚边水流而去。

高濑川与瑠公圳，皆是人工河流，皆由父子两代人（角仓了以与角仓素庵，郭锡瑠与郭元芬）传承修筑，皆有数百岁之龄（四百岁与三百岁），皆是流过人居密集之地，一段一段整治起来的。两者当前所受的待遇仍差得多，但至少都在同一条路上前进，我兀自希望着有生之年，能见瑠公圳成为高濑川那般，除了把种树绿化铺步道这类基本功中的基本功做足外，店家愿意将店面口对着它当卖点，行人愿意走在河边步道而不给臭水沟味熏跑，醉鬼可以涉水向那一船一船的紫阳花……这么样的一条河。

瑠公圳明渠尽处，沿步道旁的阶梯将回到北新路一段45巷的路面，河面静滞如池，养着一大群吴郭鱼的净水显然自别处引来，与下游的脏污亦互不相干。

北新路一段45巷的瑠公圳明渠，是整治得最为美好的河段。

整治良好的明德路瑠公圳,我们口中的"木屋町通"。

"木屋町通"明德路上的某小桥。

回到新店的那一天，当喷雾治疗结束，我送动保人与笼中訾骂不休的病患上车，（多少有点如获大赦地）掉头奔回瑠公公园，从公园北端出发，这一次是顺流而下，往北走。

瑠公圳在瑠公公园短暂地潜入地底后，在平行北新路几步处，中正路128巷与北新路二段29巷的直角交角处再度浮现，芥末绿的河由一棵大叶雀榕笼盖的箱涵穿出，沿北新路29巷、29巷5弄与建国路50巷北上，沿岸的不锈钢栏杆外有简易绿化，临河多停车格，亦有于圳道上架设铁板自成一停车位的。瑠公圳流贯人居处，穿梭在新旧公寓间，在此仍有零星吊脚楼突出于河上，如此直到明德路61巷口过后，这一段瑠公圳沿线的明德路，是我们所说的"木屋町通"，当然比之京都的木屋町通本尊，是还相差甚远，但我认为也已足够了，除却黄金露花的树篱与樟树、面包树、榄仁、尤加利等植树，重要的是，这一段河道临接着平阔的人行道，木条长椅傍依着人行道，社区的人们因此愿意与河相处，河边走走，长椅上坐坐，闲看其实并不见河流的河景。

瑠公圳在新店的明渠河道所受的待遇大致若此，端看两岸居民的意愿，是铺一条步道亲近之，或者将房子屁股与污水管对着它，这是个政府与民间各走一半的工程，离河遥远的政府能为居民铺好步道种满绿树，但与河流的亲近、维护与不污染端赖沿岸居民日日的实践，他们的想法才能真正决定这一段的河流面貌，我一再强调的一段一段整治起来，所指即此。

明德路26巷底，一堵红砖墙过后，瑠公圳离开我们行脚所能及的范围，流入北新路与民族路交口的中油加油站后侧，这里曾是瑠公圳的第一排水门，排水进大丰路 16 巷、二十张路 33 巷与 16 巷、建国路这一汇入景美溪的小河。我们目送瑠公圳在绿树掩映间一泓曲水地没入箱涵——请千万记得这一幕，因为这是一条三百岁的河流，最后一瞥美好的模样。

通过"中油"加油站之后露头的瑠公圳，自此起就是全然的臭水沟了。它通过民族路，在北新路三段 9 巷巷口向东北斜穿北新路，成为宝安街传统市场后侧吸纳市场废水之所在，水泥砌岸让陈年污水浸渍得漆黑，最是吓人的是离开传统市场后，宝安街 16 巷巷口的箱涵入口处，横亘河面的闸门正好拦截浮污，形成不小一段如脓汁的河面，此去的瑠公圳时而加盖、时而露头，宝安街 16 巷口至民权路的宝安街瑠公圳加盖为敞净的人行道，几无踪迹；民权路以北的宝安街瑠公圳，大坪林联合开发大楼背侧的河段看来正动工加盖，但工程围篱这一围已然经年之久，往内却仍能窥其河面，通过大坪林联合开发大楼的宝安街后段瑠公圳，环以简净素雅的铁栏，加盖是用铁板覆盖其上，似乎只是权宜措施而随时可得揭开。与此加盖段相接的宝元路瑠公圳，在北抵一〇六市道的大马路前，本为明渠，是我眼看着在二〇一五年这一年之间加盖填埋起来的。

过了一〇六市道的宝元路是瑠公圳最后一次露头，此段瑠公圳的沿岸道路与河上便桥低矮，离瑠公圳橘黄色的河面很近，河上小桥竟能撑举起厚重一栋红砖屋。瑠公圳尾端化为小小一角丛挤着正榕与槟榔树的绿地，由快乐旅社旁抵景美溪，瑠公圳之水过去走枧桥过溪流进台北市，今日则是直接入溪，前行处就是景美溪堤防，肃穆的水泥墙全然遮挡了溪景，不见穿对岸山腰绿意而出、彼时电影人仍念着的世新大学，是很煞风景，但也莫可奈何。

吾辈作家曾云："台北是一个很奇怪的地方，明明是靠水的城市，却筑起堤防，产生一种内陆的感觉。堤防围起来的好像不只是河，而是隔绝对岸的三重、板桥，甚至是中南部。"

以一道堤防挑动"民粹"的敏感神经，是无谓甚至非常无聊的。

堤防从何而来？人类的古文明皆起源于大河沿岸：尼罗河、底格里斯河与幼发拉底河、印度河、黄河，河流泛滥带来沃土，河水并有灌溉之便，农业与富庶来自大河的恩慈，然而进一步的文明发展与中央政府，却起因于大河的严厉。当河水泛滥危及人居，大型治水工程如堤防的建设非三五河岸人家能负担，甚至不是单一部落可以为之，如此建设有赖更庞大且严密的组织架构，故而有了政府、有了国家、有了最初的人类文明。

"尼罗河是人类和善的朋友，但是，同时它又是一位苛刻的监工。沿岸的人们在它的调教下，学会了如何协作劳动。人们认识到了合作的力量，他们共同修建了灌溉沟渠和防洪堤坝。由此，他们也懂得了如何和自己的邻居友好相处，这样互助的关系使一个有组织的国家的建立水到渠成。"房龙这么告诉我们。

堤防的确好教人不快，它们是人为的，是人类加诸河流使

宝元路是瑠公圳最后一次露头，此段瑠公圳的沿岸道路与河上便桥低矮，离瑠公圳橘黄色河面很近，河上小桥竟能撑举起厚重一栋红砖屋。

自景美溪右岸眺望快乐旅社与瑠公圳尾端，过去此处有枧桥，瑠公圳进入台北市的旅程才要开始。

之驯服的羁系,究竟堤防从何而来?我们且试着想象,想象河流们还未给套上堤防的年代,那可真是上古洪荒、天地之始,一条大河迤逦过千里沃野,那些住在河岸边的人们,随水涨水落迁居,洪水来时迁至高岸避居一季,水退则耕稼于泛滥后的沃土,并以大河之水灌溉,然而人不为此满足,由依赖河流,转而意欲使用河流、驾驭河流,动了此念的人们,意识到此工程之浩大,一人之力不可为,一家一户之力不可为,一族之力亦不可为,于是他们协调合作有了组织,进而有了集权力于一身的上位者统筹规划之、指挥监工之,待堤防顺着大河两岸绵延而去,国家与文明也随之而生,当然我们所谓的罪恶,种种律法与刑罚、战争与侵略、极权与操控、贪婪与掠夺……全部接踵而来。

当然也有至今还未受束缚的不羁大河,热带雨林间的亚马孙河,年年因季节降雨而泛滥,河宽可近四十公里,淹没的土地有几十万平方公里,让雨林简直成了一座大湖,食人鱼、水蟒、粉红色的亚马孙江豚优游在成了水藻的雨林树梢。我想任何一座河流过处的现代城市,包括我们的台北市,都禁不起这样的一年一泛滥。

同一位吾辈作家也曾言,想从我们的城市到达河边,必须翻越堤防,行经篮球场与都市农民的田圃,闻到一股水腥味后,拨开重重象草方可见河,言下之意,似责怪我们对河流的不亲近与不善待。我认为这与筑堤防一般,是令人感叹的,但也不得不如此。说起台湾之水道,除却淡水河、基隆河二者,余他一概为溪，所谓溪，不一定是规模小于河（如浊水、高屏两条巨溪），然其随季节的水涨水枯要显著于河，如此意味着溪岸要留有比河岸更为宽广的行水区，以备雨季或台风季暴涨蓄水之用。副热带的溪，比温带之河更需疏远人类，更难能亲近，我们在鸭川上见过的，水浅徐缓处的一连石块可供游人步步横越河面，如此景象便无法见诸景美溪或新店溪——虽然动保人与好友阿丁年轻时曾发起疯，硬要涉水至对岸的新北市（彼时的台北县）过，苦了同行的 O 型血动保人夫与林端不知从何制止起。

真正下笔记录新店的瑠公圳，已是误打误撞找到它的一年之后，尽管其间走踏过数回，为了这一段文字，记忆力是远远不够用的，时隔一年我又回到新店力行路的瑠公圳明渠段踏查，凉凉的有着金风送爽的日子，多像我俩踏出兽医院闲荡的某个飒爽好天，瑠公圳依然——也许更破败了点更脏污了些——蜿蜒北去，三百年前由先民修筑起的那一日至今，未曾有改，但望接下来的三百年，亦无须改变。

而人事已非，我不必也再无法带橘子来兽医院了，思及至此，泣涕如雨。

三百年前的河流于现代都市中。

在瑠公圳边抓宝可梦

从没想过，我的寻找台北水圳知音会以此姿态现身，是一款红遍全世界的手机游戏，由日本授权、美国开发的《精灵宝可梦GO》。

我独自在现代台北市交织的街巷间寻觅被填埋的水圳与小溪，如此做个找河人已做了有七八年，我与人群走在一起，却总看着大家不会去看的东西，恍然若有行走于平行时空之感，这是我自得其乐的活儿，一个经营已久的自我小世界，从没想过要与人分享，也从来不觉寂寞，当然，偶遇知音仍使我十分开心，不至于对此领域产生莫名的占有欲（老实说也无从占有起）。

二〇一六年八月六日，《精灵宝可梦GO》在台湾登场，于是我除了找河人的身份外，又多了个新职业：宝可梦训练师。当报章杂志、各报道纷纷称赞《精灵宝可梦GO》是极度成功的旧翻新行销的典范，闻此我不免愕然，明明最早译为口袋怪兽、后是神奇宝贝的精灵宝可梦的推出仿佛还是昨日，这才想起那已是我小学时代的事了，今我年过而立，精灵宝可梦自是老到不能再老的旧东西。

由神奇宝贝到精灵宝可梦，不变的核心玩法便是收服野生小精灵并训练之对战之交换之（唯交换功能至今未开放），《精灵宝可梦GO》创新之处在于加入真实元素，是一款扩增实境（Augmented Reality，简称AR）游戏，小精灵栖息于我们的真实世界之中，要抓，必须走出房间到大街上公园里；又孵化的小精灵普遍强悍过野生者，而孵化仅有走路或者骑单车一途（以移动距离为孵化计量，且移动速度过快将不计算故高铁捷运是休想的了，故日行二三十公里的我仿佛嗅到了代孵蛋商机）；再比如稍晚推出的伙伴功能，带着指定的小精灵行走骑车，每过一定距离便能得到进化或强化该种精灵必需的糖果，虽产量不大，但对稀有难以靠捕捉量产糖果的精灵如卡比兽或乘龙，细水长流的不无帮助。这些都是我非常激赏的设计，看得出游戏设计者的巧思，就是要宅在家的人们走出去，多运动，多认识外面的世界——要掌握出没的各种宝可梦，需要对环境有相当理解与认识，这一点稍后再说——我还真没见过一款游戏是如此鼓励人们的而且也当真做到了。

《精灵宝可梦GO》登陆台湾地区前,已在欧美风靡一整月,岛民们在殷殷盼望此手机游戏登台的一个月间，见多了各种光怪陆离的新闻，如三更半夜某稀有精灵降临于纽约中央公园以致人群暴动涌入，目光发直奔窜于大街的人群酷似近年来流行的丧尸片，另有边开车边抓宝乃至撞飞路边警车者，有不堪家门口抓宝人潮滋扰愤而持空气枪扫射者，有专家警告恐有宝可梦拐童法（"小朋友，那边有一只×××，要不要和我一起过去抓？"）……曾为此十分担心的台湾家长们，在游戏真正推出后，正面回响远远高过负面。

友人们纷纷加入训练师行列，这阵子饭局，总有训练师们席间交流心得，顺便晒晒抓到的稀有精灵。好友兼小说家林俊颖是训练师，动保学者黄宗慧宗洁姊妹是，政治评论家尹乃菁是，"中研院"年轻学者陈宜中是，面对面老板娘晓苓一家子是。当然总有那不明游戏精妙处的侯导不解："所以抓到宝了，然后呢？"待我们一干有玩的没玩的家伙七嘴八舌解释以打道馆啊、炫耀啊，侯导不免又反复追问："打了道馆，然后呢？炫耀了，然后呢？"直至童年经验相近的动保人夫一句"就是尪仔标啦！"方才恍然大悟。

曾与训练师俊颖、训练师动保人、编剧、侯导同赴北投公园朝圣。人人乐趣大不同，俊颖是收集狂，凡图鉴上没有的小精灵一概疯狂追逐，已有者哪怕是优秀品种如伊布如迷你龙皆不屑一顾；动保人是守球奴，爱背包里的各色宝贝球与莓果胜过小精灵，收服过程中一旦用球数过高便嚷嚷哀叹不抓了球用太多好心痛，完全忘了存球就是为了收服小精灵用；编剧秉着向来对待未知事物的好学（兼有些少见多怪）态度，对手机游戏一窍不通却看着看着充满兴趣；侯导则喜欢"喝！"，当小精灵给收入宝贝球中，有三次撞破球冲出的机会，侯导便老要在小精灵第三次撞球前抓准时间点"喝！"一声，得意谓旁人曰："你看，就是要吓吓它它就不敢出来！"那些小精灵倒也十分给面子地真没一个给他"喝！"过还破球而出的（所以脑筋动得快的动保人夫速速归纳出来，"喝！"等于一颗莓果，或者红球升级蓝球、蓝球升级黑球）。

（当然还有那嗜好终极奇怪的动保人夫，喜欢戳戳抓来的小精灵看它们的反应，因此爱上唯一一种戳它不但不生气还会唱歌给你听的胖丁。）

北投公园的那一日末，我们坐在星巴克露天座小憩，却是猛然一瞬间，遭到尖叫奔窜的人群淹没，原来是有快龙降临于不远处的陡坡石阶，俊颖与我抓了手机跃入人群追龙去，留下三人在人群海啸包夹的露天座好似湍中孤石，侯导对那些不分男女老幼皆附魔发狂而一模一样、好似遭外星人植入的"豆荚人"（典出恐怖科幻片《天外魔花》）之人群訽訽诧笑（侯导对不可思议事物之典型反应），同时不忘替每张"豆荚人"脸孔一一配上台词，那又是侯导的另一项乐趣了。

吾等"豆荚人"，宝可梦训练师们存在生活周遭任何角落。咖啡馆等公共场合，青少年的话题不觉间转作：去过阳光公园没有？还有八二三公园、浮洲艺术河滨公园、美提河滨公园、三莺之心、烘炉地……有些我听都没听过的。更深入者如瓦窑沟怎么走好走，毕竟其沿岸道路时有时无，得一下子走这岸一下子走那岸的，哪条路在地图上是可通行的然而实际上根本不能走，且哪几个红绿灯要等超久往往眼睁睁看着正追捕的小精灵从眼前消失云云。这便是我前述的，对环境的深入理解，同时可侦测小精灵的方圆范围远大过能发现并收服的范围，令大家的三角定位功夫一时皆突飞猛进……

河滨公园的阿伯们，那些不老骑士，骑着老迈机车或锈蚀单车奔逐小精灵，刷过我等步行者身旁时还会好心充任人肉雷达，告诉我们哪只稀有小精灵正出没在哪个点云云……

外籍看护们推着老人，公园树荫下排列成阵，平板电脑架在轮椅前，老人们肃穆紧绷着脸紧盯屏幕，僵硬手指掷出宝贝球试图收服轻盈跃动的小精灵，充任啦啦队的看护们一张脸凑在旁，随收服成功与否跌宕，或欢呼或惋惜打气……

最精锐的一批训练师，莫过北投公园的阿公阿嬷们，如他处的庙前老人，小凳搬到图书馆前的黄槿树下一坐一整天，如此数月下来，梦幻稀有的小精灵如迷你龙，于他们如随处可见的波波绿毛虫独角虫，他人视若珍宝甚至不可得的快龙卡比兽，在他们手中是以军团计……

打开游戏界面，蓝天白云下大片的绿草地，有墨绿色街道交织，便是我们此刻面对的世界了，天蓝色的小立方体散落其间，走近了会开展如花，翻转镶嵌其中的小圆牌，气泡状地飘浮出各色补给品如红蓝黑三种宝贝球（收服能力由弱而强不等）、各级药水作为打道馆后复原用、增加收服几率的野莓果、依孵化距离分成两公里五公里十公里的三种蛋……这些宝可梦补给站，多为环境中大小不等的地物，京都的补给站多为小碑小庙，町内安全地藏、某某某遇难之地（足见幕府末年之腥风血雨）之类，台北的补给站最大宗的是变电箱，花花变电箱、高山变电箱、风信子变电箱、高塔变电箱、监狱变电箱（受铁丝网包围者），翻转后的补给站变成粉紫色，要待五分钟后恢复为天蓝色方可再度使用。小精灵便出没在这简易却又非常真实的世界中，出没规则受游戏公司控制，同类精灵往往会大量密集于公园绿地或公共建筑，训练师称之为"巢穴"，如曾经的伊布花园（荣星花园）、皮卡丘纪念馆（台北中山纪念馆）、迷唇姊疏洪道（二重疏洪道）、小火龙体育馆（新庄体育馆）……巢穴会定期搬风洗牌，但也有固定不变栖息于某地者，如水系精灵多出没于水畔（另有部分更要求是咸水之滨，如小海狮，如我刚到伊势夫妇岩海边十分钟内便遇上且收服羡煞一干人的乘龙），草系精灵常见于高尔夫球场，火系地系岩石系格斗系说是受温度干湿度晴朗等天候因素影响出没几率，另曾有讹传幽灵系精灵出没于公墓以致小女生们几乎给吓哭却仍毅然前往抓宝……

《精灵宝可梦GO》登台初期，因砸人道馆的速度居冠，造成龙系精灵快龙独强的局面，但凡略略有心于此游戏的训练师，无不想望收编此头生独角触须、体肥翼小好叫人对其飞行能力存疑的橘黄胖龙。其收编途径有二，一者追逐横空降临于地图上的快龙，满街丧尸奔逐画面大多源自于此；二者从小培养，以迷你龙进化成哈克龙，再进化为快龙，此法养育的快龙远较前者素质稳定，莫怪有训练师三八曰："没办法，投注了感情养出来就是不一样。"所谓进化好像养蛊，以众龙之中择一强者饲养，其余则转换为糖果做其进化养料（此进化方式曾招致老一辈宝可梦迷批评，认为踩着同伴尸体的进化方式有悖本系列精神）。为此,训练师们省不了要长时间与迷你龙打交道。

迷你龙往往被训练师戏称为"泥鳅"，是蓝背银腹有个圆鼻子的蛇形小精灵，晶紫大眼做无辜状煞是可爱，进化后的哈克龙差不多，唯更修长优美些，其习性也有点像泥鳅，绝大多数栖息于水泽之畔，同时爱小沟小圳胜过大河大川，台北迷你龙爱瓦窑沟（中永和界河，南势角溪支流之一，原为天然溪流，如今已整治为混凝土排水沟，因全程几乎未加盖，名气反而大过作为南势角溪主流、如今因加盖而寸断的中和沟，以及最西边与中和排水路相连的二八张沟）与北投溪胜过新店溪与景美溪，京都迷你龙爱高濑川胜过鸭川……云云，虽说水系精灵栖息于水边似是铁律，但长期观察下来，真正离不开水的"水族"当属可达鸭、呆呆兽、鲤鱼王（以上几位因习性与脸部表情之故，让训练师们戏称为"水边三傻"）、不是水系而是龙系精灵的迷你龙或其进化版哈克龙四者，另有伊布进化形态之一的水精灵也是离不开水，但相较前四者而言太过稀少，暂且不论。此四者偶有零星迷途于市区旱地如我房间里的纪录，但要成群稳定地出现，则必定在水边。

（当然我难免要给不明就里者如动保人连番追问："为什么玛瑙水母、大钳蟹、角金鱼、墨海马、海星星不是水族？"）

这便是有趣之处，至此我可能会受到不少训练师同行的反驳，明明市区里某些旱地离河十万八千里远，却有上述水族栖息着。

我虽不是某些自豪"我的快龙可以组一支球队！"的狂热训练师，但好歹也亲手拉拔大了七头宝贝快龙（只是技能都给我合坏了，唉），我喜欢徒步追逐迷你龙，如此一来收获量可能远逊镇日定点蹲在樱花树下抓龙（樱花是游戏中的付费使用道具，定点洒花即可在一步不动的状况下有源源不绝的小精灵自动上门，成为许多店家揽客利器，如登台之初两大迷你龙圣地北投公园与大稻埕码头），但至少有趣得多。但凡有心于迷你龙的训练师，我相信都与我一般，身上有着顺手抓来爆量的可达鸭、呆呆兽、鲤鱼王，与这些水族相处愈久，我愈确信台北市某些水族的分布跟随的是地下的河流，而非照眼可见的水。我虽不晓得游戏公司是从何得知某些弯曲斜向柏油路曾是河流（莫不是远在美国的游戏开发者看过清代或日据时代台北古地图？此说听来匪夷所思），但以我所见的水族分布而言，确实如此。

就好像公馆师大分部，虽得依稀遥望新店溪，毕竟离河有大段距离，迷你龙等水族沿着校门口的汀州路面蜿蜒栖息，乍看毫无道理的分布，但若晓得这一段汀州路面是新店溪的旧河道，那便又不怎么奇怪了。此新店溪旧河道，大约在罗斯福路六段142巷与景福街133巷交口处的河滨公园自景美溪分出，从此一路北流，经景美溪与新店溪汇流处，弧状的万隆街、万和二号与三号公园、万年公园等狭长形公园都是其河道，如此经过公馆校区门口的汀州路四段，给了一干迷你龙栖息地，最后于福和桥北侧的宝藏岩山脚下入新店溪，这一段河道必定只是加盖而非填埋，毕竟宝藏岩山下的那一小段河流水量仍丰，水清鱼多是好钓点，桥下钓客垂钓吴郭鱼，我在桥上垂钓鲤鱼王。由此我们也能得知，师大公馆校区连着福和河滨公园昔年曾是河上沙洲，非今日连陆状态。

若要追究水踪，师大分部前仍有一点点昔日河迹，便是万盛街口斜对面、罗斯福路五段与汀州路四段交口处、NISSAN车行旁的清澈水沟，那是雾里薛圳的一小段。雾里薛圳，《淡水厅志》称"雾里薛"，《瑠公水利组合区域图》称"雾里薛"（我有些羞愧地至今不知何者正确），又名内湖陂或周七股圳，修筑时间早于名气更大的瑠公圳，在瑠公圳流通公馆地区取代雾里薛圳的灌溉功能后，以公馆基隆路圆环为界的上半段被改为排水沟，下半段则并入瑠公圳为其第二干线。属于上半段雾里薛圳的这段水圳遗迹十分接近瑠公圳排水门，如今加盖为万盛街的瑠公圳在此排水入雾里薛圳，本灌溉台北市中部与西南部的雾里薛圳则结束于师大分部校门口，流入新店溪旧河道。水圳遗迹边一座扇形台北好好看绿地，时常可见迷你龙盘绕着身躯摇头晃脑，或者鲤鱼王做离水之鱼的蹦跳挣扎状。

从NISSAN车行旁的水沟往景美上溯雾里薛圳，直至雾里薛圳在木栅和兴路一带的景美溪取水口，仅剩的露头遗迹就是罗斯福路五段97巷卫浴行旁的那段，然而众水族在已是旱地的市区地图上标示出了完整的雾里薛圳来。雾里薛圳这一途自NISSAN车行起，起初是罗斯福路西侧、罗斯福路五段150

在瑠公圳边抓宝可梦

巷旁的狭长后巷状绿地，冷气机屁股对着、尚存些许水上吊脚楼遗迹的后巷地面老有鲤鱼王满地蹦跳。在97巷的卫浴行处通过罗斯福路到其东侧，流经花木批发市场后侧，往东溯至万盛公园——也是满满水族的一座公园——于公园转朝南溯，抵兴隆路前会在兴隆路一段55巷27弄处遇上昔年的万盛桥，这座不算非常古旧但严重磨蚀的桥仍跨越在水泥河道之上，就如同水族们也忠实栖居水泥岸边。

雾里薛圳遗迹在文山景美运动公园西南边、顺天宫一带的空地尤其明显，是一条铁丝网夹岸的小径，来回曲折三四个大弯后通过停车场，有呆呆兽与可达鸭睁着眼白多眼珠子小的眼睛傻站着，最大的弯道处老有迷你龙爬上河岸透气，我不动声色掷出宝贝球——收服之。文山景美运动公园西南边的水族之多，完整联机出雾里薛圳的河道形状，够我一路忙碌过兴顺街，直到景丰公园才得抬头，雾里薛圳至此，向南通过兴隆路走景后街，景后街到仙迹岩山一带是复杂的三水系交接处，除了雾里薛圳，尚有瑠公圳的兴福支线，与一条来自辛亥路兴隆路一带的溪流——这条溪流与水族的依存关系，也是我津津乐道的。

师大的男一舍与女一舍东侧，龙泉街与泰顺街一带，有零星水族散居，还有一个迷你龙栖息点，那是属于第二雾里薛支线上的长方形埤塘龙池的旧址。

东区的两处迷你龙出没点，稀少但稳定，一在明曜百货后侧、林三胜公厅旁，曾经的台北第一大湖上埤的湖心；一在离仁爱路不远的延吉街边，真正的瑠公圳河畔，说是真正的瑠公

瑠公圳弯道近景。

圳，乃因台北市讹传的瑠公圳横跨东西南北的满地都是实在太多了，最大者莫过新生南北路曾经垂柳夹岸的特一号排水沟。当然这两个地点的水族数量稀少，很可能只是我的附会。

最后是辛亥路与兴隆路十字路口西南象限的街廊，这个街廊给过去的松青超市如今的全联福利中心占去大半，街廊中央的"花开并蒂"碑是一道馆。同样地，此街廊超多水族栖息，全联福利中心有鱼有鸭有呆呆兽，迷你龙族群稳定，是无以远赴北投公园或者大稻埕等圣地的南区居民们不错的养龙去处。一般人认为这些水族依赖兴隆公园的小水池而生，但水族的分布显然远远超过小水池能供养的范围，最北界可及与之相对的辛亥路兴隆路口东北象限街廊，辛亥路四段上的黑狗锁印行旁暗巷口，有一迷你龙的栖息点，时有修长优雅的哈克龙；以及往北几步的"兴隆路口（辛亥）"公车站，总有个一两尾鲤鱼王在站牌下蹦跳。

这伙水族依循的恐怕不是兴隆公园水池，而是一条无名溪流，此溪大约自辛亥路上"中油"加油站斜对面的废料行，随兴德路沿着公务人员训练中心俯瞰的山脚走，绕行在辛亥路军营后方，打兴德路62巷口、捷运文湖线的弯道起开始加盖，由如今建筑中的蓄洪池绕至辛亥路大马路上，在"兴隆路口（辛亥）"公车站牌处又返还建筑群中，便是那条与兴德路47巷垂直的无名巷弄，在黑狗锁印行穿出，过辛亥路兴隆路口，走在西南街廊的边沿，这也是为何全联福利中心后方的兴隆路二段220巷31弄与244巷会有连串迷你龙栖地，邻近的兴隆公园是个远较今日水池为大的溪间埤塘。此溪由兴隆路二段220巷上分出的、逸仙药局后侧的无名巷弄出至兴隆路上，220巷口至军事部门"军法司"兴隆路二段因此有着蜿蜒如河的形态，由"军法司"西侧南走至仙岩路的这条溪，在静心中小学后方同瑠公圳水系的兴福支线、雾里薛圳上游相汇。

比之很有名的雾里薛圳与更有名的瑠公圳，这条小溪实在无人闻问，也许在遥远昔日它曾有过河川的名字，但我并没找到，或许以台北人见水沟便称瑠公圳的习性，也曾给当作瑠公圳过。若非沿着兴德路的山边臭水沟是我幼时与动保人傍晚散步的必经之地——也是我们多年后试图追逐并捕捉结扎一群浪犬却徒劳无功之地——连我也不会晓得它的存在。然而《精灵宝可梦GO》知道它并让一干水族以之为栖地，于我，这些水族仿佛从幽深的历史河流爬上岸来，即便"水边三傻"那天真无邪模样，亦多几分古老沧桑，仿佛一批不知自身衰败凋敝而仍坚持守着不存在的河水、歪瓜裂枣的虾兵蟹将；人们总说河神是龙族之属，那么可爱又很不挑水质的迷你龙，会是河神的子嗣吗？这是相较于雾里薛圳边的水族们，更打动我之处。

但要问谁比较懂水圳，自然还是我啰！并非每一条消失的台北河流旁都有水族栖息，特一号排水沟堀川、特三号排水沟赤江，是台北市曾经的两条大河（规模同等巨大的特二号排水沟承德路甫建成即加盖，从未以河流的姿态出现在台北市的地图上），但加盖后的新生南北路与西藏路三元街，沿岸呈现的是典型的陆生生态，并无任何水族踪迹。

走完这条水族兴盛的小溪，我在景华街的 7-Eleven 买饮料暂憩，结账到一半的店员忽地扔了我们众顾客夺门而出，眼望着店外景华街上一阵不小暴动，原来是有烈焰马降临于街上，想到我那技能组合与个体值皆臻于巅峰的烈焰马，我得意窃笑。

宝可梦的创始者、人称"宝可梦之父"的田尻智，系列主角小智便是以他命名的。田尻智是亚斯伯格人，其收集昆虫、与人交换昆虫的自我小世界无人能懂、也无人愿意分享，到他日后着迷街机（放置于游乐场所的大型机台）电玩游戏，以亚斯伯格人的专注执拗很快成为电玩大师且授徒无数，迫得损失惨重的游乐场老板登门赠送他一台街机请他在家里自己玩……及至田尻智成年创业，终能将他收集昆虫的兴趣与电玩专长结合，精灵宝可梦系列由此而生。初时的游戏销售相当惨淡，且因田尻智要求必须细致观察过动物后才能下手设计小精灵造型，造成研发经费过高，但也因此即便早期画质粗糙，小精灵的造型仍有相当生物学基础，直到漫画的成功行销带动原本十分惨淡的游戏销量，并乘胜追击推出动画，终造就此二十年不衰的游戏品牌。

在游戏造成轰动之后，全世界的人都分享着亚斯伯格人田尻智本无人闻问的自我小世界，但田尻智却必须离开这个他一手打造的世界了。宝可梦系列爆红使他得频繁亮相于大众之前，同为亚斯伯格人，我很能了解这一切对他造成的巨大心理负担，在必须动用药物控制身心状态的状况下，田尻智最后在任天堂的协调下选择退出，不再参与宝可梦的游戏开发，如今过着销声匿迹的隐居生活，当然宝可梦相关的一切游戏都必须挂着田尻智的原案之名，并分享所得利润。也许对一个永远不会习惯镁光灯的亚斯伯格人而言，这样比较好。

我仍在看不见的河流之畔行走，寻觅河迹，收服栖息于不太干净的河水中的小精灵，同时希望我的过度惊扰水族不致触怒河神。行脚到了某一时某一地，也许我会在河岸边遇上正收集小精灵的田尻智，亚斯伯格人无须多言，自知彼此完整饱满到不行根本不必与人分享的自我小世界，在瑠公圳边抓宝可梦。

后记

二〇一四年下半年，在一次座谈会中，万康提及了谷歌地图中的街景服务，顾名思义，此物让人坐在电脑前或握着智能手机便得漫游四方。当然，我并不打算以街景服务取代我至今为止的踏查办法，身在真实环境中，甚至接受酷暑艳阳或隆冬冷雨灌顶洗礼，这些对周遭的觉察与体悟并非扁平画面所能取代，街景服务于我，如同万康所做的，是种穿越时空之法。

万康说他开街景服务，是为了看喵子。喵子，以万康的叫法要念作"喵祖"，这一打遍万康家附近街巷称王的麒麟尾异猫，却于二〇一三年下半年猝然瘫痪乃至离世，太突然了，甚至不及留下一帧照片、些许它曾来世一场的证明，万康上穷碧落下黄泉，到末了，竟只能由街景服务去觅喵子身影，街景服务更新不勤，景物往往还停留在数年前，许多消逝之物因此得以留存，在街景服务中的他家后门，半点不难地找到了草原雄狮似闲卧的喵子。

后记

得万康启发，我从此对街景服务着魔上瘾，用街景服务展开第二度的踏查漫游。街景服务确实不太更新，在人脸与车牌皆给马赛克的街景中，我看见瑠公圳第二干线尚未被邻近大厦筑墙堵死、敦化南路某处人行道上的巨石安稳在着、神大排河岸的红砖老屋如故、西大排边坡有两头瓷花豹嬉戏、旧里族支线的尾端尚未让国美新美馆覆盖、大安支线的露头明渠依然藏在建筑物后方、复兴南路上的瑠公圳公园入口还是旧有的绿树森森貌……让这些年间我眼见着消逝的一切有了见证，而非只是有时候我怀疑的，是河神与我的一场虚幻大梦而已。

（但我始终不敢用街景服务查看住家四周，就像万康所做的那样，我很怕看到闲憩于车底下或墙头上的橘子、券券、橘兄弟、朱旱停、丁丁、阿鹰咕、呸咕小翼……）

我时常想象与河神的相会，现代都市之中，我能怎生地遇上河神？遇上了祂，我会掏出我的手机，而祂，也掏了祂的，不，二〇一三年底落入安和路上埤的我的手机，我们一同打开街景服务，同观那些我们都还记得的不存在之物。

《楚辞·九歌·河伯》讲述祭祀河神的主祭者，与河伯相见于水滨，随河伯巡游在河上：

> 与女游兮九河，冲风起兮横波。
> 乘水车兮荷盖，驾两龙兮骖螭。
> 登昆仑兮四望，心飞扬兮浩荡。
> 日将暮兮怅忘归，惟极浦兮寤怀。

寻找河神

鱼鳞屋兮龙堂，紫贝阙兮朱宫。
灵何为兮水中？乘白鼋兮逐文鱼！
与女游兮河之渚，流澌纷兮将来下。
与子交手兮东行，送美人兮南浦。
波滔滔兮来迎，鱼鳞鳞兮媵予。

我想河神祂，会乘着蓝绿藻华为伞盖的车驾现身，驾车的是那一嘴长胡须像猫的土虱与鳞斑暗彩的吴郭鱼，孔武有力又生猛的巴西龟与美国鳌虾（外籍佣兵？）左右随车护卫，一点红一点白一点橙金的朱文锦追逐嬉戏。河神披着红白条塑胶袋的彩衣，发角饰着一簇铁线蕨，妆容是七彩虹色的浮油，偶得一羽两羽白鹭鸶或者鹡鸰停憩于肩头，祂在水下的宫殿，覆盖在厚厚的灰白丝缕之下，时不时会拦截到食毕打包妥的空便当盒或封着胶膜的手摇冷饮杯，有血丝虫在宫墙上交织出红艳艳的图案，宫室地板的淤泥中总躲满黑漆漆的蛤蟆蝌蚪，驾返宫殿的河神必须高高抬腿，跨过横倒于宫门前一台轮圈扭曲的破脚踏车。

到那时，我终于能踏上河涛，在河神耳边轻声地说："祢的名字是……"

图书在版编目（CIP）数据

寻找河神 / 谢海盟著 . -- 成都：成都时代出版社，2023.1
ISBN 978-7-5464-3172-7
Ⅰ.①寻… Ⅱ.①谢… Ⅲ.①随笔－作品集－中国－当代 Ⅳ.① I267.1

中国版本图书馆 CIP 数据核字 (2022) 第 201965 号

审图号：GS（2022）4769 号

寻找河神
XUNZHAO HESHEN

作　　者	谢海盟
出 品 人	达　海
责任编辑	黄　弋
特约编辑	黄平丽　黄盼盼
封面设计	wscgraphic.com
内文制作	李丹华
图片摄影	符　容
地图绘制	黄昶宪
责任印制	车　夫

出版发行	成都时代出版社
电　　话	（028）86742352（编辑部）
	（028）86763285（市场营销部）
印　　刷	山东新华印务有限公司
规　　格	850mm×1168mm　1/32
印　　张	11.5
字　　数	228 千
版　　次	2023 年 1 月第 1 版
印　　次	2023 年 1 月第 1 次印刷
书　　号	ISBN 978-7-5464-3172-7
定　　价	68.00 元

著作权所有・违者必究
本书若出现印装质量问题，请与工厂联系。电话：0534-2671218